养老革命

长江 / 著

华龄出版社
HUALING PRESS

责任编辑：魏鸿鸣
责任印制：李未圻
发行总监：郑　奕
营销经理：张　朋

图书在版编目（CIP）数据

养老革命 / 长江著. -- 北京：华龄出版社, 2021.7
ISBN 978-7-5169-1974-3

Ⅰ. ①养… Ⅱ. ①长… Ⅲ. ①报告文学-中国-当代 Ⅳ. ①I25

中国版本图书馆 CIP 数据核字（2021）第 090949 号

书　　名：养老革命
作　　者：长　江

出版发行：华龄出版社
地　　址：北京市东城区安定门外大街甲 57 号　　邮　　编：100011
电　　话：（010）58122255　　传　　真：（010）84049572
网　　址：http://www. hualingpress.com

印　　刷：三河九洲财鑫印刷有限公司
版　　次：2021 年 8 月第 1 版　　2021 年 8 月第 1 次印刷
开　　本：710mm × 1000mm　1/16　　印　　张：20.75
字　　数：210 千字
定　　价：68.00 元

[序言]

长江的追问

◇杨晓升

初识长江，应该是二三十年前的事了。那时候我还在《中国青年》杂志社任职，编发过她的稿子，这是个说话噼里啪啦，举止风风火火，热情干练的女人。早在20世纪八九十年代，她的报告文学如《山野斯人》就获得了《人民日报》“建国40周年优秀报告文学”一等奖，长篇报告文学《走出古老的寓言》更是获得了“1990～1991年全国优秀报告文学”一等奖……1992年，她调入央视，担任了王牌栏目《新闻调查》的记者兼节目主持人，这就更使得她拥有了广阔的舞台。

我一直以为，报告文学一定程度上是“题材决定论”，选题的好坏决定着作品的成败。看当今中国报告文学创作的整体现状：不少作家喜欢等人给他送选题，请他来写；不少作家只会选择公共视野里那些“地球人都知道了”的题材；第三类作家，是靠自己的敏感与慧眼，将那些人们已经熟视无睹或习焉不察的潜在的“社会问题”通过采访、分析、研判，加上自己独立的思考，作出深度的揭示且“带着体感”。

长江无疑就属于这“第三类”。

在过去，她就是以写“问题报告文学”见长的，不过大约有十年，她被外派到中央电视台位于香港的“亚太总部”做了“首席出镜记者”，除了应邀为我主编的《北京文学》创作了《香港回归祖国10周年回眸》，为人民文学出版社创作了长篇报告文学《晚来香港一百年》，之后就偃旗息鼓，似欲辍笔。

后来是我见到她，也知道她又调回了央视总部，还继续做她的一线“调查记者”，我就不见外地一遍遍“点”她，说：一个记者如果只满足于完成自己的本职工作，那不仅是对采访素材的浪费，也难以通过更加自由的文学创作来提升个人的价值与文化品位，何况你一直都在做“新闻的深度报道”，策划和采访中已经获取了大量的鲜活内容、沉淀与思考，每每做完电视就丢弃一边，岂不“太可惜”？

我的论调，经多次交流，还真打动了长江。有一天她刚刚做完《疏解北京“非首都”功能》的专题，突然就给我打电话，说：“采访的量实在是太大了，我们的电视根本就用不完！身为北京人，其实我对北京都知之甚少，那就更不用提外省的人会对我们祖国的首都有误读了……”

我当然支持了她，这就有了多年歇笔之后她的第一篇新作《直面北京大城市病》。

那以后，她更是一有了好选题、好想法，就跟我“叨叨叨”地说个不停，几乎每年都会在《北京文学》有作品发表，比如：《我的生命“谁”做主？》《明月村的“月亮”》《养老革命》《向肥胖宣战！》……

不经意中有一次，我看到她发表在我们《北京文学》公众号里的一篇“作者创作谈”，里面竟有这样的一段话：“80年代，我就开始关注社会问题，比如写灾难，我有《矿难如麻》；写反腐，我有《对面坐着马向东》；写社会乱象，有《1988横竖撇捺》……但是现在，我觉得‘生命’的问题，才是值得作家们关注的‘最大的问题’……”

作为一个“有想法”的电视节目主持人和作家，我知道长江总能在世俗的喧嚣中静下心来，默默地耕耘着“自己的探索”。

细想近些年间，她连续在《北京文学》发表的作品，的确都是“与生命有关”，目的就是提醒已经富裕了的中国，960万平方千米的大地上，至今我们还难觅一所“生命大学”。她要呼吁人们重视“老龄化”，呼唤中国——不要让“生命教育”再缺席。

梳理长江的报告文学创作，我以为有两大特色：一是聚焦社会热点，持续关注、开掘；二是对“潜在”的社会问题不间断地追问、揭示，这不仅构成了长江报告文学写作强烈的理性思考，也形成了她犀利的写作风格——“追问”。

比如她的《直面北京大城市病》提出：北京的人口膨胀到哪样？PM2.5究竟有多严重？北京真的缺水吗？什么是今天老百姓的“刚需”？北京市政府为什么要搬走？……

《我的生命“谁”做主？》提出：你有“死亡老师”吗？我的生命“我”做主？可不可以先让我“不疼”？怎样才叫“有尊严”地死去？……

以及本书的“养老革命”：

你还留恋“养儿防老”的昨天吗？

如何读懂身体发出来的种种信号？

要“优生”不要“优逝”？

晚年我们该由谁来照顾？

大限之前你该如何面对死亡？

如何才能顺应了自己内心真正的渴望？

……

一连串排山倒海的“质疑”之后，她振臂疾呼：“来一场‘养老’的革命吧！”她所指的“革命”，当然是现代人迫切要改变的“养老观念”“养老方式”，尤其“养老前置”“养老当在中年”，我们必须为自己的晚年早早地“未雨绸缪”——

“追问”是长江的打法；“思考”是她的利器。

有了这两样东西，长江的报告文学就如鱼得水，层层开掘、抽丝剥茧，最终总能将“问题”拷问得纤毫毕现、深入透彻，让读者也如痴如醉，顿开茅塞。

按照国际通行标准，一个国家或地区，当60岁以上的老人已经占去了全体人口的10%，或65岁以上的老人已经占去了全社会总人口的7%，那就意味着这个国家或地区进入了“老龄化”的社会，而2018年，我们国家的老龄人口已经拥有了2.14亿；2020年，会突破2.55亿；到2040年，中国的“老龄化提升”将达到4个亿的峰值！

想想4个亿啊？这难道不是一个“最大的问题”？只不过长江是早一眼看到了。

尽管党和国家常年来一直在高度关注和重视“老人”，但中国的老龄人口来势汹涌，正迅猛增长；同时，国家的“养老资源”又存在时间差的紧缺，需求矛盾日益突出——养老劳力、养老床位、养老护理、养老医疗、养老福利、养老设施、养老心理关照等等，如果庞大的独生子女群体、如果“传统的养老方式”都已不堪重负，甚至土崩瓦解，那我们将面对“残酷的现实”……

好了，我不必在此饶舌了。

假若读者朋友们有兴趣，请静下心来读读长江的《养老革命》，这不仅关乎阅读本身，关乎你、我、他（她）全社会所有人的“夕阳”，甚至关乎中国和中华民族的人口战略及未来命运——毕竟，你家现在或将来肯定会有老人出现，毕竟，你和我即便眼下尚且年轻，也终将会随着年龄的增长而日渐老去。那么如何养老？如何拥有健康、快乐的“金色百年”？便是我们每个人、每个家庭都无法绕开的一个现实话题了。

2021年农历正月初二写于北京房山区阎村绿城百合公寓

（杨晓升：《北京文学》月刊社社长兼执行主编、编审；中国报告文学学会副会长；知名作家；作品多次获国家级大奖；曾获国家新闻出版总署评选的“全国新闻出版行业领军人才”称号。）

目　录

CONTENTS

前言
FOREWORD

长条餐桌的对面，官人，一动不动，手里一部手机，桌上一杯咖啡，就那么坐着，每天从早到晚，雕像一样。

我说：“嘿，老公，是不是我也是这样？”

“什么？”他头也没抬。

“我说的不是手机，是脖子，瞧你那喉结，两片肉，都耷拉到一块儿了。”

“哦”，老公说，“你没我那么严重，但也耷拉了——火鸡脖，没辙，人老了都这样。”然后又埋头他的微信。

“人到老，真难看！”我心底骂了一声，一点儿也不像女人。

本来嘛，人一到老，男人、女人，都无所谓了，什么也都“无所谓”了，只有耳聋、眼花、忘性大、四肢笨，浑身的管子还趁火打劫地血脂、血糖、血压，哦，现在又加上了一个尿酸——“四高”，真是“屋漏又遭连阴雨”！

可谁挡得住老呢？

“人之变老”是“眨眼之事”，年轻人咂摸不出味道，这感觉非要到你退休，头一天的晚上，独自一人，仔细一想，心里就冒出了些许寒意：怎么着？第二天咱真的就不用再去挤公交上班了，你被一辆叫作“时代列车”的势利鬼给甩下了？归堆儿归到“老帮菜”的那一群？“快，咱自觉一点，可别占着茅坑不拉屎！”

2014年夏，我终于结束在香港长达十年的驻外记者生涯，回到北京，又回到CCTV我的“老娘家”——《新闻调查》做我的出镜记者。此刻的我，基本上已经变软，不像年轻时的“砍砍杀杀”、“匕首和刀枪”，想做的节目也不再是揭露、曝光，而是一系列的“生命的题材”，比如人与生、人与死、生命与灵魂、时空与永恒等，其中的一条主线——“老年”，如何老去？如何身心健康？接着我做了《我的生命“谁”做主？》《你立“遗嘱”了吗？》《器官捐献》《重生》《向肥胖宣战！》《当心，别被错放了支架们》《蔚蓝色的病房》，此外还有不少的选题，比如《“空巢”如何是我家？》《走近“悬空村”》《“失独”之痛》《树葬万年魂》以及《别“等”你到老！》等等，很多，都胎死腹中。

为什么？

问题太敏感了？领导不批？

不是，都不是。也不是没有鲜活的故事可以让我给观众讲得一波三折，跌宕起伏。这些节目没有做成的主要原因是我找不到出路，节目“没有出口”，总不能让老人只看到晚年的凄苦而没有解决问题的办法吧？尽管有些问题，说到底，本身还真“无解”。

我纠结，很难过。

领导说大姐你怎么了？没了锐性？

我说我“或许真的是老了”，心里磨盘一样压着的只有“衰老”和如何拼死地加以“抵抗”。而关注老、研究老，当我真的走进了老年的天地，好家伙，我惊恐万状，所见所闻艰涩尴尬，还不要说更多的是无助与无奈，人像一步步走进了冰窖，长长的、阴森寒冷的尽头正冒着白烟儿，抖着恐吓，勾引着我，也同步逼促着我。

年老的日子“不好过”，“传统的老法”在今天又不好使了。

过去按我们的老做法、老习俗：养儿防老，含饴弄孙，听天由命，顺其自然，可现在，你“顺”不下去了，我们面临的时代已经今非昔比，更技术、更便捷，同时也更让老人难以面对。

不是吗？

看看今天的中国，科技飞速发展，生活日新月异。

国家从供给制、瓜菜代，到“文革”前的经济已经探底，改革开放，经济建设，再用了几十年的时间，终于让老百姓不愁吃、不愁穿——睡狮猛醒了，后来者居上了。但不过，现在的“好日子”，我们要面对互联网、e世界、人工智能、电子商务……逆水行舟，不进则退。“进”则跟上时代的脚步，绿色养生、科学养老；“退”则原地踏步，望老兴叹，甚至跌落无知、无能的境地。

2021年回首一望，多少事让中国的老人难堪与不堪：

南方，一位老人，独自冒雨来交医保却被工作人员告知：“不收现金，要么告诉亲戚，要么你自己在手机上支付。”老人听后，愁容满脸。

北方，一位老人乘地铁时因为没有“健康码”被阻拦，老人根本不知什么是“健康码”，反复地向工作人员解释：“没有人给我发通行证、通行证啊！”

63岁的爷爷和老伴儿，辗转换了好几趟车才来到一家医院，但走到挂号窗口却被告知“除了预约，这样无法挂号”。

94岁的一位“耄耋”老人，为了激活社保卡，在银行柜员机前，被家人“抬着”才进行了“人脸识别”。

……

凡此种种，令人揪心，而近些年更多的媒体还有更多的报道，比如：

某某老人，不是没儿没女，而是有儿有女，但守着空巢，孤独寂寞；有人“宅”在家中已经死去多日，要不是房间发出阵阵尸臭，外界还真不知这顶屋檐下究竟生活着什么人、发生了什么事……

中国14亿人，2亿多是农村的精壮劳力，过去他们大多被拴在土地上，守着父母，就是分家也离得不远。可现在，年轻的儿女们都到外面去打工挣钱去了，一年也回不了几次家。一位在县城里工作的老教师，老伴儿死了，自己身体有恙，度日如年，很煎熬又不好意思总去打扰已经在外面成了家、立了业的孩子，于是给儿子留下了一封信，说：“那要没什么事，妈就先去死了……”

“妈就，先去……死了”？

这样的事、这样的孩子？我的心被震落了一地凄凉。

一位独生子，从沿海城市的工厂回家，要给病重的爹爹“办事”，但到了家好几天了，病危的父亲还没有断气。儿子就苦恼地自叹：“哎，爸啊，你怎么还不死？我这一趟回家，老板只允了我7天假，其中还包括来回的路程和要把您老人家的丧事给办完，不然，一年的奖金，还有这个好不容易才保住了的饭碗……”

残酷的现实，锋利的当下。

你还在留恋“养儿防老”的昨天吗？

如果“昨天”已成笑谈，那老人该怎么办？

我用了好长的时间来做电视、写文章，说老实话，想了一百种题目，提了一百种口号，都觉得不扎心、不警醒。突然有一日，我脑袋小宇宙爆发了，久违的冒出来了一个词儿——“革命”。

“革命？”

“对，革命！”

这个词儿、这样的行动，对60岁以上的中国老百姓来说并不陌生，许多时候许多事，中国人不革命不行，不革命就推翻不了什么，建立不起来什么。但“革命”这个词儿，连同它惯用的霹雳手段，不仅已经随着社会的变迁，惨烈悲壮地走进了历史博物馆，而这号角，因为它太容易让人想起“不破不立”“你死我活”，还轻易地不敢吹，我一吹，怕不是会引起很多老年人的惊觉、质疑？

啊？“养老革命”？事情真的到了那一步了吗？非要大动干戈，擂鼓鸣金？

我说“对”，摩拳擦掌，蠢蠢欲动。

老年的世界，阳光灿烂，又荆棘丛生。

拉一张问题的清单很容易，但要解决好贫、病、孤、苦这一个个的难题，却又会绊倒千万人，尤其是，昨天的太阳如何能晒干今天的衣裳？

我终于鼓足了勇气，在参加完了一位51岁“英年早逝”的战友的葬礼之后，心霾沉沉，我把我内心的担忧和“革命的冲动”一股脑儿地都告诉给了我的家人，然后是我的朋友和同事，然而没想到，完全没想到，我“革命”的口号一出，不仅没有吓着谁，相反，话说到哪儿，哪里就呼啦一下子涌出一片热议：

“同意你的革命！”

“老人不革命，只有落后于时代！”

“革命需要启蒙——需要指南——路线图！”

是吗？我备受鼓舞。“养老”这个原本很私密、很难启齿的话题，竟像冰块落进了油锅，热闹得简直可以开一场全民的辩论大会了！

好，那事情就好办了，我并非孤军作战。

当然，“革命”真要闹起来，我告诫大家：我们手里可就不能只是鲜花和蛋糕，我们还要拿起手术刀，刀刃向内，壮士断腕！尽管现实的阻挡是我们还没老，所以真的很难设想“老了以后”我们的种种不堪与对策。但是有一天突然察觉自己“老了”，想要起来改变点什么，我们又失去了改变的能力。

这是个难点，硬梗儿。

所以，这本书，我要写的这本书，表面上是写给“老年人”的，实际上我更希望中年人能喜欢它，“养老”从中年开始！“养老”是一场革命！“革命”还要趁早！早到何时？早到你半老、小老，早到你第一次意识到“人会老”或看到别人正在“慢慢地老去”——你就不能再闲着了。

生命和死亡，的确不过是人走进又走出了永恒的时间。

夕阳无限好，但“好”是相对的，不是老天爷预备下来让每一个人都有份儿。

外面的世界对谁都一样，只是有人渴望养老新知；有人却舍不下旧思想的坛坛罐罐。

这就是为什么有人百岁，有人半百？有人幸福过着每一天老去的日子，但有人却拖着残肢败体，苦苦难挨？

门就在您眼前，窗就在您旁边。

推一下吧，或许新的“活法儿”，一如暖阳，其实就与我们一窗之隔！

第一章

眨眼就老

突然，你被拽进了“老年的天地”，
你啥都不懂，心有不甘，还各种凄苦，
但抱怨、委屈、迷惘、挣扎都没有用。
谁能抗拒得了自然？
“老去”的路上阴晴阳雨、荆棘丛生，
看不清自己的“处境”，也不懂得时代在变，
那又如何谈得上健康快乐，绿色百年？

我们赶上了“未富先老”？

事实上，按照国际通行的标准：一个国家或地区，当60岁以上的老年人已经占去了全体人口总数的10%，或65岁以上的老年人已经占去了全社会总人口的7%，这就意味着这个国家或地区进入了“老龄化”社会。

相形之下，咱中国呢？

2016年1月，来自国家人社部的新闻发布数字显示：截至2014年，中国60岁以上的老年人口就已经达到了2.1亿，占人口总数的15.5%；

2018年，中国老年人口又提升到2.14亿，占人口总数的17.3%；

2020年，中国老年人口将突破2.55亿，所占百分比还要继续上升，会达到人口总数20%，这其中，“高龄老人”将进一步增加到6900万人，“独居”和“空巢”老人的总和，更要摸高到1.18亿！

综合这些数字，我意欲何为？

不是为了单纯地说明我们国家的今天已经处于了“人口老龄化”甚至“严重老龄化”的社会，这已是一个不争的事实。整合这些数字，我首先要说：随着中国老龄人口的迅猛增长，我们国家的“人口出生率”又持续下降（2019年出生率为10.48‰，而死亡率则为7.14‰），劳动力人口的比例更是逐年缩减。全社会能够缴纳养老金的年轻人口和每天睁着眼就等着要领养老金的老年人口正此消彼长，这必然使国家用于养老、医疗、照护、福利保障和设施建设等方面的支出大幅增加，政府在这几方面的财政支出已不堪重负。那么如果“老龄化”的问题日益加重，养老支出的“缺口”再进一步扩大，未来不是国家不管我们，而是中国整体人口的“劳动力供给”格局必然被改变——“数以亿计”的老年人，我们的晚年将异常艰难！

2018年8月，“中国搜索”发布了一张照片——“独生子”，立刻成为“网红”。

这张照片不是搞笑，不是八卦，而是让人痛心，让人看了就联想到自己。

照片上，一位中年男子，坐在医院病房里的两张病床之间，左首是他的老父亲，右首是他的老母亲，两位老人都躺在床上，样子看起来都病得不轻。中年男子塌胸弯背、垂头丧气，从坐姿上看，他已经非常疲惫。

很多人都说：“唉，今天的他，就是明天的我！”

很多人认为：“这人还算是幸运的——父母都能住进同一家医院。”

有人说：“如果不能住在同一家医院，而且爸爸妈妈、岳父岳母，四位老人假使都同时生病，还不在同一座城市，老天爷啊，那年轻人的日子……”

中国从20世纪80年代开始实行全民计划生育，社会出现的第一代政策“独生子女”如今都已长大成人，这些“中年人”一方面要面对自己的工作、事业、家庭；另一方面也要面对自己的父母、父母的父母，尤其是老人体弱多病，又无经济来源。这些孩子——儿时饱受宠爱，大了可要承担“421家庭”的压力，一代人的肩头得扛起历史的宿命般的反馈并难以逃脱。

2017年10月18日，尽管中国这条人口巨轮的掌舵人习近平总书记已经在中共十九大的报告中郑重指出："实施健康中国战略，积极应对人口老龄化，构建养老、孝老、敬老政策体系和社会环境，推进医养结合，加快老龄事业和产业的发展……"国家不是没有意识、没有预警，只不过"养老的重任"——如山之重。

我们所在的时代、身处的社会，跟过去比，更现实、更物欲、更注重个人的享受了。

过去我们的日子苦，经济匮乏，生活困顿，但"养老的问题"似乎没有显得太突出，老天爷"到时候"就把人"收走了"，人活七十古来稀！可是，今天我们的日子富裕了，社保、医保也都纷纷出台，一种悖论竟奇怪地杀出："养老"倒显得日益艰难，为什么？人都更加惜命了？"长寿"普遍成为一种事实？"好事"倒给自己惹出了很多麻烦？

2020年，我们国家的老年人不是会突破2.55亿吗？这个结果今天我们已经看到，而未来，我的担心还没说完呢——到了2025年，我们中国的老年人口还会再往前跨一大步，还"有望突破"3个亿；2035年，4个亿；最后到了2040年，中国的"人口老龄化"进程将进一步无法阻挡地达到顶峰——失能、半失能的老人数量，还将以更大的幅度迅猛攀升！

想一想，一个国家光老年人口就有4个亿，这不仅仅是一片人头攒动、接踵而行的人潮，更是一场翻江倒海、天崩地裂、新旧观念冲击碰撞的地震、海啸，逼得你不得不去思考"过去的日子"和"今天"到底有什么不同，今天你该怎么活？如果"多子多福""养儿防老"统统地都被证明已经过时，现实的苦海你将如何横渡：

选择居家还是去养老院？

如果居家，眼下没病，万一病倒，我们的晚年该由谁来照顾？

人近夕阳，从老至终，我们怎么管理吃喝拉撒、洗衣做饭、购物理发、线上交易……

什么叫“读懂自己身体发出来的种种信号”？

为什么说自己应当是自己最好的医生？

还有，一旦病入膏肓，你被送进了医院，是想按传统的程序“积极抢救”，切喉、插管、除颤、电击，把钱花尽了，家人累死了，然后您从ICU推开死亡沉重的大门？

还是不走这条路，你要顺应自己的愿望，接受“缓和医疗”，不痛、不喘、有尊严地自然离去？

大限之前，老年人该何去何从？

死亡是怎么回事？究竟我们对它明白了多少？

当我们身体还健康、神智还算清醒的时候，我们要不要对自己的身体、灵魂有一个合适的思考，一种“万全的准备”？

等等，等等啊——这个口子不能开，一开，话就说不尽，难题一大堆……

跟世界很多发达国家的“经济发展”与“人口老龄化”的关系相比，中国不是“边富边老”“先富后老”，中国属于“未富先老”。

“未富先老”？

这个“说法”老年人基本上都没有听说过。

我们没有老年大学，不知道人到老了，其实也应当像孩子一样走进幼儿园、走进小学，然后是中学、大学。老人其实也需要学习必要的常识，包括对生命的认识，对死亡的了解。但我们没有人接受过“生命教育”，更不明白“社会化养老”和“传统的养老”各有什么利弊。

那什么叫“社会化养老”？

为什么社会越进步，“社会化养老”的程度也相应地会越高？

按照发达国家的实践，“社会化养老”就是在国家统筹的平台上，老年人的所有事务，包括眼下的生活、医疗，身体、心灵，和紧随其后的死亡、善终，都是由国家来一手照顾，你儿女想插手都“不行”，因为儿女不专业，没有学过专门的护理、营养、心理，甚至基本的急救常识与技能。因此，专业的事情还是要由专业的人员来做，由社会组织替儿女来干。

第一次听说“社会化养老”，我的心像烦闷的小屋突然被大风吹开了窗户——这做法太好了，是天大的喜讯！只不过低头一看，看看我们的“未富先老”，国家有能力去更好地安置老年人、服务于老年人，那是有一天一定会兑现的一张蓝图，可是现实，我们眼下的条件……眼下的条件，特别是我们这一茬的老年人，其实生活才刚刚改变，刚刚吃饱了肚子还没有多久，一个时代要和几千年的传统对话了、对抗了，我们就生活在这个时代的夹缝，一个过渡性的历史瞬间。

2020年春节前后，一场突如其来的“新型冠状病毒”首先袭击了武汉并一点点星火燎原，让人想到17年前的SARS（“非典”）。一时，恐怖之声四起：中国出现了“新冠肺炎”，一些西方势力则冠以“武汉肺”！

没有救命药！没有特效药！

所有的疫苗都在研制当中。

即便科学家有了重大的发明，那审核，疫苗的动物试验，人体临床试验等环节也都还需要一段时间，这个“时间差”考验着患者、疑似患者，也考验着医生的“支持性治疗”及防疫、阻断病毒的传染……全体中国人绝无仅有地度过了一个宅家的春节，不出门、不握手、不拜年、不添乱——新的“三字经”“宅”“戴”“洗”成了14

亿人人人都可以唯一拿起来自卫的武器。

不然怎么办?

“增强免疫力”这是当时最现实的“自我防护”。

这和我的“养老革命”有步伐和时间节奏上的很大相似。都是当外力还暂时靠不上，“没有救命的药”的时候，我们只有先“自救”。

这是历史的过渡期，是一个人的战场，一个人的长征，得靠每个人自己想出各自的办法。

也用句经济学的术语：随着中国健康老人数字的不断增长，我们国家的人力资本折旧率或许可以下降，这是一条老百姓自己通过自身的“出力长力”能获得的“改变红利”。

什么意思?

没有最理想的办法养老，我们就“不老”，减缓“老去”的步伐，这反倒激励了人们去防止老化，在垂垂老矣的路上——走得慢一点。

因此，有时“缺少依靠”倒是一种“最好的依靠”。

我们不能等国家财力可以把一切养老事情都替我们安排好了，而我们坐在自己的家中只管享用，哼着小曲儿伴着小酒儿，心安理得—那太不现实。

印度诗圣泰戈尔有句名言：“世界以痛吻我，要我报之以歌”，很多人都知道这后面还有一句呢——“当你为错过了太阳而哭泣的时候，你也要再错过群星了”。

人生没有彩排，是一张生命的单程票。

今天你小，并不代表你明天就永远不老。

今天你能动，并不代表你明天“也能动”。

所以我们要未雨绸缪，养老前置。

“前置”这个概念，我们过去根本没有碰过，也没想在“还不老的时候”就去安排“老”。但是“衰老”是谁也躲不过的，我们早晚都得拥抱这个“老家伙”。因此，当我们“错过了太阳”，后悔已经于事无补，还不如早一点盘算着如何才能“别再错过了群星”。

养老的“星星”——科学养老，在哪里？

自己找！

不找，你怎么就知道一定找不到？

上海滩，就像跟我有仇……

2019年11月，一张爬满了字豆豆的图片飞进了很多人的手机，头两句说得勾人，让你深有同感，又不得不长吁短叹：

曾经以为，2000年离我们很远，可是一晃，20年就已经过去了；

曾经以为，2020年也离我们很远，但走着走着，身后的时间，就只还剩下一个月；

同样，曾经以为，我们的“老去”离我们很远，但“年轻的时光”说着说着，忽然就变成了很久很久以前的事儿……

没错，20世纪90年代末，就是20年前，那一阵子我还不到40岁。

有一天在上海外滩，刚刚完成了一场电视街采，就是我手拿话筒，站在街边，看着谁合适就上前去采访谁——我身边突然跑过来了一位女青年，一副大学生的模样，边跑边撞到我的怀里并脱口而出：“阿姨，您快帮我看看，现在几点了？”

我一愣，低头看表：“哦，11点半！”怎么，这姑娘……

姑娘问完就跑，看得出她一定是有什么急事。

可是我呢？

她刚才叫我什么？

“阿姨”？

对，那姑娘刚才就是管我叫“阿姨”来着。天呐！我听到自己的心瞬间暴怒的声音：“阿姨？我还不到40，就成了你这么大丫头的阿姨？我，我真的有那么老吗？”

往事如烟，“烟儿”也不能说忘就忘。

转眼到了2014年，20年后，这一年，还是在上海外滩，一家商业大厦的公共卫生间里。我遇到了一个小女孩儿，小女孩要给我帮助，甜甜的小嘴巴倒是没有管我叫“阿姨”，就直接叫了我一声“奶奶”：“奶奶，您可别用那边蹲坑的那个厕所，很脏的，您就用这个，马桶的！”

“哦。”

小女孩长得漂亮，样子、个头都很像《芈月传》里的刘楚恬。

但是，这孩子刚才管我叫什么来着？耳朵的“不舒服”怎么那么似曾相识？

“奶奶”，对，“奶奶”。真真切切的、奶声奶气的，就是“奶奶”……

嘿！

20年前，我还不到40岁，上海的外滩，一个大姑娘突然“砍”给我一刀“阿姨”；20年后，还是在上海外滩，我的称呼又陡然升级成了“奶奶”。

啊！啊！你说人，怎么就这么的不经活啊？眨眼就老？眨眼就老！

就是在那一刻，我忽然想到了这个词儿。

“老”，真是非常可怕、一种难逃厄运的无奈？

我是在40岁的时候开始思考这个问题，只是不明白我们究竟是应该拒绝“老”，还是应该拿出勇气来正面地对它好好地端详?

年轻人刚走出校门，眼里只有工作、事业、升迁、得失；然后恋爱、结婚、成家、立业，跟着初为人母（父），只顾得上奶瓶、尿布，这时候的她（他），视野里根本就没有“老”，“老”的话题离他们还有十万八千里……

不过“眨眼就老”，谁说“人生经不起浓缩”？！一缩，我们就长大了自己、养大了儿女、送走了父母、离开了工作，“哐当”一下子，自己就老了——人生如“大梦初醒”，这下才感到格外地不舍，想要抓住些什么，但此时手里已经没有什么可抓的。还抓什么呢？“老年”是一种必然、一种归宿，也是一种状态，身体的、心理的——过去看着别人“老”，你完全无动于衷，现在自己“老了”，好像有满肚子的委屈！

其实究其生命，我们每个人的个体，本来就是一条一头连着“起点”、一头连着“终点”的小路。为什么“前段”和“中段”就没有人大惊小怪，而“后段”与“终点”，人们却特别地在意甚至恐慌？大约是去日无多？是抽水马桶边上的擦屁股纸，你每天拽、每天拽，总觉得反正有的是，但终有一天，你惊呼：“哎呀，一卷纸都快让我给用完了……”

我们不愿意老，但生命让我们老、社会让我们老，世俗的眼光更让我们老，尤其是大多数中国妇女，55岁就要退休，人已年过半百，自己还不觉得成了老太婆，但身后的日子像在飞，眼前总有一种力量早早晚晚地催着你老——生命就这样没招谁没惹谁出现了“天敌”，这“天敌”强拉硬拽，非要拽着你往末路上走。

记得小时候，我对父母，简直没有什么印象。

我的爸爸、妈妈因为天天都在外面革命，因此“革命”这个词儿，我和我的同龄人真的是很早很早就耳熟能详，敢怒又不敢言。父亲，尤其我的父亲，在我眼里，人很瘦，眼睛很有神，脸上的线条就像北方人爱吃的“刀切馒头”，四四方方的，总是出差、出差，忙碌、忙碌，永远带着“干大事”的一身风风火火。

可是37年后，真是一瞬啊！父亲出了车祸，冷不丁地就走了。

临“走”之前，有一天我回家，他咳嗽得厉害，双肘支着椅背，把头埋着，等我叫了一声“爸”，他一抬头——哎呀，我的天！满脸的褶子，光溜溜的“馒头”，一瞬间竟成了“老核桃”。

我知道人老，在父亲身上，那是第一次，像天上下刀子一样的残酷。

1969年，父亲下放到邮电部湖北“五七干校”去喂猪，母亲不愿意和丈夫分开，下半年就拉着我和哥哥、妹妹，放弃了在北京的工作，特别是还放弃了北京的户口，于一个雨天，分不出天与地、雾与水，灰蒙蒙的，来到了阳新县的长江边，一片连绵起伏的大山中。

一幅画，永远就定格在了我的脑海：父亲穿着蓑衣，手里擎着一盏灯（就是煤油灯），站在村口，一见到我们，他大发脾气：“谁，谁让你们来的？咱不是说好了吗？都不来，都不来！”

可是母亲，没有反驳，眼里噙着泪。

几十年后她对我说：“那时候我很想念你们的父亲。我们的婚姻，因为你爸爸是搞工程的，总是聚少离多。”

再以后，“文化大革命”的后期，我们都跟着潮流，大拨轰地又回到了北京。

我在北京读了初中、高中，然后当兵、考大学、做记者、干电视，一边写作，还一边再读，新闻、艺术，硕士、博士，岁月悠悠，时光飞逝。当我还没有开始考虑父亲会老、母亲会老时，他们却一个跟着一个地老去、死去……

后面的岁月，当然我自己也老了。

不止一次，我在家里做家庭主妇，给全家人买菜、做饭、抹桌子、拖地，也不收拾自己，整个人就彻彻底底底放松，还不断地自嘲："看来我真是老了，老得没样，像四合院里的大妈！"女儿有一天甩过来一句话，像一颗小"手雷"："嗨，妈，您本来就50多岁了，已经是一个老人了，还说什么自己像不像？怎么会不像呢？！"

啊？"手雷"！炸了！

"老"，从"小的"嘴里说出，自然、轻松，没有敌意，也从不考虑会不会带来伤害；但"老的"听了，不高兴，心里压得慌，又说不出来。

我们的社会，我们的时代，从来都没有认认真真地掂量过"衰老"会给人带来怎样的心理重压，这不是对"生命"真正的"尊重"。因此，当我们今天突然"变老"，尤其是担心老了以后的生活会有什么困难，如何在黑暗中寻找光明？全体老人，当然也包括我，我们什么都不懂——烦闷，被动，恐慌，无所适从，这些都是老了以后你才能一点一点体会，而面对这种在劫难逃，因为我们年轻时从来没有提前瞭望过"衰老"，从来没有想过一些缓解压力与困难的办法，所以突然老了——有时仿佛再往前走一步，就走到了断崖的跟前。

生命的四季不是自然的四季可以轮回。

如果冬天过后还是冬天，我们怎么办？该怎么办？

跟时代要答案吗？可以。但别忘了你也得跟自己要。后者更现实。

每个人的晚年都会面临究竟怎么活，这是需要提前设计的。

看清楚自己的晚年，看清楚将来的处境，也要看清楚时代的背景。

过去几千年，中国老年人仿佛根本不需要警惕自己的老年，仿佛每一个老年人都不清不楚地过着不着急的日子，但今天我们有事可急了。

急什么？光急有用吗？

很多老人愁眉难展。

“往后的日子”可咋办？

二姐，邻居家的？不，就是我自己的亲二表姐。

2019年11月2日凌晨5点57分，一条微信发来，我习惯早起，拿起手机就看到了。说：“长江，昨天你二姐夫去北大医院看肾内科，大夫给开了住院单，但是没有床位，他现在肌酐已经到了500多，我真的很着急。你有认识的人吗？给说说？”

母亲生前肾不好，作为老肾病的女儿，我大概知道“肌酐”是检查人“肾功能”的一个重要的指标，男人正常值应该在44～133 μmol/L，女人应该是在70～106 μmol/L，上了500，那就是“肾功能衰竭”了。

可是，北大？北京大学第一附属医院，我真的不认识人。

二姐夫一个月前刚刚“心梗”安了三根支架，现在肾又……好急人！

我担心着二姐夫的病拖不起，更心疼二表姐，这位二表姐，70多岁，“老三届”的知青，一生总是照顾家人，包括我这个姑表亲的小妹妹。很少自己开口向亲戚们求救，这下求到我了，一定是到了实在迈不过去了的坎儿，但我也没办法啊，平日里孤傲，不注重积攒人脉，还觉得自己这是很清高，不屑于巴结……

中国人面对生老病死，尤其是老年人，再强悍都会突然感到穷途末路。

我在CCTV工作了又怎样？不认识医生，你还是“叫天天不应、叫地地不灵”。

何况二表姐，加上她的老伴儿，两个人都已经是老年人，一个有病，另一个只能挺起腰杆儿来带着去医院，先挂号、检查，再缴费、取药，拖着老胳膊、老腿儿地上楼、下楼，生命一旦出现了危险，还要自己一边摸着老花镜、手机，一边胆战心惊地赶快打120、叫救护车。

“我这几天给你二姐夫量血压，给自己也量，血压都高，不过一高了我就吃药，一高了我就吃药……”二表姐这样说。

“药？是硝苯地平吧”？

我立刻在电话里跟她吼：“那是一种急救药，平日你可不能多吃，二姐，记住，不能老吃，那样也很危险！”

可……

往后的日子可咋办？

老了，孤了，身边没有人……

老了，病了，最发愁去医院……

现在我们还只有70、80，往后还有90、100……

再盲了、傻了、瘫痪了……

很多人站到断崖的跟前终于意识到——这还真是不敢想。

一位街道管老人联谊的负责人曾经跟我说：“长记者啊，如果现在你到网上去点一点‘独居老人’‘空巢生活’，或什么‘去世了多天’等关键词，你眼前立刻就会出现成百上千条链接——情形很惨！”

“是吗？”

我听了，并不是心存不信，只是做“调查记者”做了30年，养成了职业毛病，什么事都必须“眼见为实”，都要有证据证明，随时准备“当被告”。于是我就上网去查，这一查可不得了，在百度连续翻到第46屏，每一屏列出的相关文章就有10条，46屏就是460条，一件件触目惊心，让人不忍打开来细看：

20120919：《独居老人去世多天无人发现 四月份还穿着棉裤》

20130801：《独居老人家中死亡数天被发现 死因或与高温有关》

20170928：《可悲！独居老人去世一个多月，被发现时旁边只有一个它（一只小狗）》

20180801：《农村空巢老人去世5天后被发现身边还躺着三岁的孙子……》

……

上海纪实频道有一档纪录片《上海独居老人调查》，将镜头也对准过60岁以上的独居老人，声称他们的调查对象虽然只是生活在上海的市民，但所反映的问题却涵盖着今天我们中国的整个社会。

记者讲述一个智慧的故事，让人看后泪湿纸巾：S阿婆、B伯伯，一个79岁、一个87岁，二人楼上楼下地住着，双方的儿女都在外地工作，两位邻居基本空巢，也都属于独居。

日子过得艰难是吧？

这且不说。

先说安全。

为了能够互相有个照应，他们就楼上楼下，吊起了一根“爱心绳”。

这根绳最大的功能就是每天早上B伯伯负责把《晨报》从楼上吊下来，S阿婆再将报纸从阳台上取走。这样做，不是什么老年人孤独寂寞的“黄昏恋”，也不是悠闲生活里人为地添上一抹小情趣，只是专用于报警、报平安。每天如此重复，两位老人便互相确认："哦，还健在，还没有出现什么问题……"

果然，有一天，B伯伯发现他顺下去的报纸，在S阿婆的窗台上已经挂了4个小时了，还没被主人取走，伯伯便担心出了事。于是赶快打电话给S阿婆的家人。家人过了很久的时间才回来，推开房门，S阿婆已经昏迷，应该是不小心滑倒在浴室的地板上……

这个故事讲的是真事，因为被及时发现了，S阿婆被送到医院以后还真被成功救活。从此，家里便开始雇上了保姆，怎么也不能让阿婆再一个人独住，但儿女的生活怎么办？从此被打乱——不以老人为中心不孝，但为了老人，自己的生活就得拐点……也是无奈。

面对"空巢""独居""失独""失能""失智"，我真的不忍再举出更多的例子，这些例子基本上都大同小异。

2020年新冠肺炎疫情突发，同年3月3日，杭州武林派出所竹竿巷的社区民警和社区工作人员都接到远在澳大利亚的一名女子的求助，说她独居的老父亲失联了。民警打开房门发现老人已无意识，小便失禁，且嘴边有呕吐物。不过好在还有呼吸，于是急忙呼叫了120，老人被送到医院，没出人命，女儿在越洋电话里对民警和社区的工作人员感激不尽。

这是特殊的情况。

平日里，更司空见惯了的。

2019年春节，微信拜年，我的手机和大家的一样，每天都是烫烫的。亲朋好友、同事伙伴，大家翻着花儿地转发各种各样的新年祝福、小视频、小动画。说老实话，很多"祝福"我根本就没往心里去，倒是有几位中学同学的对话，不停地杵着我——他们议论着老年人，其实也是在议论着我们自己的未来。

其中SJ说："日子过得不好，整天忙着我妈……"

这一看就是被人问到“今年你的年过得咋样，好不好？”

SJ说：“我妈不是这儿不舒服，就是那儿不舒服，照顾她的思想高度紧张，而且每天就一个内容。”

这时有人插嘴，说：“好啊，有妈才好，有妈就有家，有家就有根。”

SJ很坦诚：“话是这么说，实际上（我）这个妈除了添麻烦，没有其他的了。看着她不舒服我也吃不下、睡不着的，可是又不能不管，对付着过吧。”

一句“对付着过吧”，凄凉而又无奈。

SJ的感叹，实际上是今天五六十岁的退休族很多老人生活的常态，他们自己已经白发丛生，但白天黑夜还得照顾比自己更老的父母——每天每月每年，就一个“内容”。

不过比较他人，SJ说她还不算最惨的：“我的一位朋友，家里只剩下一个老爸爸了，白天睡、晚上不睡，半夜起来给你打电话说要去吃鱼头，不知道什么时候就会给你拉一裤子或尿一裤子。”

……

曾经，我一百次地对天发誓，说如果我到老了，绝不去折腾儿女，早早地就把自己扔进养老院，或者雇好保姆、司机、护士。有一次，也是一位老同学YSH笑嘻嘻地踢给了我一个绝望，说：“得了吧，你想得倒挺好，到时候怎么给自己担保？我妈今年都97了，年轻时也通情达理得很，只不过到了这个岁数，我给她雇了两个保姆，她还是整天地黏着我，一发现我不在，就害怕，就像小孩子一样又哭又闹。”

“可儿女也该有儿女的生活啊？”我很想争辩。

YSH：“是啊，但老人到了一定的年龄，‘道理’这个程序就已经废了。什么拖累不拖累、麻烦不麻烦的，她已经没有这个力气去想那么多。”

哦，老人，老小孩儿？对对，等于“老小孩儿”了。

……

就这一场对话，春节期间关于老人的对话，我开始对自己追问：“怎么才能保证自己老了以后不走进尴尬？不用这种‘老小孩儿’的状态吓着自己的儿女也烦死了自己的儿女？”

生老病死是人的宿命，我们不能只管“宿”在“命”里，我们要对“老”早有常识、早有预案。功名、利禄、情感、使命，这些年轻时生命里极其重要的内容一和衰老挂钩，就什么都不是了。这我知道，但我们年轻的时候呢？有没有觉得生命带着我们走过孩童、青年、中年，我们也用成长和成功拖累着生命老去？我们对衰老欠着一个承诺，一种回报？

不是我一个、你一个，我们整个社会都没有意识。

我们貌似智慧的人生，有时愚钝，愚钝得连“自己的老”都没有顾及，没想到要顾及……

最苦“这一代”的农村老人

曾经，我们《新闻调查》的资深编导，跟我一起常做节目的老搭档陈新红女士跟我说：“你写养老，我给你讲一个真实的故事吧：我的一位老同学，还不到60岁，为了给儿子带孩子，不是一个哦，是三个，她说想死的心都有了。”

“啊？为什么？”我问。

“儿子、儿媳妇儿都在外面打工，三个孩子都甩给了她，孩子像阶梯一样地一个一个长大，孩子吃喝拉撒，而她得洗衣做饭。我同学每个早上起来，都先要给孩子们穿衣、洗漱、做早餐、带水杯，收拾好书包和一堆的文具，然后一个一个地送他们去上学、上幼儿园；上午回来买菜、收拾垃圾、整理屋子；午饭后又得送孩子们再去学校、去幼儿园；等到晚上，更不得闲，孩子们吃了饭要洗澡、要讲故事、要辅导功课，再哄他们睡觉。这样，一宿一宿地盯着孩子，生怕哪一个蹬了被子，千千万万别感冒。最小的一个还得半夜起来喂奶、把尿，一个睡着了，另一个又醒，此起彼伏，永不消停。搞得自己整天像个披头散发的陀螺……”

陀螺？

我眼前出现了老奶奶的画面：“一个人带仨？是啊，那可真是够呛！”

陈新红说：“所以，从她的内心来讲，她是真不愿意就这样被命运无情地抽打，但是又没有别的办法。儿子、儿媳妇儿不出去打工，家里就没有钱。出去了，她便只能一个带仨，日子实在难熬，而且‘这样的人生又有什么意思’？‘连死的心都有了’，想想还不如真的去‘死了算了’……”

抑郁？劳累？没有价值？

你以为不是吗？

三个孙子的这位奶奶，是今天中国很多很多老年人，尤其是农村的老年人晚年生活的真实写照。

我们中国14亿人，不管今天如何发达，人口结构上，农业人口还占着大多数（过去常说是8成），大约还有10个亿。在这个庞大的数字中，近3亿是青壮劳力，他们有男有女，分布天南地北。20世纪90年代，中国农村的壮劳力开始纷纷离开了家乡、土地，加入到了席卷全国的外出打工潮中。这些人来到大城市，或进工厂，或去建筑工地，或做小买卖，或从事于各种各样的服务性行业，总之，在外面赚钱就是目的。梦想着赚了钱第一是回家盖房子；第二是给儿女交学杂费；

第三，哦，基本上就没有第三了。年轻的娃儿普遍都认为，爸爸妈妈在家里为自己带孩子，那是天经地义，没有什么应该不应该、愿意不愿意，家家都一样，全国都一样，我们只要给钱，每年回家给他们买些新衣裳……

有人问：

“那为什么你们（外出打工的爹妈）就不能带上自己的儿女一同出去？”

“为什么自己出去挣钱，却要把抚育下一代的重担都压在农村的老爹和老妈身上？”

不瞒你说，很多次采访，我也是把这样的问题都向打工的父母和辛苦在农村带孙子的老人们提出来过，但是得到的回答都很客观、真实，也都很令人绝望。

“城里的生活成本太高喽，一家人吃、住，挣的钱都不一定比花出去的多。”

“打工时间身不由己啊，我们经常加班、熬夜，孩子带在身边也照顾不了。”

另外，教育——中国目前依然实行的是城乡二元结构，农村的孩子不好在城里找学校，就是有少数的家长肯把子女带在身边，不缺钱的会把孩子送进私立学校（或城乡接合部的“打工子弟学校”），但是儿女一到初中毕业，要中考，然后高考，这些“外地的学生”，还是得统统回到自己的户籍所在地去求学、考学。

2019年“五一”期间，我随“童伴妈妈”摄制小组来到了四川省大巴山南江县的碓盘村，我们的创作本意是要采访为“农村留守儿童”提供另一种亲情关怀的“童伴妈妈计划”。不采访不知道，一采访，要查背景，我才知道今日我们国家农村的“留守儿童”（16岁以下的）有多少。竟有902万之多。这么多可怜的农村孩子，他们身边同时也伴随着身负重担、努力拉扯他们的爷爷奶奶。这些老人有一个算一个都是“心甘情愿”地为外出打工的儿子、儿媳在大山里“带着孙子”，但他们的生活境况——无助、无奈、贫病交加，这情景让人看了真的很心酸、很心疼……

一位67岁的C奶奶，老伴儿去世得早，10年前儿子和儿媳就到外面打工去了，把两个孙女都交由了她一手带大。2019年，本来家里的日子已经渐渐好了起来，儿子、儿媳通过在外打工挣来的钱，在镇上买了一处楼房，一家人差不多要搬离高山深处的土坯房，过上像“城里人”一样的“单元”生活。但是春节快到了的时候，原本就有病的儿媳，突然病情加剧，在医院里意外去世。这个家，一方面因为买房借了贷，另一方面过去给儿媳看病就已经欠下过不少的债。好几年的借借借，儿媳现在又突然撒手归西更是雪上加霜，因此这一家“因病返贫”，一下子跌落到了困难的谷底。

两个孙女，大的HR正好要高中毕业，学习很好，一心想上大学，但是，爸爸告诉她：“你妈这一死，你的大学是不能上了。家里原本就落下了十几万的饥荒，你一年一万块的学费，爸实在是给你交不起……”

我在C奶奶家采访的时候，大孙女HR并不在，是小孙女SR把艰难告诉了我。

SR说：“姐姐听说爸爸不会再给她交学费了，很生气，一个人跑到外面哭着去打工去了。奶奶看到这种情况，既理解孙女，又心疼儿子，只好一个人再回到碓盘村，在大山深处采茶、采药、养鸡、种菜，然后背着大箩筐走出大山去卖。”

“奶奶一个人吃住在这老屋？这么大岁数了还一个人进山采茶、采药、养鸡、种菜？然后再背着大箩筐一脚深一脚浅地走出大山去卖？”

“对。”SR流着泪。

我们正说话的时候，C奶奶正在屋门前的菜地里拔草。

我认真看了看“老屋”，那“老屋”因为年久失修，一半山墙都已经让雨水给浇塌了。

我提醒SR，“这样的房子，还住人，很危险！”

SR说：“是啊，所以爸爸和我叔叔他们在外面也都很担心，每天就不停地打电话。一旦奶奶没有接，就害怕她是出了什么事，或者在山上摔倒了，煮饭用电电着了，还有就是最怕中风，一个人突然倒在哪里不能动了……”

在碓盘村，那一次我接触了十几户“留守儿童”的家庭，C奶奶的身体还算硬朗，望着苦不出头的日子也还能咬牙坚持上一阵子。但我遇到了FL，12岁的女孩儿FL，看到她的爷爷奶奶，就很能理解为什么这孩子从一开始接受我的采访，坐在长条凳上，眼泪从来没有断过。

FL的家也很特殊。父母生下三个孩子，前面两个是女儿，后面一个是儿子，之后就心满意足地（重男轻女啊）走出大山到外面打工去了。自此，爷爷奶奶带着三个孩子，泥一把水一把、干一口稀一口地过起了日子。

本来父母在外打工，目的是要还上家里因盖房欠下来的一大笔债，但时间过了没多久，儿媳见识了外面的世界，也尝到了挣钱的艰难，先是失联，而后一走三年不联系，之后突然回来，提出要跟FL的爸爸离婚。那以后，直到2019年5月我见到FL，她说她那“狠心的妈”就再也没有回来过……

FL奶奶坐在田埂上鼻涕一把泪一把：“现在的大孙女已经懂事了，恨妈妈，也想妈妈，同时还得担负起照顾弟弟妹妹的责任，不然我们老两口岁数都大了，她爷爷是一身的病，每天都要吃药。FL小小年纪就得学着洗衣、做饭，学校放长假了还要跟着我上山去掰竹笋、采茶、采药，换点钱。不然，你说怎么办？”

我问奶奶：“那你们家现在的经济来源呢？只有靠FL的爸爸一个人在外面打工挣钱吗？”

奶奶听到这儿，更是心碎得哭出了声，说：“FL的爸爸四年前因为闹离婚，心乱，在修路的工地让机器给轧断了几根手指头，现在，他虽然人还在外面打工，但干不了啥子重活儿，钱也挣得不多。我和孩子爷爷在家里喂猪、喂牛，卖猪崽、牛犊子，可是今年，运气匹啊（不好），母猪不怀孕，母牛也没有生下来一只小牛犊……”

FL奶奶，本该颐养天年的岁数，却和老伴儿被生活的重担给压得喘不过气来。

我看着她们家老的老、小的小，眼睛也湿，但心里更知道：中国902万的农村留守儿童，他们的家庭境况，像SR奶奶、FL 奶奶这样的，还有千千万啊！

留守儿童，这是中国几千年发展史上从未出现过的特殊历史印记，老人的付出丝毫不指望回报，这和过去老年人在农村也是祖祖辈辈地帮儿子带孙子的田园图景不一样，那时候农村的老人也是这样的一代接一代地往下过，只不过彼时不是此时，此时的儿女不在身边，老人要独力带大孙辈，还要承担起教育、教养，吃饭、穿衣，看病、服药，上学、下学……农村，特别是山区，坡陡水深、蛇虫遍地，同时还有防火、防电、防水淹，更是老人们心头一个个巨大的压力。

面对他们，我经常无语：这一代的中国老人，怕是农村里最苦也最无助的爷爷奶奶了吧？他们的付出，十年、几十年，之后会换来什么？

终于被自己豁上了晚年带大了的孙子、孙女，一个个出息了，考上了外面的学校，但他们心中想的都是啥？恐怕都是进城，做城里人，住楼房，用抽水马桶，将来能有几个还会回到农村？回来守着自己的祖父祖母？山区空空荡荡的新房，再过十几、几十年，这些新房无疑会变成老房子，因为没人住，有一天也被阴雨浸泡，被洪水、泥石流冲得个不见了踪影？

难怪有人讲：沧海桑田，现在中国正在经历着这一场人间巨变。

数不清多少农村老人为国家带大了900多万的留守儿童，他们是家庭的依靠、社会的基石、国家的功臣。但代价呢？茫然了自己的老年，无奈于含饴弄孙的恬淡……走进丰富多彩的新时代，我想跟他们谈一谈“养老革命”“绿色人生”“金色百年”，这些话都说不出口，一张嘴都显得很不搭调，很不真实。

如何来计量一下他们的幸福指数呢？

第二章

晚境，已今非昔比

眨眼就老——生命和你没商量！
你知道现代和传统有什么不同？
时代在变，我们还站在一边懒懒散散地围观？
40 年深不见底的黑洞逼近了，
一种无限升级的新活法儿，
你是否愿意接受又能够接受？

狼要来，是早晚的事儿！

2017年，由以色列作家尤瓦尔·赫拉利所著，中信出版社出版的《未来简史》，终于让中国的读者大开眼界。

这本书探索的：如果20世纪人类面临的三大问题分别是瘟疫、饥荒和战争，那么到了21世纪的今天，我们所要攻克的“三大难题”就变成了长生不死、幸福快乐和化身为神。

我可是爱不释手，连着几天啃下了这本书，书中的学说、口号，倡导的一种精神，都让我非常兴奋，不期而遇地走进了一片新天地。比如赫拉利幽默地告诉我：

“如果说传统上死亡属于牧师和神学家的饭碗，那么现在，工程师正在接手这笔生意。”

再比如：

“20世纪人类的预期寿命已经从40岁增加到了70岁，几乎翻了一番，所以在21世纪，至少应该再翻倍到150岁，这虽然和‘不死’还远远地差了一大截，但仍然会让人类社会发生翻天覆地的变革。”

有谁能想到比战胜死亡更令人兴奋的科学议题？

又有什么是比永葆青春更有前景的巨大市场呢？

因此今天，一些科学家已经站在了更高的起点向死亡发起了进攻，“这些高呼着人类不死的科学家，其实就像高喊着‘狼来了’的那个男孩——狼要来，是早晚的事儿！”

啊，太精彩了！

人类的科学进步，总是在一次一次的葬礼中不屈前行。

但是当科学的阳光还没有普照大地，生命已经进入暮年，人类还是会有很多麻烦让我们与“恶狼”展开生死肉搏。这里说的“狼”，可不是赫拉利所讲“150岁要面对的新的寿命”，是眼下中国老人面临着的威胁——养老困境。

2019年北京的秋天姗姗来迟，但一到，马上就让人从短袖换上了羽绒服。

可巧就在这一年，我比前几十年，任何一个年龄都更加明确地接受了一个说法，什么“人老了，你可千万要处处小心”。比如“千万别着凉”，一凉，血管就硬，血压就会升高，生命就很容易出问题。是吗？小学生第一次听老师讲到1+1=2。

哦，“听人劝，吃饱饭”，所以早上起来，我就先找出了棉毛裤、厚袜子、护膝、腰封，然后一样一样地坐下来穿。可等我好不容易把这些一样一样的东西都穿起来，满头大汗，好，刚起身，又扑通一声坐下，裤衩穿反了，得，从外到里，这回又得一样一样地往下脱……

“人老了，真麻烦！”

我又开骂。自己闹出来的笑话给这句人人都抱怨的老话儿做了一个贴身的注脚。

可不是吗？！

尽管，听了这样的抱怨，也许有人要反驳：“去，老什么老？！”

人的年龄，其实就是自己的一种心理暗示，是社会习俗对我们展开的“围剿”。

人经常是在还不老的时候就被外界认为你已经老了，生命的能量就像被关进笼子里，然后你就只能往老里打扮、往老里行事，顺着自己的身体弯下腰去走路，让自己满脸褶子、邋里邋遢，再也不舍得花钱去富养容颜、富养精神。同时，更要命的是人一旦粘到老，尽管你可能才55岁、60岁，你的身体、状态，还都不觉得跟自己年轻的时候有什么太大的区别呢，但客观上催你变老的力量太强大了，太不由分说了……于是你自己也开始心甘情愿地做起了老人，举手投足都依了可怜的老年状，不敢吃、不敢动、不敢想、不敢怀抱晚年的梦想，被“老”的概念束缚得不老都不行——“这叫什么？投降、背叛、自戕！”

两种说法，谁对谁错？

50岁的时候，我记得曾经问过一位年长的大姐，说：“您已经过了更年期了哈，这更年期，女人的身体会有什么变化？”大姐竹筒倒豆子：“有什么变化？一句话我都跟你说不清楚——头疼、腰疼、腿疼，总之浑身上下哪儿都疼！”

啊？

那一次，我是结结实实地给吓着了。

不过到了自己的“更年期”，我因为已经提前跟自己反复叮咛过“我可没什么更年期，我没有更年期！”算是一种反向的心理暗示，就是不想让自己被“更年期”这件事搞得生活乱七八糟，所以不断地提醒自己千万别杯弓蛇影、无病呻吟，或小病大养。

结果身体真的到了围经期，闭经了，这是女人更年期的身体表征，我真的还没有什么特别的“不适”，身体、精力都跟中年一样，并没有让人看到任何明显的变化。

这又何解呢？

人体（个体）差异？

精神的力量，无比强大？

不知道，说不清。

不过每个人，我们自己的老年都是自己的，别人怎么样不一定你也注定会怎么样。但科学必须尊重，生理常识的种种表现你不能视而不见。

比如人一进入老年，自然的年龄我们都明白，但近几年，医生又提醒我们，还有一种年龄——血管的年龄，你知道吗？就是我们周身的血管，毕竟随着年头的积累和使用的老化，像家里的水管子，常年锈垢，通畅性就越来越差。很多病你说不清，有时自己吓自己是显得多余，但有时，汹涌而来的恶疾，一不小心，你也会送了自己的卿卿性命。

1999年，过去我父亲单位的一位行政领导，大家同住一栋宿舍楼，还不到60岁，还没有踩到退休的那一条红线，刚主持完我父亲的遗体告别，第二年他竟出事了。

那天晚上，这位年轻的小老人单位有应酬，作为办公室主任，他是陪了饭，也陪了酒，半夜起来上厕所，好一会儿没回到卧室，夫人就心里嘀咕：“唉，这人怎么了？撒泡尿要这么长的时间？”于是起身到厕所去看，这一看可惊出了大喊大叫，丈夫已经倒在洗手间里不省人事，说话、摇晃，什么都已经再没有了反应。

急忙拨打120。

救护车到了。

人却在医院里没有被抢救过来。

心梗，后来我们大家都猜测这应该是“梗”得太厉害了。这小老人平时就有血压高，仗着年轻力壮，没有引起注意……

血淋淋的例子——你不怕？

老年人的折旧，用年龄来做生命的刻度，不重视不行。不重视，很多凶险就可能被忽视，这倒也像野外宿营，你不知道身边有狼正在出没，但不知道并不等于并没有，通常只要有，就不止一只，可能是一群。

另一位女士，我在香港外派的时候，因为同样也是中央各传媒的驻港媒体，某大报的主任夫人，让我印象颇深。这位夫人小巧玲珑、聪敏过人，每一次到沙田马场去看赛马，我们都跟着她下赌注，为什么？因为她买马看得很准，是用大脑计算出概率来的。一开始我还有点不好意思，后来发现真挣钱啊，也就顾不得面子，跟着她，她买哪匹我买那匹，她压多少我压多少，嘿……注注爽，那叫一个爽！

10年之后，也就是2019年的初冬，我们这些驻港传媒的十几位老朋友又在一位当年的老领导的召唤下于北京齐聚。我见到大姐，一下子又想起了当年跟她买马挣钱的事，急忙哈哈笑着打招呼。跟着，我看到这位大姐的丈夫，先是帮她脱掉了羽绒服，然后妻子头发乱了，夫君又抬起手，像给小孩子拢头发一样地用手指轻轻地给大姐把头发一缕一缕地弄好，再然后才拉开椅子先安置大姐坐下，好好地坐下……

哇！这一幕，实锤啊！感动得我唏嘘不已。

不过过了一会儿，我身边有人小声地在咬我的耳朵："知道吗？你看X主任的动作——老夫老妻的，还如此恩爱、体贴入微，那是大姐真不知怎么修来的福气吧？但是你有所不知，主任之所以这样，除了爱、除了绅士风度，最主要的还是因为大姐得了那种病，那种能吃能喝，但就是大脑不灵光了的老年痴呆，或者叫阿尔茨海默病吧？你明白了吗？"

啊？

话从两头说：

人一到老，不愿意承认自己老或就喜欢倚老卖老，这是两种表现，两种不同的内心追求，没有好坏对错，都是自己的事。但就一般的情况而言：老年人肌体的退化，不比精神可以永葆青春，势必会随着年龄逐渐趋老，这是没法子的事，视而不见或不听人劝都不聪明。

2019年8月18日，央视《百家讲坛》的主讲人、64岁的学者马未都先生，不慎在浴室里摔倒，养伤期间，他说他的“每一个小小的动作，都会引起撕心裂肺的疼痛”，然后撰写了《平安书》，呼吁社会关注老人，关注老人很容易在浴池里摔倒，“将这个教训，变成一件好事”。

马先生说：“我主观地毫无根据地估算了一个数，假使每年有1%的人滑倒（每天发生概率0.000027%，大概36500人次一年能摊上一个），就是1400万人；其中如果有10%的人受伤，是140万人；如果伤者中再有10%直接或间接地死亡，就是14万人；这样平均每天有383人因滑倒而意外地死亡，相当于每天掉下来两架大飞机，比交通事故的死亡数字还要高一倍，想想真是不寒而栗……”

21世纪，尽管人类在科学探索的路上突飞猛进，但“老与疾病”“老与伤痛”“老与死亡”，一群群恶狼依然对我们虎视眈眈。不了解这样的处境便很难加以重视；不重视，躺枪的机会就会很多。

一个名词，一种极其凶险的病——主动脉剥离，过去我们连听都没有听说过，但是前不久，台湾海峡交流基金会的前主席江丙坤先生猝死，原因就是手机掉落到了地上，他弯腰去捡，突然昏倒，之后经抢救失败不幸辞世。同样的例子：美国芝加哥前市长哈罗德·华盛顿，也是在一次新闻的采访中，突然弯下身去捡掉在地上了的签字笔，忽地一下，人就发生了主动脉剥离，也是当场不幸去世。

医学上的解释：主动脉剥离是指老年人任何突然用力或做出一些发力过猛的动作，都可能对关节、肌肉、韧带，乃至血管造成损伤。因此做任何动作老年人都宜慢不宜快。尤其像捡拾落地的什物，我们首先要避免习惯性地弯腰，而养成救命的好习惯——下蹲的姿势……

我无语了。

未老先衰是老年的奴隶；但盲目强悍是否堪比莽夫？

正反两方面的例子仿佛都只能证明自己，谁都推翻不了对方。

但小心驶得万年船，我的养老革命要提倡的就是“乐观+清醒”。

一个人如果不了解晚年的世界，不了解老人的身体特点，同时还不知道危险在哪里，那“狼要来，是早晚的事儿”，我们总不至于任性到要拿自己的生命去为什么做证去吧？

所以您得睁开眼了。

40年深不见底的黑洞……

老生常谈上帝是公平的——生死有命，富贵在天，但不少人也会咧嘴：“得了吧，上帝在哪儿我都不知道，还跟我谈什么公平！”

人生在世，绝对的公平当然是没有的，每个人都有自己不同的“命”，但生命如钟，一生下来，就像上了发条，滴滴答答地开始向着“老”而奔去，有时走、有时跑、有时貌似原地踏步、有时闪展腾挪、风驰电掣，但不管怎样行动，老天爷都会在一个叫终点的地方给你留下一席之地，这就是公平，是天则，挡不住。

这些年各种奇葩事情层出不穷，闪婚、闪离、闪富、闪肥，但“闪老”呢？

日本作家村上春树说：“人不是慢慢变老的，而是一瞬间变老的。”

“一瞬间？”

人变老，不是从第一道皱纹、第一根白发开始？而是从“放弃了自己”的那一刻开始的。

这就是“闪老”。

“闪老”是一种客观，不分穷富，无论贵贱，只要你不设防、不控制。

那面对衰老，你如何设防，又如何控制呢？

年轻时我没有想法，有一天，我认识了一群人，一群盲人，从盲人那里我听到了一件事，瞠目结舌了——

2016年我和我的摄制小组前往福州去采访“中国盲足”，这是一帮中国有骨气的“小瞎子”，他们在有视力的中国队员都很难“冲出亚洲、走向世界”的纠结中为国争光，奋力一脚，成了国际上有实力且排名很靠前的世界盲足劲旅，并把纪录一直保持到了2019年。

当年我的采访，除了正式地跟他们聊，聊训练、聊比赛，还有一部分内容是关注这些盲人的生活起居。我几次来到球员的宿舍，就是想看看小伙子们日常的生活，他们的衣服怎么洗、球鞋怎么刷？洗好了的衣服怎么晾到楼道里高高支起来了的晒衣杆上？此外还有孩子们业余的时间如何打发？晚上躺在床上会不会也像当下这个时代所有的年轻人一样——玩手机？

记得一位17岁，平日里最不爱说话的队员YYT跟我说，他平日里最喜欢的事就是听音乐、听手机里头的语音。

“语音？是那种用手机就可以听到的在线音频节目吧？”我问，“爱听什么？”

YYT说：“很多，其中像罗胖的‘罗辑思维’，就是你们中央电视台的，后来离开了，这个人每天一清早都会跟听众说上一段60秒的人生感悟。”

“是吗？真好。”我随口呼应，但实际上“罗胖”是谁？什么叫“罗辑思维”？为什么不是逻辑思维？那时我刚从香港回内地不久，真的还不知道。

不过，经年轻的盲足队员一说，我立刻，当天就关注起罗振宇的罗辑思维公众号。跟着有一天，罗胖的一句话，一个叫“40年黑洞”的话题，深深地抓住了我，也十分尖锐地提醒了我——

罗胖在60秒里说：

最近在咱们得到App的《每天听本书》栏目，我听到了一本书叫《百岁人生》。这书就是提醒大家一件事：随着医疗技术的进步，我们这代人有很大概率能活到100岁。

“能活到100岁？这是好事啊！”我当时无比兴奋。

“可是您先别高兴，活得长虽然是件好事，可代价是什么呢？”罗胖继续说。

最简单的一点，就是过去的“三段式”人生（规划），现在，没用了。

过去，我们所谓的“三段式人生”，大概就是一个人在30岁之前学习、成家、立业；30岁之后在社会和家庭中顶起大梁；60岁之后退休回家安度晚年，但是，以后如果我们普遍都可以活到100岁，60岁以后还有40年，那“三段式”的安排就出了问题。

……

说老实话，猛一听罗胖的40年黑洞，那天我是腾地一下子从床上坐起来，然后仿佛再也没有资格躺下！

40年的黑洞，这是一段深不见底的陌生的岁月。

不要说老年人体质差、多病缠身或重疴难医，就是另一类身体好的，能吃能动，不发愁重病和死亡的那一类乐观的老人，60岁以后还要再过“40年的好日子”，这晚年该怎么对待？

怎么过呢？

崭新的分析，足以让人伤一伤脑筋。

按照《百岁人生》作者的担忧：

60岁以后的40年，很多老人的身体可能还算健康，但我们的认知能力和脑力会不会不可避免地要衰退？每天的太阳照常升起，可你每天都要带着前60年积攒下来的私心杂念、陈旧的习惯和偏好继续往前走，我们要花多大的力气才能跟上这个新的时代？

如果，如果由于生活水平和医疗水平的不断提升，我们普通老百姓真的都可以活到100岁成了平常事，那一系列的问题就要立刻摆到桌面上：

首先，我们怎么能够保证自己的身体一直健康？

怎么能够保证在60岁以后的40年里我们一直都有能力接受各种新技术、新理念？

如果做不到，我们可能会被社会轻视，甚至被我们的儿女所嫌弃。因此，人到老了，身体上的不适、病痛是一种痛苦；而我们的认知能力和动手能力的下降也是一种痛苦，所以好日子未必不令人担忧。

记得小时候，我只要一听说哪个工人师傅是八级钳工，内心对他的敬仰便如滔滔江水。

同样的敬仰，谁的爸妈是教师、工程师、医生、画家、作家、演员、歌唱家，甚至是泥瓦匠、裁缝、会理发的、会修车的，我都觉得他们有了一技之长，就可以养活自己和家里的一大家子人。可现在呢？以后呢？

以后的你，如果只会一种技术，到了人生的后三分之一，还够用吗？

如果因为跟不上科技，你也干不动了，那你的晚年又靠什么保证不掉队？

今天60岁以上的白发者就已经有人不会玩智能手机，不会发微信，不会用滴滴打车、网上挂号，更不要说网上支付和完成在线的一切金融交易了；而60岁，如果后面我们还有40年的寿命，那世界在我们的身边不断地进步——区块链、共享经济、虚拟货币、人机耦合，各种新工具、新活法已经成为生存依靠的常态，而你都看不懂、都玩不转，一方面不食人间烟火，另一方面又因为长寿而死不了——那可怎么办？

也许有人会说，那我要这样的百岁干什么？还不如舒舒服服、自由自在，无须竞争，不用学习，活到80岁也挺好。但是长寿，是天地永恒对人最大的诱惑，没有人平白地不想活。过去，无论城市还是农村的老人，年轻时为自己攒钱，目标就是能够活到80岁。但80岁以后的资金保证呢？如果我们按《百岁人生》作者的说法，80岁以后还会有“多出来的20年”，你够花吗？不够了就得过苦日子。大家苦你也苦就没问题；但有人苦，有人不苦，你就苦了。因此要不要从中年就开始改变储蓄的计划？为我们的“百岁人生”多做些准备，同时还要考虑到你存的钱能不能跑得过通货膨胀？这都一条条地向你提出了崭新的挑战。

2019年夏，我女婿转发给我《经济学人》的一篇文章，内容是讲“猫头鹰一族”（Older, Working Less, Still Earning），这个老人世界的“新景观”，据说在全世界已经开始流行——就是有些人年纪已经大了，不是不工作，只是比以前工作强度和时间要减少一些，但依然会在晚年为自己赚些钱。我女婿是很赞扬这种积极的生活态度，知道我在写老年，也极力想推荐给我，说让我也写进书里面去，给其他的老人做做参考。

事实上，很多发达国家，比如德国、日本和西班牙，社会老龄化的问题也日益严重，很多国家用每十年将退休的年龄往后延迟2到2.5岁，靠这个办法来抵消劳动力人口减少而给养老支出带来的疲软和无力感。

我们国家男60岁、女55岁，这条退休的老杠杠什么时候会松动？

据传要推迟，但今天依然没有启动。经济学家预测：早晚有一天，这会是不得不如此的做法。

在英国，40%的创业者其创业年龄都已经超过了50岁；70岁以上仍在工作的人，其中也有60%属于自主创业。

而在我们中国，如果你大数据一下，越来越多的退休人员，目前的新动向是：要么“返聘”再工作一段；要么跟朋友搭伙或自己找点事情做。这样的“猫头鹰一族”已经慢慢出现……

如此的景象说明了什么？一方面五六十岁的“小老人”，他们在告别了职业生涯之后，还有余心余力为社会再奉献余热，同时也在证明：老年人为了今后自己经济上的考量，不得不给自己的晚年再多准备出一点积蓄。

“猫头鹰一族”不仅给自己也可以给国家带来好处，如果这样做的人越来越多，便可以引领潮流，同时也能够证明退休人员还可以更加积极地参与社会经济活动，这对传统养老带来的颠覆，对拓展用工制度……都提供着观念上的支撑。而且，有医学证明，老年人只要管理好自己的身体，多工作一些时日，对大脑、对心情，还会产生良性的激素，对“绿色养老”大大地有好处！

是吗？还有这事？

对！人，说到底，都不可能生活在真空当中。

面对60岁以后的黑洞，我们如何接受并从黑暗中慢慢摸索，让眼睛快速适应？让能力足够应付新时代的种种要求？

罗胖替作者提醒大家：那就没有别的办法了，就得从现在开始，学会过一种无限升级的生活。这个无限升级就是逼迫自己不断地学习，不断地掌握新知、新技能，这是进入黑洞要用的火把，也是我们唯一能够拯救自己的路。

过去60岁再去上个什么大学是件新鲜事，是晚年闲着没事给自己找点乐子的做法，但今后，70岁了再去创业、80岁了再去干一件全新的行当，很多人很可能都不得不如此。

老来俏、瞎嘚瑟？

不。

没有人再去嘲笑会赶时髦的老人，因为人人都可能会这样来安排自己的晚年——百岁健康人生，那不是皇帝的新衣，不是科幻小说画出来的大饼，是人人都可以做到，人人都能拥有的生命的权利，谁还会刚刚才到60岁，就躺在床上像个巨婴？

我是从那天开始就躺不住了。

40年黑洞？

完全未知的40年——要靠我们自己去探索？

“抱团养老”是否靠谱？

人的本能是不会轻易向命运投降的。

而本能一旦面对新的理念、新的环境，可以施展出来的能量——其强度、硬度、韧度，你自己都不知道。尽管探索、尝试的过程有可能屡屡失败，但不探索、不尝试，你就连失败的机会都没有，当然成功也不会有。

归拢老年人养老的心思：健康、长寿是大家的通盼；孤苦、无依是大家的通怕。

可有没有法子让自己既健康长寿，又不苦不孤？

在美国，曾经有位喜欢时不时就到国外旅居的中国老人，是我老公的发小，LXY先生，他告诉我，2018年他在美国芝加哥，听到周围的华人都在聊着这样的一个话题，那就是——抱团养老。

抱团养老？

“这不新鲜啊，咱中国人早就在国内实践了。”我说。

但LXY说：“不不不，美国的做法不同于中国，在我看来比较靠谱。”

“怎么靠谱？具体是怎么做的？能说来听听？”

LXY就说：“就是有4个退休的独身女人，她们的背景、爱好、经历都很相似，住在一起已经‘抱团’了四年。小日子过得不仅风平浪静，还有滋有味儿。她们在一起共同购买的是一栋四室五厕的别墅，地下室还有一个客房，可以供哪家的孩子们临时来看望老人了做客房。”

“一起住的好处和难处，她们肯坦白地跟你说实话吗？”我怀疑。

LXY说：“可以啊。她们一起住的好处，4位抱团的老太太说最主要的是互助，这在美国一个凡事都要涉及到钱的社会，就显得十分的现实。”

比如：

第一，节约：四部车变成了一部，大家还选择了共同请一个保姆，剪草费、地产税等也都由4份变成了1份。

第二，卫生得到了改善：互相监督，反对脏、乱、差，如果衣冠不整，则不能出现在公共场所或结伴旅行。

第三，健康获得了改善：因为四个女人经常会互相鼓励、相互搀扶，一起散步、一起健身。

第四，生病的时候有人照顾了：不用再担心没人发现、没人帮你去医院，也不会给儿女添麻烦。

最后，还有饮食的统一，大家事先达成了共识：餐餐要少盐少油，只吃健康、绿色的各种食品……

当然，美国老人抱团养老的成功，不见得就能证明这种养老方式放之四海而皆准。看看中国老人们的实践，虽然抱团养老的新概念听起来是很科学，但丰满的理论一旦遇到骨感的现实，其实挺难。

2017年，央视10频道，有一档用电视纪录的手段专门反映老百姓日常生活的栏目，叫《讲述》，12月份先后两期在讲述着一位抱团养老的老人，我很钦佩编导的眼力，但出路何在？节目依然是以一个“没有出口”的“出口”做了结尾。

故事发生在杭州，一个中国最热闹、最美丽的大城市，老年人口的比例已经占到了全市总人口的20%。主人公是张阿姨，69岁，退休前是一名高级护士。5年前丈夫去世，孩子又不在身边。她是一个不甘愿被传统生活所拖累的前卫老人，愿意尝试各种各样的新鲜事物，特别是有一次自己病重，一个人在家，浑身疼痛，最严重的时候，“连床边的手机都够不到，更不要说有人给你端杯水、送片药、说上几句安慰的话了。”于是张就想到了要通过《都市快报》招募一些老年朋友来一起住，还拟好了合同，比如她家是三居室，合住者要交一定的房租、饭费，然后家里的事包括打扫卫生和买菜做饭等，都由大家来协商分摊。这个报道发出去以后，应征者很快就达到了200人，局面很是鼓舞人心！张先筛选出几十位，然后一一跟这些老人打电话联系，最后精选出两位女性，Z和S。这样，三个女人很快搬到了一起。刚开始大家见面还有说有笑，好不亲切——时尚的光环下，每个人脸上都洋溢着一种将要展开新生活了的崭新的曙光——但是，没过一个月，张就发现老人们其实是很难和陌生者抱团在一起的，每个人都有自己长久养成了的习惯、爱好、脾气，并且都有思维定势，想法也都很固执，因此三个女人争来吵去，最终落了一个很不好的结果——不欢而散。

接下来怎么办？

张不甘心，她知道接受任何新事物都不可能没有挫折。于是在暗自神伤并且重归孤独的日子后，她还是决定要再试试，又请《都市快报》二次将她的勇敢以“抱团养老再上路”的标题做了跟踪报道。之后，张又约谈了不少人，先后与潜在的合住者反复磨合与再尝试，在最后接连失败的情况下，她想起了第一次跟她相处的71岁的S阿姨最合适，于是愿意再一次邀请S搬到了自己的家。

这下，教训之后的再行动情况应该比较乐观了吧？S阿姨被张的热情所感动，两个女人又合在了一起。二次相见姐妹俩相抱而泣，各自都说了一些过去自己这里不应该、那里没做好的道歉的话，同时也都表示很在意对方身上的诚意和直率的性格。于是张冷清了一段时间的家又复热闹了起来。两个人又有商有量，欢欢喜喜，一起看电视，一起外出游西湖，在美丽的阳光和景色中看水上的鸭子、水下的鱼，高兴到极致有时还会像孩子一样地放肆地尖叫……但是，二次抱团持续到第20天，各种各样的问题又都冒了出来，友谊的气泡再次破灭，S阿姨还是拖着自己的行李再次沉重地搬出了张的家。所以……

面对新时代，抱团养老以及其他的种种“以房养老”“医养结合”“候鸟生活”“共享保姆”等，这些其实也都是崭新的口号、崭新的做法，正扬起小旗召唤着老年朋友们勇敢地进行尝试。我不否认很多时尚的养老方式都是时下中国人有可能获得养老革命成功的实验，这一点就像“我不同意你的观点，但我会誓死捍卫你说话的权利”一样，勇于探索总比抱残守缺要积极得多，只不过具体说到抱团养老，我看到成功的例子还真不多。

抱团养老把陌生的两姓旁人硬拉到一个屋檐下，同吃、同住、同生活，这在中国现有的认知水平、心胸情怀、经济状况、伦理习俗等条件的限制下，平静与和谐是很不容易做到的。而且，抱团养老只发生在老人六七十岁，生活还都能自理，还能吃能玩、能走能动的时候还可以；但人到了更老的时候，需要医生和护士，需要经常地与医院和急救车打交道了，那个时候还抱团？谁来专门照顾谁？万一谁照顾谁出了意外又该怎么办？很多很多的问题，等着我们去破解。

我认识一位老编辑、老作家，80多岁了，她一生跟文字、文章、思想、灵魂为伍，对生活有着自己的眼光，也有自己的执念。当她的老伴儿因病不幸在她的前面先走掉了，她一开始也心慌意乱，形单影只。白天哭，不知一个人将怎么打发余生每一天的孤独，夜里睡不着，她窝在大沙发里，灯也不开，一个人默默于黑暗里苦思冥想。

终于，老编辑勇敢地站起身，把房间里的每一盏灯都打开，让整个屋子统统都亮了起来，让自己的心也全亮了起来。

她开始考察所住城市好一点的养老院，不过一连走了很多家，最后失败地承认“目前的商业养老，不仅是吃、住、娱乐、医疗等硬件的条件，此外还有精神、灵性、群居的感觉，我都不能适应”，于是毅然决定放弃。

跟着她设计了居家养老，还是打算一个人在家里过——先是给自己雇了一个保姆，又雇了一名司机，老编辑知道老年人的晚年最好不要一个人独处，两个孩子虽然跟她都同住在一个城市，但各人都有各人的事业、生活，以她的学识和个性，她也根本就不会去想到打扰年轻人。这样，她每天的居家养老正式开始，每日读书、写作，依然像有老伴儿在身边的时候一样，只不过此时，她要求自己的身边一定要有人，老伴儿换成了保姆，不停地在自己身边收拾屋子、洗洗涮涮，给二人做饭，跟自己说话；另外还一定要出去，她请的司机就是负责每天拉着她到外面去随便转转——两个“一定”确保了她的生活不闷、不消极，不像条虫子，或酒囊饭袋。她要出去见见世面、接接地气、攒攒阳气，用这样的策略把孤苦忘却或逼进自己内心最深处的角落……

当然，到了春节或法定的节假日，雇佣关系的保姆和司机有可能要回自己的家与家人团聚的。老编辑也能理解，从来都不拦着。只是每到此时，老编辑的养老规划就启动了另一种安排——暂时租借养老院。

养老院，长期住，她不习惯过集体生活；但偶尔一住，跟院里的老头儿、老太太们聊聊天，议论议论各家的快乐与烦恼，“我也不是那么的不合群”。何况老编辑本身就是作家，爱写东西，爱观察人生，那写东西，作家体验生活最重要，因此节假日家里如果没人，她就把自己“租”进养老院，趁机采访、了解社会、品味时尚……

“你看，原则与灵活互相让步，既可以互相容忍，又两厢和平，还相得益彰了呢！”

那天老编辑跟我讲起了她的晚年安排，讲到她的养老设计，让我很受启发，更看到了一种中国老人的智慧与力量。

说到科学养老，不错，最理想的局面是国家搭台，但每个人的日子得自己过，就像鞋子，你自己最知道哪一双适合自己的脚。

老编辑白天看书、写作、游车河，晚上跟保姆聊天、追电视剧，累了就睡觉，不失眠，不永远泡在眼泪里，“如果我那样，先生也担心，孩子们也不放心，何必呢？”

勇者和智者，老编辑算不算？

算，当然算。

但她的“鞋”是这样的，你的呢？

能不能把“养老院”搬回家？

老编辑的晚年规划，没有足够的经济基础，是做不来既请个保姆，又请个司机，这一点，我并不能否认。

但是你说老编辑家有多有钱？我了解，并不是，她只是敢想：“现在我每个月可以先花掉我自己的退休金，然后花过去的储蓄，再过几年不够了，我就要把三居室的房子换成一间小房子——这样我活到一百岁就差不多刚好够用，也应该够用了……”

看，科学养老需要胆识，科学养老更需要谋划。

通过革命，要提倡绿色百年，但针对的可不是只有有钱人，相反，工薪阶层、普罗大众、邻居大姐、隔壁大哥——有钱有有钱的活法儿，没钱有没钱的模式，关键是看你能不能打开思路，解放自己，因地制宜。

“十一五”期间，准确地说是2007年1月24日，《上海民政事业发展“十一五”规划》正式颁布，在养老产业相关的公开报道中，“9073”的提法开始出现，随后这个“提法”便很快被许多地方的民政部门看作“养老政策”制定的基础依据和发展目标。

什么是“9073”？

“9073”是一种格局，说的是中国现时阶段大约90%的老人还是处于居家养老；7%的老人是通过购买社区服务接受着日间照料；3%的人，则是指老年人愿意入住商业养老机构，走养老院的路子。

其实好好地研究一下“9073”，就能够看出中国目前的养老市场是怎样的一片生态。“口号响、问题多、行路难”是一个基本的事实。我这样说不是不相信经过一些时日，我们国家、社会，还有老百姓自己的老年问题管理会出现蓬勃向上的局面，相反，中国的养老事业一定会开辟出一条适合于中国人自己国情的良性循环道路，只不过今天，革命尚未成功，同志仍需努力。事实上，到2017年2月28日，国务院颁布的《“十三五”国家老龄事业发展和养老体系建设规划》，也已经将居家与社区养老合并表述，更新的提法是：“夯实居家社区养老服务的基础”——“居家+社区养老服务”的新模式很可能就是下一波人们要努力探索的方向，对此我深信不疑。

终于有一天，我看到媒体上报出了这样的一件新鲜事，和我心中深信不疑的方向很合拍——题目：能不能把“养老院”搬回家？——心底窜出了一棵红色的小火苗儿。看，我说什么来着？资本一定会向最深广的市场自动集结，挡都挡不住——有需求还愁没有服务？

试行这种“中国式养老”的城市是湖北省武汉市。

武汉最早在2019年就首次提出了于普通老百姓家中设立家庭养老床位的做法。

这股智能养老的气息扑面而来，也为利用互联网开展“居家养老”的广大市场商机启动了崭新的引擎。

顾名思义，家庭养老床位就是指养老机构不再统一在郊外的一个什么地方建立一个或多个城市连锁的养老中心（一栋大楼或一片大楼），而是把养老的床位直接安排进老人的家中，并评估老年人的身体情况、对其居所的房屋进行适老化的改造，特别要安装上智能硬件设备，这样一方面便于养老机构通过智能设备随时监测到老人的身体情况及活动；另一方面，愿意接受此项服务的老人也可通过智能设备随时联系到养老机构，提出自己的个性化需求，请求养老机构在哪天、哪时为自己做哪些的上门服务。

按照设计，所有老年客户，家门上都会被贴上一个二维码，护理人员只要用手机一扫，智能系统就会收到通知，统计工作人员每次上门的时间和服务时长，并记录护理项目、核实服务内容。

如此把养老院搬回家，老人就不用去入住传统意义上的养老院，担心花钱、费用太高，担心服务、吃喝不一定可口，此外还有按点起床、按点睡觉，会不会被怠慢、被粗暴对待、被……

现代化的科技手段，让一切交换都变得透明，人情、友情、亲情有了新的基础。

那么老人如果同意把养老院搬回家，他们能够接受的具体服务有哪些？

粗线条地来讲：

一、三餐服务：服务人员可以协助老人制作饭菜或干脆把做好的饭菜送餐上门；

二、清洁服务：清洁员可以上门清理，帮助老人洗衣、洗被褥、助浴；

三、如果老人有需要，服务机构还可以专门提供工作人员从早到晚地全天候护理。这包括晨间：洗脸、刷牙、穿衣、梳头；晚间：洗脸、刷牙、脱衣、洗脚、身体清洁、熄灯；至于日常的理发、修剪指甲、洗澡、洗头，甚至包括大小便处理、皮肤护理（防褥疮等）、鼻饲、口腔护理等，也都在可以提供的范围之内。

家庭养老床位，不仅满足了老人居家养老的心愿，而且心贴心、一对一，我之所以为这项探索积极点赞，一方面是因为这种服务并不亚于专业的养老院，且价格要比传统的养老院低得多；另一方面，中国老人的心态，除非万不得已，大多数人还是不希望自己非得离家，去什么别的地方安度晚年，“窝”是很重要的一个概念、一种牵引、一种安全，它背后是中华民族几千年文化心理积累的厚重土壤，要改变，需要一两代人甚或更长的一段时间。

家庭养老床位，除了上面说到的种种好处，老人入住以后，还有《健康服务档案》。服务机构每周都会上门巡诊一次，为老人量血压，一个月做一次血糖测量，代开药品，根据老人的病情提供其他的康复理疗。此外，还有精神上、心理上、灵性和文化娱乐上的安慰，比如给老人过生日，根据老人的要求每天和爷爷奶奶通上一次电话，了解老人的情况并做好记录，负责老人与儿女、家属以及工作单位的交流与沟通，同时遇到法律咨询，服务机构还可以提供专业的社工进行“主动干预”。

如果有老人身体还好，又好动、好热闹，工作人员还有求必应地可以带老人出去逛逛，需要购买生活用品的老人自己去挑，能走动的当然断不了搀扶；坐轮椅的也会有人助行，万一哪里没有残疾人通道，万一哪个商店的大门过于沉重……

当然家庭养老床位的床头，紧急呼叫按钮是必不可少的，不仅如此，服务机构还可以在老人的手机上安装上呼叫终端，随时观察、随时联系，这样不仅让科技与时代接驳，同时还让服务与时尚联手……

很不错的一幅蓝图吧？

看了这样的报道，我当时第一时间都有点渴望年老了。

这么说，我知道自己很矫情，只不过这样说是在形容我当时的喜悦——至少不怕了，不再害怕年老。因为我们的国家在强大，我们的社会在进步，我们的适老环境能够看到，也是在一天比一天变得越来越人性化——崭新的生活有一天终会让中国的老人感到：“嗯，晚年的生活，这样，还真不错。”我们所需要的就是健健康康地活着，等着生活更便利、合理，等着世界更丰富、多彩！

第三章

『绿色养老』出路何在？

时代变化越快，生活越停不下脚步。

科技越发达，人的依赖程度反而会更高。

每一个发现新世界的人，或许开始都是因为走错了路？

靠天靠地，最后我们可以靠谁？

还是我们自己！

榜样在身边从来不缺，但你想跟谁学？

93？我的天！

其实到了2020年，我做记者已经有35年，大半生采访中遇到过不少不服老、有个性的老人，有时我惊诧他们怎么会如此的“返老还童”？有时更羡慕他们很可能拥有着非同常人的长寿基因，然而更多的时候，我是认定他们有一种精神，自我勉励，自我较劲，说得好听点——夕阳红，调侃一点——还想玩。比如，2015年到2018年，我连续采访了三位93岁的老人，都精神矍铄，干劲十足。他们是谁？有什么故事？我忍不住要说：一个是牛翁，一个叫秦怡，另一个是沙漠。秦怡嘛，电影演员，大家都不陌生，那牛翁呢？沙漠呢？何许人也？我为什么会选择采访了这三个“93”？

先说牛翁。

牛翁是一位报人，并不在一般的大众视野中，只是2015年我到重庆采制《重庆大轰炸》（电视专题片）与他相识，便走近了他，被他感动。

牛翁本名杨钟岫，1922年生于重庆，家境富裕，不是一般的富。抗日战争爆发之前，据说整个重庆的半个城都是他们家的，因此人称“杨半城”。

不过家里再有钱，也并不代表牛翁就一定是纨绔子弟。相反，牛翁一生钟情于新闻，不去经营买卖、继承家业，倒是先后就读了燕京大学等五所大学，1943年开始就在成都做起了记者，抗战胜利后又来到重庆，加盟《新民报》，虽然1957年被错划成“右派”，但改正后复出依然继续他的新闻事业，并于1985年参与创办了《重庆晚报》，开辟时评专栏朝闻夕议，每日一篇，每篇三五百字，针砭时弊，微言大义。因此“牛翁”这个作者，在很长的一段时间内，被山城读者牢牢地追捧……

1987年，牛翁65岁时出任了重庆老新闻工作者协会的会长，直到2015年我去他家采访，93岁了还日日读书、写作，还给年轻人改稿子，忙得在他的书香世界里“团团转”。

我们《新闻调查》拜访牛翁老的时候，先是打听到了他的家就住在重庆报业集团的家属院里，我心里一疑：怎么？如此德高望重，又是“杨半城”的后人，他的家就住在普普通通的居民小区？而且，书房也不在楼里，是七拐八绕，让我们在报社的大院子很费了一些时间，才发现偏居一隅。那一隅就是院子里的一间小平房，大小也就十几平方米，到处是书报、杂志、照片和录像带。

见到牛翁老，我首先请他帮我回忆日军从1938年开始，在重庆连续展开的长达6年零8个月的“大轰炸”，想让他给我们讲些故事。牛翁老想都没想，思维马上就跳回到了60多年前，谈话、反应完全不像是一个老人。他告诉我：1939年5月3日和4日，日机从武汉起飞，连续对重庆进行了两天的无差别轰炸，什么叫无差别轰炸你们知道吗？就是军队、平民、军用设施、民用住房，统统都是目标，而且大量使用燃烧弹，使重庆市中心的大火连着烧了两天，商业街都被烧成了废墟，4000多人死难，2000多人受伤，损毁建筑物大约5000多栋，20万人无家可归……

“啊，您还记得这么清楚，70多年前了？”我很吃惊。

牛翁老：“是啊，反复念叨，不忘国耻嘛！”

当时在“大轰炸”最艰难的日子里，重庆老百姓不仅用血肉之躯消耗了日本侵略者的军力、国力和士气，让日本人“三个月让重庆从地图上抹去”的叫嚣变成了妄想，而且在“大轰炸”的白色恐怖威胁下，人们仍然坚持生产、坚持学习，不少老百姓冒着生命危险还经常去当时的国泰大剧院和抗建堂剧场看话剧。周恩来抗战时期也在重庆，当时主持中共南方局，他领导组织了20多个剧社、团、队，利用重庆每年10月到次年5月常常出现大雾、日机无法进行有效轰炸的间隙，开展了每年一季的集中演出，这叫——雾季公演。

嚯！牛翁老思路清晰，说起抗战往事，每一幅老照片都能讲出一段故事。

更让人敬佩的是，抗日战争之前，他们杨家出钱资助过不少的进步人士出国学习，其中就有后来的老一辈国家卓越领导人邓小平。

几十年枪林弹雨，戎马倥偬，后来新中国成立了，改革开放了，邓家的儿女想起了这件往事，就去重庆找杨家的后人，牛翁老被通知前去赴宴，但老爷子说：“唉，过去的事情都是我父母亲做的，都过去了，跟我也没啥关系，我就不去了吧。”

……

第二位，秦怡。

说到秦怡，雾季公演的很多年，秦怡也在重庆，而且是在山城出道——可巧，和牛翁同岁，还是朋友。

啊？又一个“93”？

“是啊，她跟我一样大。1938年‘重庆大轰炸’开始后，秦怡还正好住在我们的家里。算算2015年抗日战争胜利70周年，秦怡也应该是93岁的老人了。”牛翁说。

好，我们摄制组后来还真的专程赶到了上海去见秦怡，但是，“老人，可老？”采访前，我对秦老是否还有良好的表达，说实话，还是带着些许的疑问与担心的。

然而在老城区一个由普通居民楼组成的老院子，也是出乎意料地平民、低调，我见到了秦老，在她的家里完成了对她的采访，一见面，秦怡那天淡淡地化了妆，天后级的中国演员。我是演员出身，年轻时也搞过专业话剧，所以知道秦老那天的妆画得绝对是“略施粉黛”，没有浓眉、没有黑眼影，相反，淡淡的口红，度是拿捏得恰到好处，既不失一代名媛的天生丽质，也不与她的年龄相抵牾。

最关键的，“天后”一开口，我们都惊呆了。

怎么回事？

老太太不仅表达流畅，而且……竟抢记者的话哦！

我这样说，不是嫌秦老快人快语，而是说她的状态，大大地超出了我们的预想：老人反应极快、表达准确，而且非常地健谈！

或许，几十年来，外界都以为秦怡是一生关在摄影棚，千人仰、万人迷的大明星，戏下也是娇滴滴、风情万种的大小姐。然而，熟悉她的人都知道，秦怡的一生充满了坎坷与不幸，情感生活更是深一脚浅一脚。1944年，她生下了一个女儿，产后一病不起，因交不起奶粉和抚养费，前夫竟准备将孩子送与他人，这导致了秦怡无法忍耐，两人的婚姻因此宣告结束。1962年，秦怡的第二任丈夫胃出血，病倒在床，从此秦怡更在病床边照顾，一坚持就是20年。此外，还有她的儿子，“文革”时受了惊吓，16岁就被诊断为急性轻度精神分裂症，秦怡也是始终守护，几十年从来都没有让儿子漏吃过一顿药，洗澡、理发、刮脸等，也都是亲力亲为，直到59岁，她的儿子也先于她去世……

见了面，面对我这个中央电视台的陌生人，秦老并不回避，说到儿子的死，她心都碎了。只是，很可惜，时间关系（采访完当天我们还要赶飞机回北京），我就不得不岔开话题，说我们得抓紧采访了，毕竟接下来我们要谈的是跟抗战有关。

秦老调整了一下情绪，马上一变，说：“哦，好好，我不说这些伤心的往事了。来，咱们谈正题吧。”

我万分感谢，小心地问："当年，重庆大轰炸的那些年，您也在山城，记不记得当时你们都演出过什么样的剧目、多少？"

秦老说："记得，记得有很多！当时，从1941年到1944年，重庆上演的剧目有200多出。比如郭沫若的《屈原》、夏衍的《上海屋檐下》、曹禺的《北京人》、吴祖光的《风雪夜归人》《大地回春》《愁城记》，等等。"

哦，秦老的记忆力也是了得。果然不愧是"四小名旦"之一（当年重庆抗战时期，话剧界有"四小名旦"之说，分别是白杨、舒绣文、张瑞芳、秦怡）。

她说："有一次稍微有些雾，我们就想演一场，正好演到半场的时候，敌机就来了，不知怎么就开始轰炸了。我记得我赶紧趴在'抗建堂'的椅子底下，那时我还挺胖，也爬不进去，哈哈……"

我问："那当时你们已经来不及去防空洞了吧？"

秦老说："是啊，来不及的，很突然。但飞机飞走后，我们就又钻出来，继续演。"

"还演？观众也没走？"

秦老："观众忽然又进来了一批。"

"那你们继续演，观众就继续看？"

秦老："对，我们继续演，观众就继续看。那场景，很感人。中国人当时都非常地团结，我们有共同的愿望、共同的命运：就是有一天抗战会胜利，我们的重庆能熬过去！"

……

上海的采访，没有提纲、没有准备，秦怡跟我谈了整整的一下午，临分手时还兴趣盎然。她的美，不仅在容颜，更在于从心灵深处散发出来的那种坚毅、宽容和高贵。

或许，除了生活的磨难，人们总相信秦怡之所以长寿，身体好是一个特殊的因素了吧？但秦怡的身体好吗？不好。

“文化大革命”时，她其实也得了肠癌，那时候她没有倒下，一边坚持治疗，一边迈开了双脚坚持走路，每天5000米、1万米。后来，用她自己的话说：“癌症是让我给逼走的，我感谢走路、非常地感谢走路。”

2017年，秦怡出演了陈凯歌执导的电影《妖猫传》，那时她比93又年长了两岁，但说话、表情，没变，还是一点点都没变，怎么说呢？好棒！

接下来，我要说到第三位“93”了，沙漠。

沙漠是一位老太太，像秦怡一样，既“老”又“年轻”。

尽管她的名气没有秦怡那么大，但是在重庆抗日的时候，她也在山城。她最早就读于复旦大学，两年后年开始演艺生涯，主演过《家》《秋》《茶花女》《乱世佳人》，1949年 新中国成立后，她先后担任过中国青年艺术剧院、青岛市话剧院的演员，只不过，后来，年纪轻轻的，就被迫离开了舞台。

2018年5月，中国戏剧界爆发了一件很轰动的新闻——93岁的沙漠厚积薄发、大器晚成，竟然在息演60年后再返舞台，而且是一步又登上国家话剧院的最高剧场，参演了一部叫《裁・缝》的时尚话剧——

我是5月31日，在北京东单十字路口西北角的先锋剧场内，看到了沙漠，和很多来看戏的人心情一样——我不大明白，一位93岁的老太太，怎么还可以登台？她老人家有着怎样的风采和故事？

《裁・缝》这出戏讲的本身就是老人，讲现在社会的一些勇敢的老者如何面对变化、接受变化。他们正在老去的路上，但忽然明白了人活一世，到了老年，该裁的一定要“裁”，该缝的一定要“缝”，而且人在中年，其实已经是时候应该思考自己要如何迎接衰老和看待死亡。结果，93岁的沙漠饰演了剧中的也是一位93岁了的顾老太太，她坐在在舞台一侧的沙发里，一边不停地跟一尾养在鱼缸里的红色小龙虾说话，一边不时地也跟剧中还“正年轻”的自己——73岁的老顾对话：

“我到底该不该离婚？”

“就为了给自己这一辈子做一回主？”

“离了婚还是老想着那个该死的老头子！”

“难道女人到老了便不该自我选择？”

“不该离？”

“不该离！”

“离了婚也不能解决孤单的问题！”

“那老人到底应该如何快乐？”

……

2018年5月《裁·缝》在北京首演之后，又跑到上海、乌镇，之后再飞回到北京复演。连续5个月，沙漠就跟着剧组连续出演了16场，有时在白天、有时在晚上，有时白天、晚上还各演一场，天！一个93岁的老人，排练、候场、登台、演出？这老太太逆天啦？！

复演过后，沙漠在北京，我挑了一天（平时她是一个人住在青岛，北京是她外孙女的家），登门拜访了。

门一开，沙漠老笑盈盈地出现在我的面前，我边道谢边夸奖：“哦，好漂亮！您看您，还亲自来给我开门，这鹤发童颜，真与舞台上的角色一个样——神采奕奕！”

沙漠老听到我这么说，很高兴，也不掩饰，拉我进了屋，让座、倒茶，然后毫不客套地就给我讲起了她的故事：

1926年，沙漠出生于江苏宜兴，本名张坤权。

1949年，作为国民党高官的沙漠的父亲，本来要带着全家人赴台，但沙漠当时在重庆，正深受投身革命的未婚夫的影响，面对全家人都走，她做出了一个动静不小的决定——与自己的家庭决裂，带着一双儿女，一个人留在了大陆。

有这样的历史、这样的家庭，试想沙漠后来的境遇能没有波澜吗？

果然，1957年，曾经连续两年出演过8台大戏的她，已经在事业上非常成功，但是却被打成了“右派”，还是敌我矛盾，然后留团查看，跟着剧院到山东省内四处演出，只不过这时她的参演，已经不是登台，而是在后台、台下，在厕所、在化服道的各个工序，被人吆五喝六地去打杂和清扫卫生……

说起屈辱，沙漠这一辈子，心里少有充足的阳光和蓝天。

我问：“那93，您如何又在舞台上再演了93？”

沙漠跟我说：“这个戏编得太好了，我们国家现在老龄化的问题越来越严重，我来演这个戏，就是要让整个社会都来关心老年人。老年人不易，而且，每个人将来都会老……”

“可舞台上那么多的台词，您一口气要演两个多小时，不累吗？不担心忘词儿了吗？”

沙漠老说“不累，忘了词儿也会再找回来”，然后笑。

事实上，每次演出了一整晚，谢幕之后，沙漠都还要参加在剧场现场举办的主创人员与观众的互动活动，脸上看不出装出来的不疲劳，对这一点我曾亲眼所见，所以越发地觉得不可思议。

“‘反右’的时候”，沙漠继续给我讲她的故事，“那个时候我不仅自己倒了霉，丈夫也被打成了右派。这样我们的孩子，一儿一女，就无人照看了。儿子当时才11岁，女儿是姐姐，也才13岁。”

两个孩子特别是儿子，天资聪颖，爸爸妈妈是当时青岛有名的大演员时，他的同学、朋友都个个艳羡，弄得儿子也很以为荣，但突然，两个台柱子一下子都成了让人背后议论、频频戳脊梁骨的“反革命右派分子”——这是怎么回事？儿子蒙了，无地自容，难以接受。而偏在此时，他们原来的家，也被单位由好房子惩罚性地降到了一间终年没有阳光、不能住人，已经废弃了的小伙房。孩子的自尊心彻底被碾碎。之后辍学，到街上流浪，最后，因为没有钱，实在吃不饱肚子了，便被迫去拧了公共厕所里的电灯泡……

爸爸妈妈恨啊。但又很内疚、很无奈。

小小的孩子，身边没有父母，交给亲戚一定会给亲戚带来尴尬和麻烦。于是两口子就学着苏联《教育诗》里面倡导的，在社会主义国家，挽救失足青少年唯一的办法就是“把孩子交给政府”，由党和政府来关怀教育，让孩子获得光明的前途。

于是他们一根筋，把儿子送到了管教所。

开始人家管教所根本就不收，说你儿子又没犯罪，来这地方干什么？但沙漠苦口婆心，反复晓以利害，最后好不容易才让对方把儿子给留下，但岂不知，这一留，原本无罪的孩子，因为曾经在“管教部门”待过几年，这个污点就开始影响了他的一生。最初在农村插队，做了8年的知青回城找工作，找不到，条件再好也没人要；后面跟着考大学，中戏，一路被老师、考官人人称赞着，大家都说这个孩子被录取是板上钉钉，但最后，还是因为少年的时候有案底而名落孙山……

后来，改革开放了，思想解放了。儿子通过自己的努力，从一个工厂里的翻砂工，到一路坚持业余自学，终于成才，不仅也和父母一样搞起了戏剧（编剧），还获得过国家级的大奖——曹禺剧本奖，自己的政治生命也花开灿烂，一边兼着青岛市文联副主席的职务，另一边也被推举成了青岛市的政协副主席。

“这不是很好吗？儿子最终变成了你们的骄傲？”我安慰沙漠老，很真心。

沙漠老说：“骄傲是骄傲，但儿子人到中年，病魔缠身，后来查出了肺癌，从活检确诊到突然撒手人寰这中间只有半年，而且就在儿子去世前的头8年，同一家医院，沙漠也在这里送走了自己的爱人……老了老了，身边无伴，现在白发人又送掉了黑发人……”

“我真的很难理解，这一切您是怎么撑了过来的？”

看着沙漠老低头抹泪，我也眼潮，停了一停，我才问。

沙漠老轻声叹口气，只是一小会儿，老人就转变了情绪，知道我时间紧，有好多事想告诉我。

“别人都这样安慰我，也总是这样问我：‘为什么您经历了这么多的困难，脸上还老是爱笑、笑眯眯的？’”

“我说：是啊，我的艺名不是叫沙漠吗？沙漠广大无垠，我的心也就得放宽。不能让爱我的人在九泉之下不放心；也不能给还活着的人天天看到我就知道哭！”

沙漠的硬朗不仅仅是身体，还有一颗坚强的心。

“可毕竟这么大岁数了，您的身体，确实看起来还是很棒的，怎么保养的？”我改向轻松的话题，但这个问题又很现实。

沙漠老脸上的笑更丰满了，她说：“我跳舞啊，自打人老了，我就养成了一种锻炼的爱好，就是跳舞。现在假使我没有演出，每个礼拜还都要去跳出它一身大汗，不信你摸摸我的小腿肚子，我腿上的肌肉到现在还都是硬邦邦、硬邦邦的，哈哈哈……”

一动一静一安心！

当然我知道，无论牛翁、秦怡，还是沙漠，他们的长寿都不代表上一代老年人整体意识的觉醒，只是个性追求，命运使然。但是有一点，不停地做事，使自己的晚年不仅充满了对社会的贡献，靠“充实”还赶走了很多麻烦——孤独、烦恼、伤痛、疾患，而且让自己不掉队，能够和时代保持着某种关联，这就与我倡导的养老革命是一条道上跑的车，从理论到实践都大概一致了。

企业家、政治家、名人、演员，一拉溜的大人物有事做，生命容易充实，这很容易理解，但普罗大众呢？我们的普通老百姓，过日子都是柴米油盐，仨饱俩倒，到了晚年还能“充实”出什么重大的意义和价值？大多数人恐怕还是会有这样的质疑。

然而，“苔花如米小，也学牡丹开。”

老百姓的养老，有一点我一再强调：我们不是为了某种意义，“老骥伏枥，志在千里；烈士暮年，壮心不已”，那不是对每一个人生命的强求，没有人要求你每天都扛着大旗去喊口号。我们小老百姓晚年你只要把自己的日子过得舒坦、过得滋润，让自己动起来，动出健康、动出快乐就行了。这种“充实”不是为国争光，轰轰烈烈，只是针对你别一退休就把自己扔进沙发，懒散起来，从头脑到手脚，一动不动。

当然，宅男、宅女，或许也会动，他们动眼睛、动手机，也很忙，但这样活动半径毕竟太小了，手脚动起来的强度比有心在户外运动、交友健身、公益活动、友情出演等要差得太远。

一个“动”区别着天与地。

所有的“动”都应该有目标，目标不分高低，也没有对错，只关乎兴趣。

2018年深秋，满街的树叶子都被冷风给抖落了个精光，树干、树梢赤条条的，我的头也光秃秃，因为丢了一顶心仪的帽子，非要再买一顶一模一样的才肯戴，于是就趁着出差的间隙来北京百荣服装及小商品国际商贸城来选购。这个百荣位置在北京南三环木樨园桥的西北角，是北京下大力气疏解非首都功能，将大部分小商品市场都转移出了城市以后为数不多的几处仅存硕果，所以每天卖主和买主都乌泱乌泱的。

买完了帽子，还真是一模一样，我立刻戴上，觉得自己仿佛年轻了十岁。本来嘛，年轻、年老，我们不谈暗示，都是个人内心自己的感受。屁颠屁颠的。这时，饭点到了，我打算随意在A座6层的快餐区，把中饭在这里给解决一下。谁知才坐下没吃两口，长条桌子的对面来了一对老夫妇。我说他们老，是因为看到他们都是满头白发，这是老年人最明显的外部特征，但如果不计白发，这两个人其实身板都很硬朗，高高大大的，都透着活力和不输给年轻人的一种自信。

先来看先生，先生左手提着一个大号的木头菜板，右手是一大兜居家的杂什，身后还背着一个特大号的黑色双肩背，里面也装满了鼓鼓囊囊的，看来是新买来的各种各样的东西。

女士呢？女士则一手举了一个托盘，托盘上各有一盘上了尖的肉丝炒面和一大碗紫菜鸡蛋汤。总之这两口子什么都大，饭量也大得尤其让我生疑，“呦，吃得了吗？”于是我们一边吃，一边聊了起来。

我说贵庚，“您二老如今贵庚几何啊？”礼貌地问。

女士看着我，让我猜。

我说：“有60了吧？”老太太一听我这样说就哈哈大笑，讲我是“专门为了让他们高兴才这样说”。我说：“没有没有，您二老真的是看起来很年轻、很壮实！”

坐在一边，此时已风卷残云了大半盘子炒面的老先生，生怕一会儿两个女人相互客气地倒把真实的年龄给弄得越来越没边儿，就用手比了一个八字，插进话来：“还60呢？我们今年都80啦。我俩同岁，都不是虚岁！”

啊，这可太出乎我的意料了。

为自己庆幸。正研究老年，就碰上了这么一对精彩的普通老人，我哪里肯放过？

于是我要给他们看我的记者证，说我是哪里哪里的，现在正在做老年问题的电视节目，也正在写如何科学养老的书。先生说：“不用给我看了，我认得你，是不是叫长江？央视《新闻调查》的？”

“啊？对呀，您看过我们的节目？这，这……”我更吃惊，内心的欢喜加倍。

先生说：“看过，是看过，看了很多年了。”

我连忙道谢：“那可太好、太好了，我如假包换。想跟您聊聊——如今你们在什么地方生活啊？”“是不是在北京？”“怎么生活？”“如何养老？”“有没有对健康快乐地活到100岁的想法？”……

我的问话或许是太急太快，让人能看出我很担心这对老夫妇不回答我的问题。

然而先生先笑了笑，没戳穿我的担心，回答我，言简意赅：

“我们俩现在都生活在北京，是新中国成立以后的第一代北京移民。当年我们双双从外地考到北京读大学，然后随着国家几十年的发展，冲浪一样，命运在波峰浪谷间翻来荡去。开始是工作、恋爱、结婚，每个人都在各自的岗位上兢兢业业，早出晚归。我搞设计，她在中学当老师，一辈子就像螺丝钉，拧在哪里就在那里发光发热；再往后，我们有了女儿，独生子女政策嘛，只能生一个。20年前我们都退休了，老伴儿到今年已经退下来整整25年，我呢，也20年啦……”

25年、20年？

这么长的时间不上班，那日子可怎么过？

我悄悄走了一会儿神，但马上又把自己给拉了回来。

“好，那你们个人的生命真是印在了国家大发展的历史画卷中了啊。可女儿呢？女儿现在人在何处？跟你们一起生活吗？”

“不，在美国，不和我们过。这不，我们刚从旧金山回来，在她那儿住了一段时间。人家现在已经结婚，生了孩子。”夫人接过来跟我说。

“女婿是中国人？”我又问。

“对对对，找的是咱中国人。”

“那她们还会回来吗？最终会回到中国来和你们二老一起生活？”

两个老人互相看了看，同时判断：“好像……不大会。”

“那你们将来怎么办？会不会有一天（老了）也彻底搬到美国去？”

我这话一说，老两口立刻把头摇得很迅速、很坚定：“不会，这不可能！我们有空就去看看他们，但是，我们不会搬到美国。正常的时候，他们过他们的日子，我们过我们的。”

好开通！

“然而，现在你们都80了，可往后……”我的意思是“再老一些……怎么打算？能靠谁？”

夫人讲：“这不是嘛，我们刚刚订了一个养老社区的单元房，预交了5万块的押金，就是找到了一间老年公寓，今天就是来置办居家做饭的各种各样的东西的。不过现在还不住，我们现在都还比较健康，老年公寓也答应帮助我们先把房子租给别人，先挣些房租，什么时候啊，一旦我们感觉不行了，需要24小时有人照顾了，我们就会搬进去。”

“哦，原来是这样。”我点头，不住地点头。

可是，“可是你们有女儿啊，到了老了，却要搬进老年公寓，这……”我到底没憋住，尽管我担心：这样的话一说，会不会有点伤人？

先生立刻猜到了我的疑问，知道我的意思是一般人只要一住进了养老机构，是不是就代表儿女不孝或没有时间来照顾老人？同时，有些养老机构，只顾赚钱，老人会不会还要遭到打骂或被虐待……他有点动气，抢过我的话：“也不是所有的养老院或老年公寓都不好，如果有哪一家虐待老人，那你为什么不反抗？你可以抗争啊。再说，我们看上的老年公寓是经过考察的，自己管理自己，还医养结合，一个护士站，24小时都有人值班，假使你身体不好，我们可以先给护士打电话，护士马上就会叫120或999，很快把我们送进医院，耽误不了病情。这是最重要的。儿女在，不也就是如此，老人还要要求什么？”

啊……

我急忙同意，说：“对对对，挺好的，挺好的。你们能这样想，真的是挺好的。”

接着，我的采访进入到眼下的生活：

“那你们既然心底如此豁达，日常生活也一定有自己的设计吧？”我很想知道他们二老都80岁了，身体、精神，为什么还能如此地强壮？

“哦，你是想知道我们平时怎么保养的啊？”夫人此时会意，我点点头。

“那我就告诉你吧，简单一句话：一动一静一安心。”

“一动一静一安心？”

“这怎么理解？这跟科学养老有什么关系？”我等待着答案。

夫人具体地给我介绍：“你看，我们现在每天坚持走路3000米，这是‘一动’；每天上午他练书法，我画画，这是‘一静’。”

“那接下来还有‘一安心’呢？”我凑了一句。

老夫人：“‘一安心’就是我们已经提前把自己的后路都给安排好了——刚才我不是已经跟你说了，现在能动的时候就好好地动，哪一天动不了了，我们就去老年公寓？这就是我们已经把自己的归宿都想好了，安排好了，所以心里就特别安静，往后的事就不用再特别担心了……”

两个特别，让我感到平民的智慧，那才简单易学，更有榜样的作用。

好——“一动一静一安心”，我记住了。

这条经验无论对退休族、工薪族、自谋职业族，还是家庭妇女，孤身的老者，大家都可以效仿，精神上的效仿，原则上的效仿。

这不难。

干掉“小偷”的可不是“警察”

好几年前了，女儿女婿就一直鼓励我，说：“妈，您有空一定得找一本叫《三体》的科幻小说来看看。”我觉得我都这个岁数了，还去看什么科幻小说啊？有空还不如去看看怎么养生，自我按摩，或文学，散文、诗歌……但是有一天，我把自己给说服了，因为我在网上搜了一下《三体》，嚯，捅了马蜂窝了似的，里面有一句话，“我消灭你，与你无关”。这话什么意思？好跩啊！

“我消灭你，却与你无关。”

此话乍听，感觉太嚣张。但宁神一想，特别是对比一下自己身边的生活，我就越琢磨越觉得这句话简直充满了不含温情的大智慧。它揭示了人类发展、世界前行、时代竞争与消亡的基本规律。

面对“无现金”的现代生活，不错，小偷哭了，因为他们猎物的口袋里已经没有了钱包。所以有人说“干掉小偷的，可不是警察，是微信和支付宝”。这便体现出了什么？不就是“我消灭你，却与你无关”吗？！

再比如，我们老年人出门，近一点的就会走路，远一点的，有人很喜欢骑车。可如今有了共享单车，如果你会扫码，用手机一扫，一块来钱，说走就走、说停就停，到了目的地，嘎巴把车一锁，该干嘛就可以干嘛去——非常方便。但是如果您不会，还老笨地骑着自己的自行车，上楼下楼地搬，车棚里到处乱找，又没地方停，还生怕去哪办完了事出来以后发现车丢了……那共享时代就与你无关——回家只管生气、骂人，可又有什么用呢？

科技的狂风刮来从来都不管不顾！

时尚更是一副无情的面孔，你不加入，我还根本就不带你玩呢！

如此生活告诫，哪个老人不曾有过切身的经历与体会？

曾经，说这话也就是在几年前吧？谁都不会想到我们的手机，除了可以和家人通话，语音聊天、视频聊天，还可以代替电脑，躺在床上，被窝里，就可以足不出户地买票——车票、船票、飞机票；而人脑再怎么风暴都不会想到有一天手机还能够成为取款机，随时随地就可以买东西，动动手指就能够无现金地支付——那也太离谱了！但是今天，一部手机走天下，从取钱到住店，从乘车到吃饭，从转账到贷款，甚至网上购物，停车交费，到菜市场去买菜，修鞋、缝裤脚、换电池……都已经成为现实。

这样的世界好不好？

当然好。

但老年人要享受，你就得学会操作，什么都不会，任何的好都和你无关。

当然这样说，年龄更大一些的老年人一准儿会生气，因为时代的关系，他们不会玩手机，不懂电子商务。“一机在手，万物互联”，这样的世界对于他们的高龄，比如“80后”“90后”，就已经很难再跟上了，尽管世卫组织几年前就根据人口老龄化的情况做出了“全球人体素质和平均寿命”的最新测定，划分出年龄标准的最新说法，很多人从这个新规嗅出了对自己的意味，也有些人并没有去想“对自己能有什么影响”。

世卫组织新的年龄标准把人的一生分为了五个年龄段：

未成年人：0至17岁；

青年人：18岁至65岁；

中年人：66岁至79岁；

老年人：80岁至99岁；

长寿老人：100岁及以上。

按照这个标准，也就是说，80岁的老人，头一年，你还是一位中年人。

因此80岁就不会玩手机、不懂得电子商务？我的“坑”在这，您可是对自己太提前就放弃了。

就在我打算写这本书时，我看到互联网上有这样一位好孙女，她在自己生日的那一天写了一篇很悲伤的文字吸引了我，文字说：我的孝心真是给爷爷带来了伤感——怎么回事呢？

“那一天，我给我快90岁的爷爷奶奶在淘宝上买了两副护膝和膝盖按摩仪，我以为他们会像往常一样，快递一来，爷爷就只管走到家门口，打开门，拆开箱子，就可以倒在沙发上享受孙女的孝心了。但是我错了。现在我们的小区有一个很方便的代收快递的箱子，叫e栈，快递小哥只要把整个小区的快递一个接一个地扫了码，然后开箱，扔进一个个的格子，收货人手机上就会同步地收到短信，被告知提取密码，然后收货人就需要自己到小区的门口去提取。这样的e栈说先进是先进，但我90岁的爷爷啊，连走路都走不稳，平日里，他也只是会用手机来接电话、拨电话，你让他……”

这位孙女所说的e栈，事实上就是如今我们很多城市小区里大多都可见的类似丰巢、格格货栈一样的与快递业相配套的存储设施。飞速发展的社会，科技无处不在。年轻人如鱼得水，但老年人却处处尴尬，而面对尴尬，我想说老人感到自己要被淘汰出局，这可不是从80岁才开始，危机其实更早就有预警的提示。

人误地一时，地误人一年。

人生跟种庄稼一样。

只不过很多老年人从来不想！

比如，为了帮助自己的父母不掉队，这些年很多的年轻人都曾一百次地告诉爸爸妈妈怎么发微信，怎么看视频，如何叫外卖，如何用手机结账；而又画图、又留语音指导的，父母辈们还是有很多人都学不会，或者学会了一会儿，一转身就忘得个七零八落，更不要提爷爷奶奶了。

再比如，一些不常出门的老年人，他们在路边，还习惯性地招手要车，奇怪，一辆辆出租车明明亮着空车的显示，可就是不停，任你怎么叫也不停？他们不知，更感到气愤——如今的世界，大家都用滴滴打车了，你出门没预约，那就只能傻等。

E世界，人们的生活正在更多地依赖科技，但科技，你在飞速发展的同时，是否也应该提醒提醒自己不要忽视了老人？

老人越来越多，银浪滚滚——银浪时代！

有时，我真想大声疾呼：等一等，等一等我们的父母，我们的长者！

但有时，我喊了半天，都能听到自己的心其实也在更多地对自己说："得了吧，螳臂当车，你这样喊，徒劳无功，简直就是蚂蚁撼大树！"

是吗？

面对各种新型工具的花样翻新，老人追不上，老人很孤单，老人在害怕，老人们都怕被时代的列车给甩掉，但莫斯科不相信眼泪，没有人能拦得住发展，拽得住时代，更挡不住今天对昨天无情地抛弃。

那怎么办呢？

还记得我前文探讨过"无限升级"的活法儿吗？

老人现在只剩下一条路，必须活到老、学到老，别抱怨、别掉队。

当然，"活到老、学到老"那是有起点的，如果你肯学习，我说的是从青年到中年就一直没有中断地一路不停地学下来，那你对新鲜事物的理解和接受就相对容易；那些跟不上，总是抱怨自己老了，肌体退化，已经学不了东西了的老年人，他们的难处值得同情，但他们也有责任——他们的错不在老年，问题是出在了中年，中年的时候，甚至青年的时候，你都没有养成学习的好习惯，到了老了，又说跟不上、没法学，积重难返，那是真的错过了机会。

所以，学习是终身的。

老年的问题并非出在老年，是出在“小老”和“中年”，就是这个道理。

我的一位叔叔，86岁了，别说智能手机，照相、编辑、美图、相册、时光书，统统都玩得倍儿溜，上街打车叫“滴滴”、进超市买东西刷“多点”，自己用手机来结账……都不在话下！

别人问：“老爷子，您都这么大岁数了，怎么还什么时兴的东西都会啊？”

叔叔说：“别断了，要学习。这就有点像冬泳，从夏天、秋天就得开始下水，你就不会感觉水凉——一整年都没游，到冬天突然要开始，那还游不，哈哈，游不了喽！”

叔叔讲得真好，要是有生命大学、老年课堂，他可以做辅导员去“现身说法”。

尽管我知道叔叔这样做是不自觉的，他只是不想让自己的晚年太难堪，让儿女太为难，“自己活得健康一点，不拖累人，还让同龄者羡慕，不是挺好的嘛？”——叔叔这是尝到了“活到老、学到老”的甜头。

“科学养老”是一个时代的话题。

我们必须像储存金钱一样早早地开始储蓄健康、储蓄兴趣、储蓄友谊、储蓄能力……这些能力不可能中断了几十年，你说我如今都快90岁了，可得把各种各样的能力重新捡起来，那可不现实，晚了，过时了。今天的一些老人跟不上队，或被时代的列车给甩下了，这是耽误了种庄稼的最好时节、耽误了武装自己的最好时机，这代价可能要让一代人，甚至两代人来付出——那种说法：“老人已经老了，大家就可以懒一点、自由一点”，我坚决反对。老人需要学习、需要教育，老人尤其不能懒，老人的“懒”是自毁长城，时间一久，你就真的什么也不行了。

两条路，自己选。

不过，选择也要在中年！

把“城里老人”带回村？

1975年的一个高中年级，北京，东城区，27中，我先生所在的学校，当年整个高中年级只有两个班，44年后，8位老同学又凑在了一起，大家左看看右瞅瞅，掰着手指头回忆自己的同学。

两个班大约有90个孩子，这当中刨去1/3已经移民海外的无法统计，剩下的2/3，能联系到的，至少知道有4个人已经作古。究其原因，三个人是因为病，一个人是在瑞士滑雪时遭遇了雪崩，此外虽然尚在但身体不好的还有：一个人一条腿已经不能动了；一个人无论走到哪里每天身上都得揣上一个尿袋了；一位做了肠癌的手术；另外的一位如今也已经离不开轮椅……如此，粗略地统计了一下，65岁的这帮老头儿、老太太，病死率竟高达1/10，还不知道这个比例如果再放大一些算不算低——结论：病、死得太早了。

不过要说健康，这个班也有一位男生，那是被大家公推为最结实、最精神的 。

“有什么秘诀？”大家问。

男生说：“没什么呀，就是比较喜爱运动。”

此公的爱运动，既有纲领，又有目标，还有指标。比如2019年他计划全年让自己打满100场高尔夫球，同学聚会时到年终还差12天，他已经完成了98场，这样也就是说还差两场，“这礼拜一定要打完！一定要打完！”——在座的老同学都给他鼓掌，热烈地鼓掌！

面对衰老，其实人们无外乎有两种养老的方向：

一种是完全被动，不爱运动，听天由命，不接受新知，不寻找阳光；

另外一种是刚好相反，积极主动，爱动脑、爱做事，总是对生活好奇，闲不住……

眼下微信十分普及，太多的文章大谈“不老”“百岁”“逆龄”“轻龄”，如下的题目我相信很多人都翻来覆去地看过：

《人老之后“9件宝”》

《退休之后“让心归零”》

《“老了”其实并没有什么不好》

《60岁以后“要做的事”》

《75岁当“背包客”》

《86岁的“神仙奶奶”》

《96岁的老师把自己饿死》

《111岁举案齐眉……》

《如何才能“从容地老去”？》

……

我们说“养老”，“老”是需要“养”的，这个动词包含了很多内容，也包含着不同的结果——通常老人们都会认为，老年是可怜的、绝望的，其实我们也应该看到“老”也有老的优势、专利，谁从这个角度去建设性地想一想，换一个更积极主动的心态去看待自己的晚年和老龄的世界，有谁这样做过？

没有。有，也很少。

20世纪80年代末，我始终不能忘记，有一次参加笔会，见到写报告文学的前辈作家（也是老上海著名演员、2020年12月14日95岁高龄时辞世）黄宗英老人，我一半礼貌一半逢迎地建议说："唉，宗英老师，您怎么不把头发也染一染啊？那样就显得更年轻啦！"（改革开放后，染发还是一种很新鲜、很时髦的做法）。哪想宗英老师哈哈大笑，答我："我干嘛要那么做？老天爷用了60年的时间才把我的头发一根一根地给变白，我还要再把它们染回去？才不会呢！"从此，那"哈哈哈"的爽朗大笑，一直就在我耳边回荡了40年。

老人有"专利"，当我们认清并愿意把自己的晚年过得更从容、更丰富、更快乐，我们就会发现：时间，我们有的是；清闲，我们不需要买。过去我们上班，你想想，干什么事我们都觉得没时间，干什么都得"偷得浮生半日闲"。而现在可好了，你不需要朝九晚五，日出而作，日落而息——"从前日月属官家，自此光阴归己有"，你完全可以无拘无束、随心所欲，老有所乐、畅快人生！

这不就是专利？

面对往往被我们忽视了的"专利""优势"，当然，你怎么用？不懂得用，20年、30年、40年，时光也会很快飞逝；但是如果你能好好地利用——不保守、不传统、有想法、有行动，你的天地就不一样，你才会知道该如何去支配时间，如何去利用宝贵的晚年，让自己的生命更灿烂，从而去实现自己年轻时没实现的一些愿望。

举个两面都能说明问题的例子吧，做记者就有这样的好处，可以接触人，积攒下很多"人生的镜子"，照照自己，也借给他人经常照照——

2017年春节前，又一点星星闪烁的革命火花让人眼前一亮，于是我请示领导批准我和我的老搭档陈新红编导再去做一期“带着‘城里的老人’回农村”的《新闻调查》。

我们开始“前前期”的调研采访。

这个故事讲的是一位常年在城里给人做保姆的农村妇女，发现自己过着背井离乡的生活也不是个办法，况且家有公婆，年事已高，儿子、女儿都已经成家，家中缺钱花的日子也已经基本结束了，就跟城里的老主顾，80多岁了的一位大叔说：“过了年，这个春节，我就不回来了。我也要叶落归根，该回家去好好地享享清福啦。”

大叔一听，好紧张、好意外、好难过！

为什么？

家有保姆，城里大叔十几年的生活习惯都已经固化。

妻子去世后要不是还有保姆在身边，他都不知道自己的日子该怎么过。

再加上这些年自己也是一天比一天地衰老，唯一的女儿又跟自己不住在同一座城市，他的一生，自打退休，就是传统的、被动的。如果保姆辞工，自己可……

所以大叔不敢想，他根本就没法想！

他立刻恳求阿姨：“你不要彻底地离开了吧！今年春节，你可以先回家过个年，我自己凑合着先暂时过几天。但过了年你一定要回来哦，我可以加工资，改善你的住处，但如果你不回来，我不懂得怎么吃饭、怎么吃药、怎么洗衣、上哪儿去倒垃圾，那我……”

保姆听大叔这样讲，暖心地一笑。

想想也是于心不忍。

毕竟她在这个家里“当家”已经有了一段时间，关系相处得很好，不是亲人也是家里人一样的了。但是面对选择，她身处两难。忽然，她想到了一个办法，就说看能不能先缓解一下矛盾：“要不这样吧，这个春节，我先把您带回我家，您就跟我先回到我们农村去过个年？我家的条件可没有您这城里的好，但房子是有的，管吃、管住，只要您不嫌弃……”

大叔连忙说“好好好，我哪里还会嫌弃？”

于是急忙收拾东西，跟着阿姨就回到了南京近郊的家。

保姆把城里的老人带回村儿，这本是个权宜之计，没做长期的打算。

但是大叔到了农村，生活在农家小院，过得很好。

他每天眼前有鸡、有鸭、有狗、有猫，还有小孩子不断地围着他跑来跑去地叫爷爷。自己过去那种衣来伸手、饭来张口，一睁眼就整天窝在沙发里看电视几乎不怎么动的日子，一下子就改变了，彻底改变了。

开了春，他还到村里到处转转，闲了帮保姆到菜园子里去砍砍菜、担担菜，然后挑回来洗洗炒着吃。

农村干净的空气，干净的食材……短短20天，大叔脸上的气色好多了，腿脚也比以前有了力气。好家伙，农村养老，这可是个好去处啊！

因此，过了春节，城里大叔该回城的时候，他竟“赖”着不走，而且郑重提出：你能不能就让我留下来？我不回城了，就跟着你们家搭伙，一起在农村养老？保姆费我照给，此外我还要为我的吃、住再付上一些额外的伙食费、住宿费！

……

听了这个故事，怎么样？

我当然心动。

这不是传说里的一个故事，是真事，公元2017年就发生在我们中国这样一个养老遇到了很多麻烦的古老的文明大国。

老年人的生活，要想过得不墨守成规、丰富多彩，就得想办法，即所谓：有思路，没绝路；没想法，犯糊涂。

后来，尽管我们的这期节目因为当地政府还没有完善好相应的配套措施，比如建立起城市老人生病急救的绿色通道啊，平时看病取药的医保报销啊等问题，县委宣传部建议我们等一等再做，但这件事给了我一个重要的启发，那就是过去的农村妇女，都是进城去帮助城里的老年人，给城里人做保姆、做看护，但现在时代变了，农村的阿姨为什么就不能带着城里的老人回农村？

养老革命需要发散思维，需要因地制宜，敢于创新。

滚滚银浪时代，城里的养老设施还难以满足所有城市老人的需要，有学者就及时评论：这种“跟着保姆到农村去”的做法不失为一种智慧的打造。具体说，很多方面还附带了很多好处，比如：

一、城市老人换个天地，换个活法，体味了乡村的自然与宁静，从此也换了一个心情。

二、“城市养老”整体压力得以纾解。

三、城市老人如果可以寄养在一处处农家，很多农村的打工者就可以回到自己的家门口来工作、挣钱。

四、城里的子女一旦想爸爸妈妈了，他们原来只能回城，从一处楼房到另一处楼房和老人“同居”上那么几天；但现在爸爸妈妈“进村儿”了，他们便可以经常地回“农村”看看，这样既满足了看望父母的心愿，也让身边的孩子在广阔的天地里撒了欢儿地奔跑，开心地玩耍，一举两得，意外收获满满……

积极主动地活，是一面旗帜，是一双推开陈旧大门的智慧之手。

“带着城里的老人回农村”，它不仅代表一种被逼无奈的做法，更代表一种别出心裁——养老模式的创新。尽管这样的新鲜事物，国家和地方政府还要积极地加以配套，关照好老人的生活环境、医疗条件、交通便利——但有了旗帜还愁队伍吗?

我的节目可以等，可以不断地关注。但我相信不多时，时机一旦成熟，我们就可以带着队伍第一批出发，去看看农村养老的新景象、新动态，也尝尝乡野的新鲜食材：小青菜，没化肥；土鸡蛋，家里养……

啊！这念头想想就让人高兴，高兴便会让人轻松——我简直有点迫不及待了。

第四章

谁在『逼你』转变观念？

想活是人的本能，会活是人的本事。
现在你同意养老革命了，愿意好好地考虑科学了，
但人的大脑如何被时代来一次“格式化”？
抱着老观念不变，说得好听一点：孤芳自赏
不好听一点：就是跟自己较劲，
——醒醒吧！

为什么我们要长寿？

说起转变观念，首先，我们为什么要长寿。

为啥要长寿？这个问题……

全世界的人，尤其是老年人，谁会去认为这个问题有必要来回答？

长寿嘛，是天经地义的，百愿为先的——人人向往，花钱难买。

但是长寿，真的不值得考问吗？

长寿让我们用它来做什么？

如果没有目的，无视理性——最后失明、失聪、失智、瘫痪、植物人、半植物人？只要依着动物的本能睁着眼、有心跳、能喘气儿，就算长寿？还好死不如赖活着？

不。

这观念太肤浅了——

21世纪科学大踏步地向前，很多古老的问题似乎并没有解决，只不过被人遗忘，暂时甩到了身后更远、更远的地方，这正像中国西汉时道家名著《淮南子·说林训》所言“目见百步之外，不能自见其眦。”意思是“眼睛能看到百步之外，却不能看到自己的眼角。”

生命，有质量的长寿和没有意义甚至没有了尊严的长寿，两者有天壤之别，这件事本该泾渭分明。

2018年，一本首次讨论老年问题的长篇小说《天黑得很慢》（作者周大新，人民文学出版社出版），在读者中引起了持续不断的反响。书中主人公是一位70岁的退休老法官，开始，他想尽一切的办法让自己长寿，先是花了一万元去见了一位魔术师，让骗子围着他煞有介事地转啊转，然后突然下手，说已经从他的身体里“揪”出来了一条“黑蛇”，这样可以让他多活28年，他信了；然后再做拍拍健身操，也被许诺能多活10年，他又信了；再花去6万元购买了40瓶具有“长生不老”功能的黑白“千岁膏”，又延寿3年；然后进深山、讨良方。凡此种种很容易被戳穿了的简单上当，退休法官都像很多老人一样咬牙付出。但是最后，他被设计得能活117岁，只是后来老法官的身体差得一生气就晕倒，站着穿裤子竟然摔成了骨折，更吓人的还有动不动就脑出血、心梗，最后连耳朵也失聪了、眼睛也失明了，反反复复地进出医院也没有挡住他在86岁的时候得了阿尔茨海默病……此时，人们终于明白了人生原来是有规律的，长寿原来是有条件的，生与死以及怎么生、怎么死，都有不同意义，都能影响人内心的尊严！

他回归了理性，开始做他认为刻不容缓非要做的有意义的事。

小说力图说尽老年人的所有渴望、困顿、屈辱和每一位老人都不得不面对的种种最真实的况味。

我一口气读完了这本书，如果有电话，我一分钟都不会耽搁地会给周大新老师打过去，问先生一个问题，就是他在写这本书的时候“有没有问过认识的老人，故事中的原型：你们大家这样地追求长寿，而长寿的目的究竟是什么？”

事实上，很多老年人都被长寿感召得要花钱舍得花、要克己会克己，“明知山有虎，偏向虎山行”。然而，我们拿长寿究竟来干什么？没有目的的长寿是对生命的不公，甚或是对生命的一种辜负，我坚持这一点，不知说得是否过分？

家有一老，如有一宝，我们的社会对老人嘴上的恭维从来不缺，但对老人的实际帮助，我指的是除了生活的、现实的困难，还有心理、思想层面，这方面的帮助远远不够，以致很多老人在健康的时候还会很骄傲地甩给年轻人一句话：“哼，我这辈子，吃过的盐都比你们吃过的米饭粒还要多！”但一挨变老，什么也干不了了，当年的“好汉”一下子矮化，甚至“弱智”，心里一道自主的大坝顷刻之间——垮了！

60岁以后的老人，要看清自己晚年的处境，要接受身后40年幽幽的黑洞，还要为生命找到一个有价值的理由活下去，这便是长寿的目的。只不过活下去不是稀里糊涂，吃饱了混天黑。长寿需要清醒、热情、胆量、智慧。

科学告诉我们：人越老，智慧生产的能力其实是越来越高的。

是吗？还有这事？

是，有。这样东西和年轻力壮彼消此长，是实打实的优势，就看我们懂不懂得好好地开发和利用。

科研显示，人随着年龄的增长，生理上由于内侧颞叶系统和前额叶神经系统的功能会慢慢地出现障碍，这必然导致“短期记忆和执行能力”的下降；但是就在大脑功能频频向你说拜拜了的同时，有一些东西却不会衰退，那就是逻辑推理和认知功能，这些越老越值钱的功能是怎么来的？就是靠知识和经验、清醒与看透，年轮一样地日积月累，可以用来支撑人们心中永远都不愿意熄灭的愿望与梦想。

养老革命不是要依靠科学吗？这就是已经诞生了的科研成果。

人生总有梦，这个梦过去很多人只认为自己就做到60岁，60岁以后的任何想法都失去了实现的土壤，都只能是想想而已。可如今，我们从60岁出发，懂得了人生刚刚过了一个驿站，我们还有很多很多事情要做、可做、值得做。这些事依然是没有高下之分，也没有对错之分，只区别于浑浑噩噩。如此，用新的理念一武装：当下的老人，哪怕你已经60岁了才开始健身走路；70岁了才开始自主创业；80岁了才开始琴棋书画；90岁了才决定每天要听上一段评书、读上一篇文章；100岁了还能口述历史，弄一本、几本回忆录出来给历史留一些标本……都是“有目的”的晚年，都为长寿积攒了光明、动力，并用学习、不断地学习来壮了你的胆、给了你不断进取的信心和实力。

有一天我忽然想到：60——准备为自己接生！

这是一句口号，也是一片可以栽种庄稼的田地。

想想60年前，我们被母亲十月怀胎、一朝分娩，呱呱坠地的时候是啥也不懂的，连挣扎出娘胎的动作都要靠医生和护士来帮我们完成；但是60岁的这一次新生，你退了休，发现身心都获得了空前的、最大的解放，这一生你还没有哪一天能如此明确地感觉到自我、自在、自省、自主！所以我们真的是可以为自己来当一回接生婆，只不过这一次的“出生”更有意义，我们可以亲手设计：目的、做法、行动、路径，可以完全为自己换一个活法，而此时，我们有能力、有时间、有智慧，也有了一定的经济基础，何况60岁的新生，后面还有40年广阔的舞台呢，你可以大显身手，完全可以大显身手啊！

“60——准备为自己接生！”

这方面实际的例子我们身边有很多、很多，只不过我这里先省省，因为说到我们为什么要长寿，我还有另外的一个重点得先陈述——

一般而言，我们想到长寿，就会觉得那是自己的事，是生命中纯属个体的意愿和行为，就是老子想活就多活几年，不想活了，没准哪天就抬屁股走人。同时上帝也是这样来控制我们的，它决定一个人小命儿的长短，更是随心所欲。

然而，如此的认识，又肤浅了。

回望人类进化的悠悠历史，21世纪的现代人已经发现：人类作为一个整体，在漫长的进化过程中是一点一点地在完成着进化，一点一点地因为注入了探索的力量、求新的冲动，而使自己的生命在不断地变好。

一篇题为《不要太早地放弃人生……》的文章2017年在互联网上出现，该文介绍的是麻省理工学院的研究团队在对近5万名年龄在10岁到90岁之间的（各种能力）人进行了调查测验，结果表明，无论你在什么年龄，人总会有某种能力才达到峰值，比如：

18岁：人的大脑在整体处理和细节记忆能力方面达到峰值。

22岁：记忆陌生人名字的能力达到峰值。

32岁：面部识别能力达到峰值。

43岁：注意力、集中力达到峰值。

48岁：理解别人情绪的能力达到峰值。

50岁：做基本算术的能力达到峰值。

67岁：词汇技巧的能力达到峰值。

……

什么意思？

就是人到了67岁，我们的大脑才会呈现出最好的表现。

这样的结果不是与生俱来的，是人类不断地用脑，不断地积累自己的知识并长期进行自我训练的极限突破而促生的。

不信我们可以想想，很多人到了耄耋之龄，他们的手脚可能都已经不灵活了，但头脑却十分的灵光，还可以发表很多闪烁着思想光芒的文章，包括学术见解、理论新知、文学作品、人生感悟，等等。这些都是怎么回事呢？

回光返照？

特异功能？

都不是。

这些都在证明：人老了以后可以拥有更好的清醒与智慧，这是长寿的结晶，往往带着独特的沉淀，定义与表述，用今天的话说就是拥有着“增维”的优势。

2019年，中国工程院院士、中国的“杂交水稻之父”袁隆平老先生高龄已满90。9月7日人们为他庆生，推上来一个大蛋糕，脑瓜顶上依然是和往年一样，插着一把金黄色的稻穗。

80岁的时候，袁老先生就怀揣梦想：“十年后，我要让中国的水稻亩产达到1000千克。”而十年缓缓而过，中国人还经常地看到老爷子撸着袖子站在稻田，要么就是出现在实验室，带领他的团队成功地进行了“耐盐碱海水”水稻等各种科研种植。

“这老爷子，神了！”

“没有什么神不神，就是心怀目标，不停地做自己想做的事。”——袁隆平的“长寿经”被他自己这样来解释。

2019年12月18日，来自新华社的消息：由袁隆平主持的山东东营海水稻示范种植基地，平均亩产已达600千克，最高亩产已超过800千克——中国的海水稻研究无疑已经达到了世界领先水平，而且预计在2020年，一系列耐盐碱水稻品种即可通过水稻品种的审定，在中国国内——盐碱地上，进行推广。

袁隆平的长寿，是老天爷对他，也是对全体中国人的眷顾，让我们不饿肚子，同时还有余粮帮助全世界饿肚子的人。但是如何使自己的长寿富有了意义、富有了使命，却饱含袁老爷子自己的眼光，他自己的努力与坚持。

快到90岁的时候，老爷子去医院体检，就想测试一下自己会不会出现老年痴呆症，医生给他出了一道算术题，请他快速回答：95+103等于多少？袁隆平立刻给出了答案，医生说：“啊，您可没有问题，您不可能有老年痴呆！”而熟悉袁隆平这位自诩“90后”的老科学家的他的同事、学生，脑袋里都经常会有疑问：“为什么老先生一旦投入到工作，什么时候都显得干劲十足、精神焕发？”有人调侃地形容他“90岁的年龄，50岁的身体，心态嘛，还只有30岁啊！”说得老爷子一方面呵呵呵抿嘴一笑，另一方面又认认真真地点头致谢、自勉。

结论：长寿就个人而言，是自己的事；但就整个人类而言，又提供着物种优化的不断积累，完成着生命基因、精神传承等一笔笔新的对人类繁衍进化的积极刻写。

我们每个人，如果做什么事只是为了自己，那行为和目的就可以显得无所谓、疲疲沓沓、没有时间节点，更不需要什么成就感；一旦我们意识到我们的长寿还关乎他人、民族、国家，甚至整个人类的人口质量，就完全不同了，就不能轻视，就得只争朝夕，起码不能太随便了吧？

所以我发现：当我们在生命和死亡之间建起了一座梁，发现过去的长寿和今天的长寿已经大相径庭，那不同点最基本的就在于：前者是盲目的、被动的；后者是积极的、敞亮的，不仅拥有情怀，而且拥有目的。

今天，科学已经认定了人类的大脑，其词汇与技巧的能力一直要到67岁了才能达到峰值，那么明天、后天，我们怎么就不可以把这个数字再向后推延至77岁、87岁、97岁，甚至更高、更远的岁数？

我们可以。

每个人，当我们都能成了人类整体“进化”的推手，那养老的意义就不同凡响，就成就了一项无比恢宏的伟业，这支队伍，你难道不愿意加入？

我们怎么能够长寿？

长寿有了目的，便如理想插上了翅膀，再一次闪烁出人类生命的高贵。

我们的目的不是人人都能成为袁隆平，我们的目的是让长寿服务于自己，也辉煌于物种。但长寿是不是唾手可得？金店里的大元宝，只要你有钱，就可以把它捧回家吗？当然不是，人寿命的长短可不是你轻易或有钱就一定能够弄到手的。

中国千百年来为了探讨长寿的秘诀，可以说能豁上的什么都已经豁上。

最惜命的历代皇帝，为求万岁大炼仙丹，各种传说记载于历史文献或流传于坊间，其中有人费心总结了清朝13位皇帝，一位一位地加以罗列，其中，同治皇帝死的时候只有19岁；顺治皇帝薨于23岁；咸丰死于31岁；光绪享年38岁；唯有乾隆活到了89岁，成了皇帝里面“长寿的冠军”。

那么为什么乾隆就会活得那么长？人们分析：

第一，乾隆爷太爱运动了。

第二，他爱吃蒸发糕且总是要求御厨粗细粮进行搭配。

第三，他这个人非常喜欢旅游，总不安心于在紫禁城他那龙椅上老老实实地坐着，于是就有了著名的“乾隆三下江南”……

哈哈，历史可以戏说，但庙堂之上、江湖之远，中国人除了皇帝，长寿也是普通百姓孜孜以求的东西这倒不假。我做老年的电视节目，其中一个自知会很能吸引人的题目，就是“你如何能活出精彩的百年？”但采访了众多人，答案却大多都并不精彩，无外乎傻乎乎、没心没肺、心里不装事，饮食清淡，生活有规律……很多长寿的例子还彼此冲突，比如著名指挥家郑小瑛，2018年面对晚辈就曾坦承：她爱吃糖、口重、贪凉，还经常吃剩饭，又很少喝水，几乎医生们批评的不健康她都占了，但那一年她已经活到了90岁，还能上台指挥，说自己长寿的秘诀一方面是怎么舒服怎么来；另一方面，当她拿起指挥棒就物我两忘，心手双畅，这便不能不说也是一种养生的好方式了。

那，人各有志、人各有好，如何从普遍的意义中追求长寿？有没有标准化的原则和路径？又如何在各种秘籍、诀窍、指导、提示中至少确认长寿的方向是有价值的呢？

2017年美国两位医生在学术出版物中发表了他们关于生命、疾病和长寿的破解老化之谜，拿出了科学的解释，我兴趣极大。

这本学术著作有一个悬疑的名字——《端粒效应》，它从医学的角度揭示了真正有效的逆龄养生术，以及能够左右人类寿命的物质——端粒。它的推出，不止在中国，而且在世界也掀起了又一波探索人长生不死的科学巨浪。

只是我呢？各种各样的学术观点，我肯定很关注，只不过眼下我们谈论观念的转变，我首先要说：养老革命，目的绝不是追求标新立异，即使是标新、立异也旨在拂去长久以来遮蔽着人们传统认知的荒草，让一个个真相脱颖而出。比如千百年来，不计其数的长寿秘诀，有一样东西，没有得到应有的重视，但却已经久久地吸引了我，让我忍不住琢磨、开掘，越嚼还越有道理、越有滋味，什么？一个字——爱。

爱这样东西，过去我们不仅是不重视，是很少提及，甚至始终讳言。

然而在我的观察中，爱，对于生命太重要了，而对于长寿，它简直就是神丹。

爱是一种能量，母系的，一个人拥有了爱，就可以繁衍出很多其他方面的生力军，一齐来捍卫我们的身体乃至灵魂。

老话讲：“人的命天注定，胡思乱想没有用。”这对不对？

要我说：不对。

天命论是人类对生命、对长寿没有任何科学解释的时候最糊涂、最敷衍，也是最不负责任的一种说法。而靠谱一点的，我们后来说过基因，是基因决定了我们的爹妈命长，孩子就一定会命长。然而科学很多年前就开始出来扫盲：基因对长寿的贡献也是有限的，同时并非先决。

2019年我在北京采访了海淀医院心内科的主任GXF，他刚从死亡线上把一位41岁的心梗病人给抢救了回来，G主任就拿他这个例子来用事实说话：这位心梗病人的父母都七老八十了，但身体健康，能吃能睡，老两口根本就不请保姆、不进养老院，每天自己买菜、做饭，跟朋友打牌、摸麻将，所以“41”一直以为自己的家族遗传基因好，因此轻易不会生大病，更不会人刚进入中年有一天就会有死亡之虞。等苏醒了以后，G主任跟他说：“你别以为你爹妈长寿，你的身体就可以随便地造。基因这东西对长寿的贡献充其量也就只占15%到30%。如果你不注意，还每天胡吃海塞，疲劳缺觉，或精神生活品质低下，疾病甚至死亡也会随时找你的麻烦！”

“哦……”

我们人类的身体，健康、长寿都可以被看成是一种资源，二者都存在“资源枯竭”的问题。因此如何远离危险，就像环保如何绿化大地、涵养水源？身体的“环保”——也就是平时的保健，比一旦犯病，抢救、吃药就更为重要。只不过一提到保健，人们往往就只认为那是针对身体，心脏、大脑等，而忽略了心理。

41岁的心梗就是因为紧张、压力、生气、熬夜而让心脏受不了，透支了，反抗了，一进胸痛中心就安了两个支架。G主任说：“生理、心理作为一个相互影响的生命指数，二者之间为一荣俱荣、一损俱损的联动关系，过去被我们关注得少、议论得少、讲究得也就更少。”

简单地画一个大饼，人是铁饭是钢，一顿不吃饿得慌，这是指人不进食，物质的生命就无以维持，算一个半圆；另一个半圆呢？就是精神、心灵，我们也需要“进食”，也需要不断地补充生命活下去的营养和能量，这精神的食粮是什么呢？就是爱，至少是其中一个最最重要的部分。

讲一对跨国夫妻的故事，好温暖、好柔情。

杨宪益，杨老，一位让我永远都不会忘记的老人——可敬、智慧，又非常的可爱。

杨老是什么人？现在“80后”“90后”“00后”，或许都因为太年轻了，不一定人人都清楚。

但是，中国文化博大精深，《楚辞》《红楼梦》《儒林外史》《长生殿》等文学名著，无论到了哪一朝、哪一代，后人们都不可能不知道或没读过吧？

好，是谁把这些“大块头”的文学名著翻译到了国外？

是杨宪益和他的英国裔太太戴乃迭。

这一对夫妻一生不仅用心血、汗水成就了中国最伟大的文化使者的辉煌，同时在生活里他们是形影不离、恩爱暖心的“样板夫妻”。

20世纪80年代，有阵子家兄要给杨老画漫像，常去他家，就跟我说：“其实你写东西，也应该去采访采访杨老。他这个人太有意思了，不亲身感受感受还真的有点可惜。”

噢？是吗？

听了哥的劝，我就相约上门，知道杨老有的写，于是连续不断地采访了杨老很多次。

杨宪益在中外翻译界赫赫有名，史学家称他是“一个翻译了整个中国的人”，但就是这样的方家、巨匠，他老人家生活里是什么样儿？为什么我说爱是人类长寿的精神食粮立刻就会想到他，要举他的例子？

很多有意思的事情，30年前就让我没齿难忘——

记得第一次上门，其实也包括后来的很多次，我和杨老当年的见面，他都不怎么跟我认真地聊，进门就说：“哎，我没有什么可说的，那些往事都不重要了，来来来，咱们就随便侃侃，赶上什么话题就说点什么。”一边笑，一边说，有时抿嘴小笑，有时听了我带来的外面好玩的段子，杨老还会哈哈哈地大笑。所以这老先生对人的感染力首先是和他相处，你会感到非常舒服，非常放松。

然而他的家，有点特别……没有水、没有茶，只有酒。

啥意思？

杨老家的待客方式，一般是不会给客人主动准备水的，不特别申请，茶也没有。

他们家所有的访客，一进门，坐下来就只有一种风格的招待——喝酒。什么酒？白酒、红酒、啤酒、洋酒，谁爱喝什么都自己倒。这样的情形对我（当时还年轻啊）能喝酒的当然没有问题，可以“入家随俗”，但我经常看到有些不会喝的，开始还不习惯，要茶的，后来也慢慢地被杨老家的气氛所感染，从不端酒杯，到后来也慢慢地开始品起这“神仙液”——热血、助兴。

除了酒，杨老的烟也是从不离嘴。

按理说这样的人怎么会长寿?

今日医界，包括中医和西医，医生对抽烟、酗酒难得一致地都持反对意见。但是，即使是这样连烟带酒，杨老还是活到了95岁，2009年11月24日才辞世。他抽的烟根本就不是什么好烟，牡丹、凤凰、中华不是没见过，可在我30年前的印象里，杨老抽的最多的还是那种不带过滤嘴的低档烟，几乎一根火柴能点好几根，有时还开玩笑说：“你们看我每天抽的烟很费，但我不费打火机啊。”“哈哈哈”，然后又是一阵大笑，自己笑也感染着别人……

因此，熟悉了这样家庭的待客之道，我和哥每次去都不带什么别的手信，永远都是带上酒。茅台、五粮液的不可多得，有时几块钱、十几块钱的二锅头也行。当然，如果赶上饭口，杨老也总会说“你就别客气啦，就留在我们家吃饭吧。反正我家天天宾客不断，每天阿姨都会做很多饭菜，谁赶上了谁吃，你不吃也会有别人留下来吃。”

“那好。”我听命。

30年往事如烟，当年对杨老我是怎么完成采访的，文章发在了哪份杂志或报纸上，都已经记不太清，但杨老的为人，他对人的爱，对社会和人生的一种看透，深深地感染着我。这个“爱”，这个“看透”，是大爱、大透，怎么帮到了杨老?

后来我反复研究，爱是一种能量，有它的特质——首先爱你必须心胸广大、处世乐观，待人接物善良谦和；除此以外，爱还会经常让人甘愿吃点亏，不去占什么小便宜，这就既暗合了中国传统文化的吃亏是福，又促成了自己和家人的知足常乐……

1915年1月10日，杨宪益出生于天津日租界，是津门的富家子弟。1934年到英国牛津大学莫顿学院研究古希腊罗马文学，后来认识了与他相依相伴数十年的妻子——英国传教士的女儿戴乃迭。

1940年，杨宪益夫妇回国，之后调任北京外文出版社做翻译专家，他与戴乃迭一同合作的翻译作品不仅有一连串的中国古典文史巨作，还有很多现代文学作品，比如《鲁迅选集》《王贵与李香香》《白毛女》《太阳照在桑干河上》……

“早期比翼赴幽冥，不料中途失健翎。结发糟糠贫贱惯，陷身囹圄死生轻。青春做伴多成鬼，白首同归我负卿。天若有情天亦老，从来银汉隔双星。”——这是杨宪益在戴乃迭去世后写下的诗，缅怀他们夫妻相爱60年，渴望“同归”、再续情缘的不舍。

也许，有人质疑：像杨宪益、戴乃迭这样的夫妻，他们天生就是“嘴里含了金勺子”出生的人，人生咋样都是贵族的，当然能看透、能吃亏，懂得感恩，但我要告诉你，他们夫妻所共同经历的苦难，可不是一般人能承受的，那是可以粉碎一切人不坚固的精神殿堂。

30年前，我很想听一听戴乃迭亲口说出她的“苦难”，尤其是他们夫妻双双都在“文革”中坐过牢（1968年4月27日同时被捕入狱，理由是“英国间谍”），并且是单独关押。那段日子，戴乃迭是靠什么挨过了莫须有的罪名？两个女儿流离失所，一个儿子精神失常，后来还在英国走上了绝路……天呐！然而，戴乃迭，老太太不愿意让我提起这些过去的伤心事，她家的氛围也永远都是欢乐、轻松，仿佛很难找到那种悲伤的机会可以让我重提往事。

我称戴乃迭为戴老，她说你就叫我戴乃迭吧，不用考虑年龄和礼貌。

4年的牢狱生活，戴乃迭得了一种总会自言自语的后遗症，杨老和女儿们就发现，她经常一个人在房间里自言自语，但是说什么呢？没有人知道。

采访杨老的那些时日，朋友有时晚饭后还想跟杨老再聊上一会儿，杨老就说“那好那好”，不过得等他先把戴乃迭抱回房间里去睡觉。于是我就看到杨老真的把老伴儿从沙发上给抱起来，送进卧室。杨老的身材并不比妻子高，人也是瘦瘦的，他怎么能把戴乃迭抱得动？我当年常走神儿。然而他就是这样经常地抱，先安顿好爱妻，然后回到客厅跟朋友们再喝一杯、再聊上一阵——应该是抱惯了吧？

每每看到这一幕，我都感动到内心像连通了一片蔚蓝色的大海。

你说爱有多大的力量？它让人心静、心净，让人不慌、有底——对于生命，它不可估量，真的是不可估量！

“爱”能提高免疫力？

有一种强调说“人有两颗心”——一颗是装在你身体里“物质的心”，另外一颗是你的“心情”。两颗心是相互联通的，共同守护着人的身体健康。

现代医学、心理学、社会学，甚至哲学都解释不了爱在人与人之间究竟能产生出怎样的关联并迸发出对生命如何强大的给予与支撑，但很多学者都认同：爱是两分法的，既属于精神，也属于物质——“精神变物质”不是一句只能鼓舞人心的口号，它与我们生化的身体、健康息息相关。

2007年，我在香港看到了一本书——《不生病的活法》，副标题是神奇的酶：决定你的健康与寿命，作者是日本一位名叫新谷弘实的内科医生，突破了很多旧眼光、旧常识。

新谷弘实于1935年生于日本，1969年在美国发明了内窥镜，首次利用大肠内镜插入法在不打开病人腹腔的情况下直接切除肿瘤，因此声名鹊起，为人类医学做出了巨大的贡献。

我就是从这位从医40年，用他自己的话说“还从来也没有开出过一份死亡证明”的医生，从他的观点中懂得了人类的身体，除了细胞、血液、器官、组织、骨骼、神经以外，还有一种决定人体健康的重要物质，这就是酶。

酶是什么东西？酶有什么用处？

引用新谷弘实的原话：“科学地解释，酶就是在生物体细胞内合成的具有蛋白质性质的一切触酶的总称，简单地说，就是保障生物体能够完成最基本生理活动的基础条件。”

酶等于生命力？

对，可以这样讲。

新谷弘实还说：“我们人的体内有5000多种酶，每一种都有不同的作用。酶越丰富，生命体就越充满了能量，也就越能提高免疫力。”

酶还可能提高免疫力？而且这种东西在我们的身体里还是越多越好？

答案又是肯定的。

太棒了！新谷弘实的观点作为支撑我十年后提出养老革命的口号简直是早建基桩，早有播种！

神奇的酶，决定着我们的生命质量。它当然也有对手，对手就是消耗我们身体内正常的酶产生的游离原子团。这些游离原子团，如果说两军对垒，它越多，敌人就越强；而酶越多，健康就越强，也就是让我们拥有着源源不断的后备军。

但是酶从哪里来呢？我们怎样获得？

这一点更重要，更现实，更需要我们清清楚楚地知晓并深深地把它加以牢记！

新谷弘实明确地告知世界：

我们身体中的“酶”，来源有两种：渠道之一是物质；渠道之二是精神。

物质可以产生酶！精神也可以产生酶！这说法——简直振聋发聩！

物质的酶，首先来自食物，运动，良好的睡眠，健康的生活习惯和没有敌意的生活环境。

精神的酶，就是指我们人类的精神，对于肉体的功能，医学证明，也有着强大的影响作用。

仿佛真是早早地就为了埋下日后声援我的种子，新谷弘实在《不生病的活法》这本书的最后一章，干脆使用了这样的一个小标题——“爱”能提高免疫力，再次特别强调：“我要说的爱，是（包括）两性之间的爱，对孩子的爱，对朋友的爱等各种各样的爱，不管是哪一种，健康、高兴（的感觉）都会因为爱而产生出来。人如果能够真正地感觉到幸福，免疫功能的激活便是能够在血液当中被检查出来的。”

检查、验血，还能验出免疫力？还能验出有没有爱？

Yes！

实验室和临床的数据都已经在支撑着这样一个了不起的结论：一个人快乐，内心追求爱，对生活充满了希望，他的身体里酶就会多，相反就少。这是真的。

我真想拥抱科学，拥抱人世间每一张懂得爱的笑脸！

神奇的酶！

神奇的爱！

医学很难想象：一个人一天到晚总是算计，一点都不吃亏，或者活了一辈子，只知道抱怨，永远都不肯宽宏大量，从小到大只会扮演气氛谋杀者、浪漫终结家，这样的人怎么能和绿色养老、健康长寿相关？这样的“自私鬼”“想不开”“倒霉蛋儿”，不仅是可怜的，也是可恨的。他（或她）也许可以“长寿”，也许也能隐忍胸中永不消化的怨恨苦着脸活到80岁、90岁，但这样的长寿有什么令人向往？有多么艰难？这对生命、对高贵的精神生活难道不是一种误读甚至浪费？

2003年春夏，“非典”肆虐，当时我领导说哪个记者如果能同时走进北京的人民医院、中国台湾地区的和平医院和中国香港地区的淘大花园，谁就有望拿到美国的普利策新闻奖。

普利策不普利策的倒无所谓，我当时因为在北京刚刚采访完《“非典”保卫战》，不能回家，与其在北京（一家宾馆里）被医学隔离，还不如到香港（更重的重灾区）去休假，当时我的先生还在香港工作。于是我就来到了香港，只不过到港的第二天就接到领导的电话：“看看能不能深入地采访一下香港的抗疫”，这样一个月后，我在香港记者站的帮助下先后完成了《SARS元凶果子狸》和《新闻调查》——《走进“淘大花园”》……

“恐怖”从3月初蛇一样地开始潜入香港，在九龙沙田新市镇的威尔斯亲王医院，因为最早收治了第一位的SARS病人，后人称“毒王”，致使与8A病房接触过的20名医护人员以及住院病人纷纷感染了“非典”，随后病毒很快扩散到了院外。3月26日，香港卫生署证实：淘大花园E座已有5个家庭7个人发病；28日，感染人数增加到63人；30日，剧增至213人；而4月15日，淘大小区感染了SARS的病人人数已经迅速飙升到321人。万分危急中政府不得不在31日凌晨下达了对淘大花园E座的紧急封楼令，这种情况在香港历史上实属罕见……

这一段“楷体”是我电视专题的背景解说。

当时的采访，我根本就不知道“淘大花园”在哪儿。

第一个接待我的是淘大业主委员会的秘书蔡碧治女士，我盲打电话，没人介绍，但电话竟然畅快地接通了。和蔡女士迅速见面，彼此面对面，大家都还有一些惊讶和惺惺相惜：“你不要命了？这个时候，还来采访？”“那你不是也接受了我的采访？为什么不猫在家里……”

后来我知道蔡女士被淘大花园居民亲切地称作蔡姑娘。

姑娘是香港医院对护士的称呼，可蔡女士并不是护士啊，她只不过在SARS肆虐的时候，对病患很好，没有回避、没有舍弃，相反悉心地照顾、不分亲疏，被人们爱戴。尽管当时，淘大已经是一座“魔鬼之城”“死亡之城”……

“当时，报纸上、电视上每天都在报，淘大今天又死几个、明天又死了几个……”这是蔡女士在接受我采访时，一边流泪一边开头跟我说的。

“可是在那种情况下，为什么你还要去医院每天给大家做饭、煲汤？我听说最多的时候，你光保温桶就用了25个？”

蔡女士说：“一点点爱心啦、一点点力量。我每天去医院看他们，他们就还有一点点希望、一点点盼头，因为那时家属都去不了……人坚强一点，对增强体力说不定也是有用的。”

坚强——体力？爱心——力量？

蔡女士在SARS时，她用自己的一己之爱，唤起了邻里的团结一心、守望相助，那时候的香港，齐抗疫情、众志成城，感人的故事一幕又一幕，这和2019年的“暴乱”对照，真是深处灾难，却见天堂。

碧姐，我后来已开始这样的称呼她，彼此也成了最好的姐妹。

碧姐不怕传染，她可以离开淘大却坚守淘大，后来她跟我说：“其实在我心里，一直有一个坚定的信念，就是我在做好事，上帝那时并不会接我走，因为我还有使命在身。我也觉得我不会被病毒传染上……”

于是奇迹发生了——她一天不落地穿梭在病人、疑似患者、医院、家庭之间，病毒还真的是绕着她走，并没有祸害她！

2003年到2020年，整整17年的时间过去了，我亲眼见证了SARS，如今又亲身感受着新冠病毒，因为我和碧姐曾经生死患难，有了那碗酒垫底，以后每当生活里再遇到什么重大的困难或突然遭遇了什么样的灾难，我们都不用特别地彼此通电话、发微信，心里只要一想到“曾经并肩战斗”，感觉就来了一种力量，知道这力量源于爱，源于善念的饱满，让我们知道它可以使人坚强、给人勇气，一点一点，润物无声……

继续说完杨宪益和戴乃迭的故事吧。

两个世纪前，更准确地说是19世纪末，与外文中译的景观形成了鲜明对比的是中文外译一直势单力薄。在这种局面下，杨宪益当时选择了翻译《资治通鉴》。《资治通鉴》是一部中国编年体的通史巨著，它以深邃的历史眼光全面总结了历朝历代的政治智慧，记录了上起春秋战国，下至宋朝建立之前总共1362年的诸多王朝的兴衰交替，并揭示出其中蕴含的历史发展规律。这样的翻译，可想而知有多么艰难！尤其战争，当时的战争环境，生活颠沛流离，一部译稿好不容易大功告成了——却不幸丢失。

轰然一声，杨宪益头顶的天简直塌了！

当时身边如果没有人，没有人鼓励、安慰，拽着他，他当时真不知道自己能不能过得来，而“拽”着他的是谁？就是他的爱人——从头再来！一起承受！

“文革”结束后，戴乃迭的晚年不是因为接受不了儿子的惨死，积郁成疾，最后得了老年失智症了吗？80多岁的杨老就格外地细心照顾，饭桌前，他总会一边给她掖好餐巾，一边连哄带劝地喂她吃饭，同时生活里还会反反复复地跟她念叨：“鲜花搬进屋是让我来养的，女人娶进家是让我来爱的等等”。如此甜言蜜语，不厌其烦。直到1999年11月，戴乃迭在丈夫的绵绵“厚爱”中安详地离世。

我个人体会，夫妻之间哪怕生气地吵了一个晚上，这一宿我都无法入眠，连续几天都无精打采，更不要说正常的工作、生活，采访和写作。

没有爱的日子是黑暗的、难熬的，比起重病甚至绝症，那才是真正的“杀手”。

“鲜花搬进屋是让我来养的，女人娶进家是让我来爱的”，这样的人不长寿谁长寿？

这样的长寿没有意义，舍此还有什么更大的格局？

可别关闭了爱美之心

承认爱与身体有关、与健康有关、与长寿有关，但爱的基础是什么？

善良的心、年轻的心……爱美之心。

善良、年轻都是乐观老人长寿的基石，很好理解，可爱美呢？

中国人很少正视爱，也很少正视美。这两件人世间最美好的东西，我不知道，为什么国人长期以来都远远地小心回避？

尽管今天我们会说爱美之心，人皆有之了，但这句话通常仿佛只针对年轻人。人一到老，还有什么美不美、丑不丑的？穿戴舒适、轻便、保暖、透气，其他的都不重要。尽管今天中国也出现了很多懂得孝顺的儿女会在父母过寿或过年的时候给老人家送上一条大红围巾、大红褂子，但那和美丑关系不大，首要的是为了添喜，求个健康、好运。

但美，对老年人，真的无关宏旨？可有可无吗？

它不是一盏灯？一剂药？一种新的生活态度？

为什么我在很多关于长寿的选择中单单挑上了爱，现在又在如何获得长寿的种种选择中再单挑出了爱美？坚持这一己偏见，我就是因为看到了我们中国人在过往的认知上有这样的一种障碍——爱被荒草遮蔽着，爱美也被保守给遮盖得严严实实，而无视美，不敢谈论美，是误区，是人生的自我封闭，各位看官对这一点——可想到过？

曾经，我听到一位老了老了却有机缘嫁给了欧洲的一位老外的中国妻子转述了她的洋丈夫对中国人的评价，说他非常地热爱中国、喜欢中国，但他每次走到旅游景点，或平时去吃饭、逛商场，总是觉得中国人怎么就那么地不懂得穿啊？尤其是中老年人，穿什么、戴什么，“非常不讲究”！

“没钱？是没有钱吗？”中国妻子被问。

“没时间打扮？是没有足够的时间吗？”中国妻子又被问。

但怎么简单地回答老外呢？

如果说没钱，中国人今天早已不愁吃、不愁穿，人们身上都裹着各种名牌，而且“紧身装”“超短装”，甚至“无袖装”“漏洞装”，也都一个一个地敢穿出来，所以这不是钱的问题；可是说没有时间？中国人很多男男女女还不到60岁、55岁就已经提前下岗或病退、早退了，接下来的岁月什么都可能缺，就是不缺少时间啊！

我向中国妻子建议，如果下一次你的洋丈夫再跟你聊起这个话题，你就这样怼他回去，说：“没有答案，一切都在变化之中。”

变化是这个时代的硬核，中国人正在适应着身边的变化，老人也正在适应着。难免一开始显得笨拙，或没找到表现自己的最佳方式。

其实对于今天的很多中国老人，他们已经接受“老黄瓜刷绿漆”，要扮靓、要装嫩，但是是否能进一步地理解，理解美是一种精神的酵母，对生命会有内在力量的拉动？

我们会不难发现，凡是爱美，爱捯饬的老头儿、老太太，他们在生活里总是精精神神，爱动、爱笑，仿佛活在一种心气儿里。这就是爱美的动力。

同时美，还有一种监督的作用，就是在你不觉察的时候总是会监督你凡事不要太凑合了，不要每天起来随便拽上一条裤子就蹬上、扯来一件衣服就穿上，也不管质地是否适宜，颜色、款式是否搭配？这样的装扮不仅会影响了我们的衣冠、脸蛋，还会影响到我们的情绪与心怀。

当然，帮助中国妻子怼完了她的洋丈夫，我心里也非常清楚：中国，长期以来都是认为女为悦己者容的，如果哪个女人什么时候刻意地要去梳妆打扮了，那她必定是要给谁看——人已老，尤其是你已经到了老夫老妻的生命阶段，还“描眉画眼”“束腰挺胸”的干嘛？你想要取悦于谁？老伴儿不喜欢，社会不喜欢，你也就别再给自己惹麻烦，何必呢？

一声“何必”，毁了中国人几千年的晚年，也透露出扮靓这件事跟自己完全没有关系。可是靓首先不是自己的事吗？给人看？那才是第二位的！

记得2004年我被中央电视台外派到香港，后来一直在位于香港的亚太总部做着我的首席出镜记者。我的着装当然是因为职业的要求不得不讲究（但外出采访也从来都是灰、黑、蓝、咖）；不过一旦到周末，不需要值班了，我就会完全地放任了自己，那真是穿什么、戴什么都不愿意多动一分的脑筋，怎么舒服就怎么来。经常是手里拎着一个大布口袋，脚上就一双塑料拖鞋，脸上更是素面朝天，就去街市（菜市场）买菜了。偶尔，遇到一两个我相识的港人，我也会觉出几分尴尬、难堪，非常的不好意思，但更多的时候，我还是我行我素。

这样不好吗？

不好！

其实身处香港，我早就一万次地惊讶：香港的很多女人，包括很多年龄都在七八十、八九十岁了的老女人，她们什么时候、任何场景，都会把自己打扮得整整齐齐，光鲜亮丽。

一位玉大姐，香港老太太，我认识她的时候她老人家就已经70多岁了，到2014年我离开了香港，她还是经常不断地给我发微信、晒“玉照”。

这位大姐就是上面我说的从来都不会不化妆就出门的典型的香港老人。

岁月无痕，你还别说，岁月这把杀猪刀仿佛还真就对她网开了一面，十几、二十年不变，我什么时候见她，她什么时候都依然“年轻靓丽”“光彩夺目”。

我说：“大姐，你怎么多年了，一点都没变？”

大姐在微信的那头呵呵地笑，说：“我还真的就一直是这个样子。”然后发过来15年前我跟她一起的合影——哇，这一看、一比，天呐，我可真要找个地缝儿钻进去——咱跟大姐比都显老了很多……

玉大姐用她的故事告诉我：作为4个孩子的妈妈，大姐到了退休以后还一直热心社会公益，参与各种各样的社团、商会，同时组织和参加各种各样的活动。她老人家要么华丽地一转身唰一身浅蓝，要么唰地一转身一身浅粉、一身浅黄，总之总是套装、皮鞋、坤包，绝不违和。那浅浅的高跟鞋，脚后跟嘎嘎嘎地敲打在地面上，和年轻的姑娘、小媳妇儿永远一样。

“每次出门，像您这样的化妆、包装，需要多长的时间？”有一次我曾经这样向大姐提问。玉大姐说：“是会花少少的一点点时间，但习惯了就不会太长。每一次扮靓，尤其那打扮的过程，自己心里是美的，穿出去如果好看，听了夸奖也会很高兴。”

哦。

香港女人可不能容忍自己随便拽一条裤子、扯一件衣服就穿上，也不会觉得什么时候都素面朝天是朴素节约。相反，她们觉得不化妆不仅对不起自己，也对不起社会。

“还对不起社会？”

对， 我就是这样听说的。

一种观念、理念，如果我一直在北京，没有在香港生活过，说不定一辈子也不会见识、思索。

每个人都把自己扮靓了，马路上出现的人群就会花花绿绿，喜气洋洋，那样，整个社会就充满了动感与激情。所以香港的动感之都，创造者也包括很多很多的老头儿、老太太，这是功不可没，相反，如果有谁邋里邋遢，影响了市容，才不好。

为什么中国香港的平均预期寿命总是和日本伯仲难分，总是排名在世界不是第一就是第二？两个地方都是人口众多，环境拥挤，但爱美之心——日本老太太和中国香港老太太真有一拼，都把美当作一种生活态度——积极的、有盼头、有期待。而且美提升了整个社会的文明程度，你总不能把自己打扮得漂漂亮亮，在人群中非常抢眼，但却满嘴粗话、随地吐痰吧？这些不雅之举你自己都不齿，因为它不仅伤害了社会，同时也会有损阁下您自己的尊严，哪个人还会去做？相反端庄大气、谈吐不凡，那会要求人们腹有诗书气自华，得不断地读书、学习，气质也就慢慢地被熏陶出来——进阶到美的更高层次，哪还会有金玉其外，败絮其中呢？

为了向玉大姐学习，在香港的那些年，我开始慢慢地远离“灰、黑、蓝、咖”（当然采访和工作的时候还是要除外），我是说生活里我也开始买一些色彩丰富、款式俏皮的衣服。出去逛街、朋友聚餐，或者干脆是去菜市场买菜，我也要求自己不能太过随便，也要梳梳头、化化妆，哪怕淡一点、浅一点。

不化妆就不出门，是我在香港给自己定下的一条规矩，这样做不仅一直坚持了下来，而且有时衣服、妆容搭配得好，出其不意地彰显了自己的与众不同，还会收获赞赏，我也高兴得像个孩子。如此“孩子”“孩子”地，自己竟然也向年轻渐渐靠拢，以至于回到内地，我还经常地告诫我的姐妹们：“咱们女人越是到老，越要打扮，穿着鲜艳，浑身珠光宝气！”带动了我周围的人有很多都悄悄地买起了化妆品，坤包里也装上了小粉盒、小眉笔、小口红……终于有一天，新华社驻港分社我认识的一位老领导，多年不见了，再次见面，远远地，他跟我照面，刚走近就忍不住地惊呼：“哇，长小姐，你这些年，是怎么过来的？驻龄了啊？还那么年轻，一点样子都没变噢？！”

我心潮澎湃，手舞足蹈。

虽然自知这是衣装与化妆带来的双重效果，但也不揭穿。

相反同样玩笑地就甩过去了一句话：“是啊，长小姐、长小姐嘛，香港人不是都爱管老太太们也叫小姐？我也二八妙龄，永葆青春了……哈哈哈，谢谢夸奖！”

第五章 想要长寿——拥抱科学

精神，是我们长寿的旗帜；

健康，是我们长寿的大地；

没有健康就会失去一切，不懂科学也管不好自己的健康。

那“不要死于无知”，“无知”是什么？

怎么读懂自己的身体发出来的种种信号？

从来“最好的医生”首先是我们自己，

这一点你意识到了吗？

读懂身体发出来的种种信号

2019年快结束的前几天，网络盛传：广州一位生产痛风药的大亨同时也是健康专家，正在舞台上宣介着他的产品和主张，忽然，人前行了几步，摇摇晃晃，就直接撞到了演讲台，然后，60亿的身家也就随着他的这一“挂”成为遗产——类似的事情，人们还真不是第一次看见。

那条地球人都知道的常识：健康是1，后面不管跟着多少财富、荣誉、事业、享乐，都因为这个1而热热闹闹地排起队来，反之亦是，没了这个1，后面的所有热闹也就都瞬间成0——1与0交换的一瞬，你的生命便被拉黑。

可我们怎样保持自己的身体都时时健康？不得病、少得病、杜绝恶疾？

按照过去的做法，我们的身体一旦有了病，出路便只有一条，那就是去医院、看医生。

这对不对？对，没错。

但是老年人，我们不能只这样想问题，不能只沿袭着这样惯性的思维，等生命拉响了警报、亮起了红灯才去往医院跑。身体健康的基础，好比大地，我们要为自己早早地种下一棵树，建立一种意识，那就是我的生命我做主，你的健康首先得拜托自己给自己好好地看着！

曾经，不止一位医生告诉我：误诊在中国，不仅仅是中国，在英、美，在全球，人类今天无论走进哪家医院，误诊的可能性都是存在的。中国的误诊率大约在30%，您听了这话可别太激动，30%并不算高，发达国家更多，要高达50%。

50%？

那就是……一半的病人……都是让医生给看错了？

你以为？！

我这样讲，并不是有意在冒犯医院，指责医生。

事实上，现代医学对很多疾病都没有办法，更不要说解释其潜在成因。加上我们中国的医生，每天都要看很多很多病人，他们哪里有时间耐心地听一听每位患者的主诉：怎么不适？从哪一天开始？怎么引起的？可能的病因？病灶？潜在的威胁……更不要说对你百分百地对症下药。

当然，一旦我们得了重病，身体出现了险情，我们斩钉截铁地要去医院，要依靠医院里化学的、机器的手段，给我们化验、扫描，提供给医生进行最科学的认定与判断，这不存在问题。我在这里要对全体老人说的是防微杜渐，平日里比跑医院、看病、拿药更重要的保健。

保健的终极目的就是为了防病在先，这件事哪个医生也不可能做你的贴身跟护，就得靠我们自己，要倾听自己的身体发出来的种种声音，或者说读懂身体每一次向我们发出来的种种信号。

头一次听说“声音”与“信号”，我的耳朵立刻像兔子，敏感地察觉到这件事跟老年人最息息相关，因此，立刻“钻”进去。此话，是北京电视台我的一位同行YXH贡献的。她说：“当你头发变白了，你知道自己是老了，这很容易理解吧？但人的记忆力为什么会衰退？人根本就没有上火，你怎么会突然间就闹了牙疼？好好地走着走着路，你为什么会莫名其妙地摔跟头？早上起来非常口渴？小便时会突然出现排尿困难？再有就是你平时的起居外出，突然间手脚有些麻木？说话不十分清楚？有时嘴巴还会兜不住口水？更不要提突然间的心区疼痛、头昏、恶心……这些都是你的身体在向你报警，而且很多信号看似指向不明，但都和我们的心脑血管相关——早明白，我们就能早警惕，早警惕，生命就有了回旋的余地；可是这些信号你都不懂，而且还不知道怎样报警，第一时间如何处置，那耽误了病情，浪费了抢救的黄金时间，岂不就亏大发了？”

2007年，我母亲因为无知，把自己的老命给搭上了。那一刻，我连一点读懂自己的身体发出来的种种信号的概念都没有。

母亲是什么人？

1951年北京师范大学教育系毕业的老大学生，她一生的梦想就是要做一名校长。

55岁，母亲从教师的岗位上退休了。拉着父亲，放弃了在海外与小女儿（我的妹妹）一起生活的打算，从美国回来，倾其所有，办起了北京市第一所私立双语幼儿园——北京私立繁星实验幼儿园，手里管着几十位教师，400多个孩子，同时因为收费低、质量好，不以营利为目的，外面还有更多的幼儿常年排队在等待入园……

母亲要强，75岁了还经常中午要给老师们开会而不能按时吃上饭（老师只有这个时候才有点空啊）。但是常年的劳累，尤其是“文化大革命”时，母亲带着我们儿女追随父亲到了湖北的五七干校，那几年，春种秋收，抗洪抢险，她老人家凡事都不甘人后，最后落下肾病，心脏也不好，临终前的头几年更是经常地跟我唠叨心紧，走不了多少路，一走快了，心就紧得慌。

心紧？

我那些年完全不明白母亲所说的这些状况是什么感觉，又意味着什么。

几次带她去医院，专家们一把收下了好几百块钱一张的挂号费小票，只三言两语，没有更多的询问、解释，就让我们去做检查，最后各种各样的检查都做完了，医生也没给出任何的提醒，相反还说“心电图也看着没多大的问题啊”，这就没有引起家人的注意。

2007年9月，母亲因为吃不好饭，去北京一家非常有名的中医院进行调养。

调养嘛，当然不会有任何的危险，更和死还差着不知有几千里、几万里。

但不幸的是，过了几天，母亲人都快出院了，突然有点咳嗽。医生顾及她的肾本来就不好不敢给她用抗生素，但炎症得不到控制，一位年近八旬的老人只能用自己的抵抗力来扛，三耽误两耽误，在谁都没有想到的情况下，母亲最后肺部发炎，心、肾功能全面显示衰竭。

这个时候，妈妈的生命实际上已经是危在旦夕了，但我人远在香港，没有任何的医学常识，也没有任何的危机判断，心里还认为没有关系，好在妈妈就住在医院，医生再怎么着也不会让她老人家出状况啊，于是就没有太着急。

但谁知，母亲的肾功能已经严重的不全，这家中医院开始说周末（当时是周末）没有人会使用透析机。半夜，妈妈已经不能平躺下来睡觉了，她还不知道这是一脚已经迈进了死亡的门槛，加上老太太平时最不愿意的就是麻烦人，所以她不说，就那么苦苦地挨着，根本不懂得此时应该叫医生，让医生给她透析，把她身体里的血给“洗一洗”，这一“洗”就可以救她一命。

妈妈没有常识，她不懂什么是读懂自己身体发出来的种种信号。

但医院没医生吗？医生也不懂吗？不可能！

只不过周末……先是“没有透析机”，然后老太太都不能动了又说“现在没有床边的透析机”……就那样，那一宿妈妈没有再麻烦医生，也没有再麻烦护士，还没有给家里人打电话，一直挨到天明，就由护工抱着，痛苦地靠在床头，耽误了时间。

这件事直到2017年我已经从香港调回了北京，为了制作《我的生命“谁”做主？》的电视节目，我去解放军309医院采访透析并等待肾移植的病人。一位同意接受我采访的41岁的首钢工人说他现在每周三天都要来医院里进行洗肾，我随口问：“是吗？那可真够麻烦的，你不会哪一天给忘了吧？”这位患者立刻就说：“怎么可能呢？您不知道，这种事根本就不可能发生！因为我不洗肾，身体就开始报警。先是浮肿，然后肿到心脏，不能平躺，如此的情况如果再延续，我的人就麻烦了，就可能要挂了。”

啊？

患者的情况，他所说的种种信号，和我妈妈……一模一样、一模一样啊！

我的心突然像是搭上了烙铁，滋滋地发着声响。

十年前的伤痛，此刻竟意外地揭开了天窗。

我找到了证据，而内心深深地爆发出了自我谴责——没有透析、平躺不下、身体浮肿、最后心脏……我突然意识到妈妈这是被忽视了。几个小时以后她人就走了，这不应该！不可能！究其致死的原因，她老人家是因为心脏没有得到及时的治疗——最后是生生地给憋炸了！

母亲走得冤，她更是死于无知。

但凡有一点医学的常识，有一点急救的知识，她就不会走，就会自救，起码会喊大夫，喊家里人……，毕竟麻烦人和死亡两件事孰轻孰重老太太还是拿捏得过来。

但后来，说什么都晚了，都没用了……

就是这次采访过后，我决心要写一本书，要提倡养老革命，我的亲人已经因为“无知”付出了生命的代价，我不能让妈妈白死，起码我要提醒其他的老人：“自己是自己的第一医生，自己也是自己最好的医生”，如今这道理，有多少中国老人知道？看来，我非要挥舞革命的大旗，登高而呼，唤起大家的注意、重视！

当然，道理说出来十分的简单，而要做到自己成为自己的第一医生、最好的医生，很麻烦，得学习，要尽心、细心。

对生命，过去我们没有自我守护的概念，不知道这是对生命的一种怠慢。

为还上这笔债，我一步步地往深里观察、探索，结果慢慢发现：我们的身体，如果不被自己密切地观察、时时地小心，那实际上是每一天、每一刻，都可能把自己置于各种各样的危险当中——我们在赌，多少人英年早逝，多少人死于可惜——这种“赌”，轻了，小恙酿成大疾；重了，一朝粗心，生命便可能“随风而去”，想追，就再也追不回来了。

老妈，我真对不起您！

这一枪，就像在我耳边打响！

展开养老革命的大旗，吹响养老革命的号角，我要思考的问题从视而不见到挥之不去，满眼全是！

观念的转变势在必行。科学的防护确保身体不出问题。

但接下来，如何知行合一？

我们行动的第一步该迈向哪里？

如果有人说心脏急救、脑卒中都太重要了，我不否认，后面的章节我还要专门的隆重其事，但此处，我要慢慢地进入。先说一件小事，谁也想不到的一件小事——减肥，这件事小到在《养老革命》的大文章里我仿佛是突然偏了题，埋没了重点，但是，经历了一次生死考验，我知道肥胖是一种病，可以导致我们出现各种各样大问题的慢性病，特别是老年人，不知道这一点，那我们一天天都是在为自己铸就着大错——这样“小事”就变得“不小”了。

2019年夏，我终于下决心做一期“向肥胖宣战！”的《新闻调查》，这是我几十年记者生涯当中，第一次，也是唯一的一次因为自己的原因而策划执行了的选题。

“没有健康的胖子！”——“只要胖，就有病！”

这一点，做节目前，我闻所未闻。

想想肥胖的原因和减肥的目的吧：

肥胖的原因：大部分都跟做不到少吃、多运动有关。

年轻时吃出来的胖必然会影响到中年、老年，只不过这个影响因其道路漫长，谁也不会在途中过于在意。

年轻人减肥大多是为了颜值，苗条、美貌，可老年人减肥，为了啥？

我们常听有人说：“人老了，还是要胖一点为好，富态、有福。”

也常听人讲：“到了关键的时刻，你胖点，还能抗得住各种各样的大病……”等等。

仿佛胖对老年人很好，起码没有什么害处。

对吗？

完全错！

2019年春节前，离大年三十还有一个星期，我因为太胖，竟然险些闹出了一场生命的意外。这就是前文我说的“生死考验”。

那一天下午，为了采访中国心脑血管专家胡大一教授（第一个把心脏支架手术引进到中国），我集中3个小时，在一家嘈杂的酒店大堂的咖啡厅，又问、又听，做录音、做笔记，身心俱疲。晚上回家的路上就感到头胀、身沉，整个人就有点站不住，还有点儿想吐。

《心脏“过度”支架》，这本是我准备要做的另一期很严肃的《新闻调查》，胡教授不仅答应了到时候一定会接受我的采访，而且我们热烈讨论的三小时，教授还不断深入浅出地跟我这个外行人解释着过度医疗的种种危害、由来，如何被利益驱动和我们国家应该怎样通过宣传来进行科普……

晚上9点多，我在地铁上，还在思考着我的这期节目切入、落点，怎样“一拳打醒梦中人”（很多人还以为安支架可以预防心脏病呢）？身体已经感到越来越不对劲。我本能地第一时间在包里乱翻，想找出一个塑料袋，攥在手里，这样如果吐，能救急。我认定如果我吐，当时肯定会是狂喷，没有塑料袋，地铁车厢和我身边的乘客可就惨了。北京的地铁，尤其是纵贯南北的大动脉4号线，听说那是全国少有的几条不赔钱的线路，即使是晚上九十点钟，车上的局面依然是人挤人、肉挨肉。

终于熬过了四站，我赶快出了地铁，那时候还不知道我的血压已经到了高压210、低压120（毫米汞柱），更不知道这样持续性的高血压，已经开始向我索命。

出了地铁，我步行回家，那半站地（大约600步吧）显得好长、好长。

幸亏当晚，我先生的妹妹正好送公婆一年一度地照例到我家来过春节，小姑妹看到我的样子，第一句话就问：“姐，你怎么了？看着这么难受。来来来，要不先量一下血压？”先生立刻拿出了血压计，我一量，哇，家人立刻全都慌乱起来。

先是听到我小姑妹急忙给她的大姑姐打电话，跟着我听到身为医生的大姑姐在电话那头声音越来越大：“快，让她先别动，这样的血压很危险！”

然后，“就近找张床，让她平躺！”

跟着，医生再下令：“先给她含1/4的硝苯地平！”

过一会儿：“再给她弄半片——卡托普利！”

……

一个小时以后，我的高压终于降落到了190，大姑姐又来电话，说：“那也别动，能平躺着就让她那么一直平躺着。此外除了西医，中医还有一些办法可以降压，就是让人坐在她的身边，用手使劲地给她刮大拇指的外侧，两只手轮换着刮，不要停！”

一晚上，我们家成了急诊室，先生累得直冒汗，我的大拇指也开始往外渗血。

但过了一阵子，我不晕不吐也不怎么难受了，死神拍了一下我的大门，见执意不开，也就转身——先走了。

我的眼泪顺着眼角不由自主地往下流，知道这一回我是把全家人都给吓坏了，也吓坏了我自己。

“要不是当时小姑妹在，我根本就想不到要去量什么血压，还以为是自己累的。”

第二天，险情一过，我赶紧给大姑姐打电话道谢。

大姑姐看到我平稳了，还是不断地嘱咐：“以后可要记住了，要是一感觉头晕、恶心，第一件事就是要量血压。而且你知道嘛，当时，如果我们不给你先行降压，而是一下子就给你叫救护车，那120在路上嗡嗡嗡地一叫，你心里一定会更紧张，说不定……”

哦。

我虚惊一场，对医生的话刻骨铭心，而且从此知道有了任何问题我们得“先靠自己”。

大姑姐说：“送进医院，基本的急救先就是这几个步骤。”

所以，有了危险，能自救的时候一定要先自救，同时再叫救护车……

对。

生命你不懂它、不爱护它，有时它会生气，会报复你，不惜用自杀式的手段。

事情过后，我到医院做了一系列的检查，心内科、神经内科。

这些地方我从来都没进过。

医生说：“您没进过？很多人，第一次来，就折在了这里。”

老天爷可怜见，我检查时遇到了一位还愿意跟患者多说上几句话的心内科主任。等我拿着一大堆化验单、检查报告去找他定性时，他对我说：“您看您这高血压、高血脂、冠状粥样硬化、颈动脉斑块，样样都有了，这些都是可以出危险的慢性病，而这病跟肥胖都有关。因此不管您做了什么检查，我给您开了多少药，但说句不好听的话——您不减肥，那早晚会出事，早晚……”

减肥？早晚会出事？肥胖？死亡？

这两个世界之间有等号的关系？

我一阵阵后怕。

到了2019年，世界卫生组织给出的全球人因病致死的头四样疾病包括：心脑血管疾病、癌症、糖尿病、高血压。

这些病，尤其是心脑血管疾病，都和体脂肪率过高有关。我们的身体里出现了过多的脂肪，便容易引发血压、血脂、血糖、尿酸的不正常，这“四高”再直接威胁着心脑血管——因此说肥胖是导致人罹患心脑血管疾病的元凶，一点也不过分。逻辑就是这么的简单。

老人的体重过重，还有一点，关节的压力就加重，这样自然的退行性病变已经挥之不去了，肥胖又让我们雪上加霜，它肥嘟嘟、笑盈盈、憨憨萌萌的，其实笑里藏刀。因此肥胖是老年人健康的大敌，如果你不重视，就是直接和死亡打通着一条便捷的通道，甚至会“杀人于无形”。

如果不是这次险些出事，说老实话，我一直都胖，而且不想单纯地为了身条，舍弃美食，觉得那样做倒显得太俗气、太惜命。

曾经有一位女友PP，也是在电视台工作的同行，我就很欣赏她的表现。

PP长得胖乎乎，人见人爱，平时还很会往个性里去打扮：要么一身民族风，要么一件大A字、一顶大花帽、大眼镜，总之身上老是红红绿绿的，调皮并浪漫的；脸上也总是把妆化得浓淡相宜，一双大眼、一对白白的胖手，周身都透着胖的魅力。

“而且人家才不管别人怎么议论呢！”

每次到我家，一旦坐到饭桌上，哪个座位离红烧肉近，她就坐哪儿。饭局的前半场你是根本别想听到她开腔的，人家没工夫跟你们说话！等到一碗饭、一盘子肉痛痛快快地下肚了，PP才心满意足，才会腾出嘴和时间来夸一夸大师傅的手艺高超。

2019年7月24日，北京海淀医院举办了一个为时一天的科学减重学术报告会，因为面向社会，我不是医护人员，所以才得以报名去听了。

就在这个会上，我听到了很多关于肥胖摧毁健康的尖锐之说，同时也看到了很多专家、学者如何为全民减肥（医生叫减重，为了好听）而奔走呼号——真是不学不知道，一学吓一跳。

验证一下你自己是不是属于了肥胖？专家介绍了三个指标，或者说有三个办法：

第一，BMI指数：就是人体体重指标，用体重去除以身高的平方（就是除以2次的身高），如果得数超过女24（男性28），那你已经是不正常。

第二，腰围：女人的腰围不能大于85cm（男性90cm），大了，就属于肥胖。

第三，体脂肪率：人体除了重量，内部的脂肪含量也是指标，女性>30%（男性>25%），也显示出你已经成为一个或许表面上看不出来的“胖纸”！

中国自近代以来，和世界一样，其实一直都在与各种传染病做着艰苦卓绝的斗争，比如早期的天花、鼠疫、霍乱、血吸虫，后来的肝炎、痢疾、肺结核，当然还有以前的“非典”、埃博拉病毒、MERS以及2020年的新冠肺炎病毒。不过从总的趋势上来看：人类今天所要面对的主要疾病，已经开始向慢性病转变。各种各样的慢性病，包括高血压、高血脂、冠状粥样硬化、颈动脉斑块、糖尿病等都和肥胖有关，其中心脑血管疾病与肥胖是有着单一的、直接的关系，会直接导致死亡！

40年前，那时候我当兵，文艺兵，人很瘦，小腰才一尺七，军装怎么穿都嫌肥。

可40年后，我再做当年每天练功都要掐腰的这个动作——我的妈呀，腰还怎么掐？两只手卡在腰上，简直就像扶在了水缸上，那腰围，偷偷地也用尺子丈量过，已经长到了二尺七，整整比过去粗了一尺！

肥胖的“水缸”能淹死人！专家说，“这绝不是危言耸听！”

我的耳边像突然被人打响了一枪，这一枪清脆、刺耳又惊心动魄，才知道自己以后再也不能跟肥胖“和平共处”了，更不能放任自己“环肥燕瘦”，还为自己管不住嘴而找出了各种各样个性的理由。

滚蛋吧，肥胖君！

可别“睡着睡着人就走了”……

今天，有大数据显示：目前的中国，每3个人里就有一个超重，每5个人里就有一个胖子，同时14亿中国人，因为肥胖而导致血糖不正常的人，在2010年就已经超过了6个亿。这个数字每十年才会被统计一次，不过医生肯定：再往后十年，中国的糖尿病病人只有快速提升的空间，而没有被遏制下降的可能。因为肥胖好比一片很坏的土壤，土壤可以长出各种各样的作物，除了“四高”、冠心病、心肌梗死、脑卒中，此外还有乳腺癌等13种癌症——这片坏土壤就是结不出任何一颗好果子。

见了医生，我试探着问：“那在您看来，如果我们全民都不减肥，其后果，比如30年后……”

“不用30年后”，不止一位医生，每一位，比如北京协和医院临床营养科的副主任陈伟先生就对着我们的摄像机肯定地说：“中国人到那时已经不用别人来打我们了，我们都成为了胖子，都有可能因为糖尿病而眼睛看不见、脚丫子开始烂。如果陷入了那样的万劫不复之地，中国还有什么国际竞争力，好不容易创造出的经济腾飞、小康生活，都会随着我们健康出现断崖式的威胁——想想后果，这不仅可怕，而且可悲！”

因此管住嘴、迈开腿，谁说这只是中国公民每一个人自己的事？跟国家无关？

减肥在今天，已经不是纯属个人“愿意不愿意”的小事，相反——兹事体大!

因为自己要减肥，我才知道肥胖对我们老年人是慢刀子割肉，一刀一刀直逼心脑血管。所以当领导批准我做《向肥胖宣战！》的这期《新闻调查》，整个夏秋，我的心思全在这一件事上。2019年11月23日晚上，节目播出，第二天，网络的转发量（片段）就已经达到了2000万次+，我头一回惊觉：“原来关心肥胖的人竟有如此之多！”

在节目前期采访的那些日子，北京中日友好医院的减重糖尿病健康管理中心，我出没了若干次，为的就是结识这里的医生和“胖友”。

胖友们在医院里走来走去，穿着病号服，远远望去，我眼前好似一座座可以移动的“肉山”。

这样说对“胖纸们”真的是极其的不恭。

不过我喜欢他们，因为这些胖子，每个人，几乎都没有回避，他们见了我们这一哨CCTV的电视记者，都很愿意走到摄像机前，急不可待地要告诉我们他们的感受。很多人，其实才二三十岁，他们就说自己胖得得了糖尿病、心脏病、痛风病，很多很多过去连听都还没听说过的病，一胖，都来了。

一位32岁的XP，我见到他时他已经320斤（体重一度曾达到过390斤），餐前血糖已经高达19点几（正常人不超过7），胰岛素已经开始出现了不耐受，就是吃什么药都不管用了。

最近很多次，XP半夜睡着睡着就发现自己怎么坐在了床上?

他不知糖尿病为何物，更不知道胖子睡觉，睡着睡着还真有可能就把自己给活活地憋死——

XP跟我说：“我现在还只有32岁，糖尿病就无药可治了，那等到我62岁……如果有一天我不幸英年早逝，到了阎王爷那，阎王爷问:

‘你们都是怎么死的啊？’有人说我是工作累了，有人说我属于见义勇为，而到了咱，我说，我，我是胖死的……那该有多寒碜、多丢人啊！”

我永远都忘不了XP所说的睡着睡着就有可能把自己给憋死，心哐地一拳被谁打了个趔趄一样。所以XP要动手术，XP的体重到了390斤，这使得他不能单靠节食和运动来减肥，不得不接受了切胃的手术。

我开始还以为因为肥而必须要动刀子的都是些年轻人，但是我的认为是错的，因为还有不少的老年人。

也是在中日友好医院的减重中心，我见到了一位马上要60岁了的胖大妈，北京人。

胖大妈人很和善、开朗，也很真诚，她是趁着自己还没过65岁再不能做手术了的年龄极限，赶快到医院来进行了第二次的减肥手术，我见她时她是到减重中心来进行术后复查的。

切胃手术还能反复做？胖大妈这手术减肥难不成还减上了瘾？

不是，大妈是迫于无奈。

我俩一见面，还没等到我正式地邀请她坐到我们的摄像机前，胖大妈就已经忍不住打开了话匣子：“我这次是二进宫，都是第一次切胃手术后，我没有管住嘴，身体又一下子长了好几十斤。”

那您是把“香蕉”又变回了“柚子”？（柚状手术后，人就是把像柚子一样的大胃给变成了香蕉，只剩下窄窄的一条），记得当时我还先开了一句这样的玩笑。

大妈说：“是啊，我真是欲哭无泪。”

可是，说老实话，胖大妈的身材，在一众大胖子的世界，还不算太胖：“像您这样的，今天在马路、超市，能看到的也很多，差不多可以说是随处可见啊！”我有点疑惑。

胖大妈提醒我：“唉，我这不是已经算第二次做完了手术了嘛！

没做时你没有见过我。而且，我跟你说吧，很多老年人，乍看上去确实不显得有多胖，但是他们不明白，自己的胖更多的是在脂肪，内脏的脂肪，那就很危险、很危险了……”

肥胖之于危险，听医生讲我已经听了很多次，但是这话，从患者的嘴里说出，更有现实的意义。

胖大妈之所以又来做第二次的手术，她告诉我还有一个可怕的原因，那更加直接——原来在她们家楼下一位邻居，岁数其实才57，比胖大妈还小3岁。“他和我一样，人有点发福。我们头年还在一起，经常坐着他开的电动车去公园里遛弯儿，减肥，一块努力呢。可是，几天前，他中午睡着睡着觉，就在沙发上，人就走了，是那种睡眠呼吸暂停，摊上了这个！所以我害怕，真的是刚听说，吓都吓死了……”

为什么胖人睡着睡着觉，真的就可以发生睡眠呼吸暂停，摊上了这个，还分分钟就会死人？

中日友好医院减重中心的孟化主任告诉我：胖大妈说的睡眠呼吸暂停，我们在学术上讲叫OSA，就是阻塞性睡眠呼吸暂停综合征。这种病是一种以睡眠时反复发作的咽部塌陷为特征，从而导致低氧血症和睡眠结构改变的临床病症——肥胖是导致OSA发生的重要原因。

噢，人真能把自己给“睡死”？这在过去，仿佛是笑话，天大的笑话，但现在……

“没有健康的胖子！”——“胖就是有病！”这两句话就是在那一次，孟主任回答我采访的时候说的——后来《向肥胖宣战！》节目播出，我俩竟一时因为这段对话而意外地成为了“网红”。

笑话你不明就里，还有理由瞎开心，但一旦知道了它的厉害，想笑？还笑得出来吗？

孟主任后来又补充：“生命大如天，有时‘天塌了’只需要几分钟。”

当然，说起减肥，何其之难？

“太难了！”

几乎每个胖子在知道了自己已经面临了夺命之灾的那一刻都下定决心要好好地减肥（比如我），但一个“难”字，真不是一般人可以轻易地战胜的。

要么瘦，要么死……

你选择哪样？

对于老年人——其实与其到晚年费力减肥，还不如早早地，在没有老的时候，就开始注意肥胖，警惕这只笑眯眯的大害虫呢。

别再为“无知”搭上性命！

任谁都找不出适合全中国几亿老人每一个人的保健秘方、减肥秘方、长寿秘方……生命是个体的，每个人的生存环境、心理环境都不同；饮食、运动，情绪的自我控制、易感、受伤、忍痛、疗疾的等能力也都不尽相同，所以指望着别人给你拿出一个现成的法子，让你直接使用，那是奢望。但是，人关于生存的最基本常识，最基本的预防手段，“红灯”的预警，急救的措施……老年人必须知道，同样的道理，在生活中如何做到吃动两平衡，如何学会不生气的生活，如何懂得远离危险……也是养老革命的新课题、很现实的问题——

中国现有的医院都是给病人看病为主，从来也没听说过哪个人走进了医院首先是去防病的。尽管很多的医生都盼望：“唉，到了什么时候，我们的医院主要不是给人看病的，都是来治‘未病’的，保健成为第一功能，那就好了。”只不过很可惜，这个“什么时候”还不知道会到什么时候。我们眼下的医院是越建越多、病人也越来越多，

“发面”与“面盆”的关系一样，大小医院，中医西医，处处都人满为患，尤其对老年人，到医院去看一次病，那是要下很大的决心，不到实在不行了，真不愿意到那个地方去凑热闹。

所以老人您得明白自己要成为自己的第一医生，自己也是自己最好的医生。

这两句话有着鲜明的时代含义，也是养老革命的一杆旗帜。

只是具体要我们怎么做呢?

自从有了互联网，老人只要有心，网络上随时可以提供各种窗口，我们都可以根据自己的病情与医生隔空对话，久而久之，各种病请教得多了，知道用什么药、避免什么动作，甚至恶疾到来之时你应该怎样处置，自己就久病成医，并非难事。

比如，人老了不要吃好、不要吃饱、不要摔倒，这“三个不”网络上就到处有传。

人老了甚至不该早睡早起，不该大清早，天还没亮，您就跑到公园里的小树林儿里去压腿、深呼吸、练太极拳，那样呼吸到肺里去的都是二氧化碳，根本就不是氧气（太阳没出来呢，还没有时间与叶绿素进行光合作用呢，怎么会有氧气？）等。类似的经验都关乎医道、关乎养生、关乎科学。如果你能系统地记一记、学一学、拢一拢，很多保健的常识就开始属于你，就能指导你健康地过好每一天。

我年轻时在报刊杂志社，有一位总编辑对我有知遇之恩，他那时候就顶着压力，同意我只要完成了日常工作，然后就可以跑到社会上去写我的报告文学。我的人生成长之路，如果没有遇到这位开明的好领导，说不定到现在还是编辑部里的一位老同志，一辈子就在自己的办公室里，用袖口把办公椅子的木把手磨出个锃光瓦亮。

但是就是我的这位老领导，内通政经，学富五车，却没有自救的生命意识，认为生病、治病就是医院、医生的事，自己没有任何自主、能动的空间。80岁那年在家里突然感到胸闷、心痛，尽管出了小区就有一家区属的医院，但他作为老干部，合同医院是北京医院，所以就给儿子打电话，让儿子先回家，然后儿子紧赶慢赶40分钟到了家，把父亲扶上车，再往医院里送，路上红灯，堵塞，私家车不如救护车，无法抢道请车辆避让。结果半道，就在半道上，儿子还一路拼命地大声跟坐在副驾驶座位上的父亲喊话呢，喊着“爸爸、爸爸，您醒醒、醒醒，可别睡、可别睡啊！”但老领导最终还是没有坚持到医院，人在半路上，就走了……

老领导的死，真是枉死！多少年之后又重复了我母亲的因无知而亡！

他就是简单的心梗，如果第一时间自己能够急救，比如平躺下来含服硝酸甘油，（速效救心丸可不行啊——有的医生这样说。）比如拼命地让家人给自己拍打双臂胳膊肘的内侧；再比如使劲地咳嗽；还比如（也是有人建议）立刻放血，指血、耳血……总之如果领导第一时间有自救的意识，他或许就能赢得一些可能，毕竟心梗等恶疾可以用来抢救的时间就那么几个小时、几十分钟，这一小段“黄金时间”，如果自己不能帮到自己，那命运就很难讲，就只能完全撒手去交给上帝。

医院里的医生，哪个不都是从医学院里学出来的？

知识是天，知识是路，你自己学了，掌握了一些基本的常识、救命的措施，你就是医生。只不过有些老人，缺的可能并不是健康的知识，而是行动上的自制与坚持。

我们对自己，也许不可能像医院里的职业医生那样那么专业，也没有医院的仪器设备可以利用，但生命有了自己的时时看护，多一双眼睛、多一份保障，又有什么坏处？

这是养老革命我们所能做到的、可行的、实在的，只要你心里想得通，行动就能跟得上，对这份课业，我们必须要交卷——谁会比你自己更了解自己的身体？

我的一位影视界朋友，常年都是不吃中饭，因为干她们这一行的，经常是晚睡晚起，早上起来九十点了，刚刚用过早餐，中午当然就可以给自己省了。

曾经，记得我还提醒过她：大家不是都说中午一定要吃好，晚上倒可以吃得少一点吗？你这样做，长此以往，保不齐身体会出问题。可她完全无动于衷，还说："各人有各人的习惯，法子不同，好使就行！"果然20年没见，60岁了再见她，人家身材依然不胖不瘦、脸上不松不锈，也没有什么心脑血管方面的问题，你说呢？

再一位企业界的朋友，因为是负责与媒体联络的，我们很熟，像兄弟。他这个人常年吃素，但又不是素食主义者，没有那么激进。

记得我也曾问过他："为什么你就不碰荤腥儿了？长此以往……保不齐……"他也跟我强调个人的身体得由个人来把握："我自己都不知道我为什么就不吃肉了，就是有一天，自己的身体跟自己说，'唉，以后不要再吃肉了'，我就不想再吃，再吃便不舒服。"

生命有时会向我们发出自我调解的种种指令，也是自己最好的营养师。

这位兄弟吃素吃到后来，不仅不动荤腥儿了，最后连鸡蛋、鱼虾也都不再碰，就是只吃植物，身体也还很好，而且没有血压、血脂等"四高"。2019年年底，已经60岁了的他，来北京公干，我们正好6年没见面了，在北京梅地亚宾馆，敬一丹大姐约了我俩吃饭。他还像当年一样，噔噔噔从大厅跑上3层高的大台阶，跟我们拥抱、拍照——那身体看上去，还是小伙子，强壮且充满了年轻的力量。

你又说？

所以，身体是自己的。

我们有权也应该有意识地经常对自己下下命令，按照自身的需要去安排饮食、健身、保健和控制，这是今天养老区别于过去的最大不同，科学管理，有道理可循。

那时我终于开始减肥了，有一天我采访中国体育大学的一位运动专家，女性教授，她亲口告诉我："减肥？你饿着肚子可不行！"

啊？是吗？

初一听这话，我如获至宝！因为强迫节食，我整天饿得肚子咕咕叫，女教授的话真好似亲娘突然出现在眼前，有人宠着了，以后可以张开大嘴"七把叉"地猛吃猛喝了，多么开心！但是这位女教授立刻跟我摇摇头，说："不不不，我可不是这个意思。你以为减肥不饿肚子，就可以胡吃海塞了吗？那也不对。我所说的减肥要吃好，是指严格地要按照你每天的运动量，看进食与消耗——每天该吃多少蛋白、多少碳水、多少蔬菜、多少水果……这些都要计算好。少了当然不够；但多了，当然也不行。比如女人一天锻炼时需要的卡路里是1200（大卡），男人是1600（大卡），多了就会阻碍减肥，少了便会拖累健康，都不是吃好的标准。"

"哦，减肥原来还有这么多道道？也要依靠科学？"

女教授点头说"当然"，而且告诉我：世界卫生组织对减肥的底线其实早有要求，只不过我们中国人却很少有人知道、有人坚持，就是基础的三原则：第一，不腹泻；第二，不节食；第三，不疲劳。

就这三条要求，不腹泻好理解，这是要求人们在减肥的时候不能只靠服用泻药来帮助自己拉稀减重；不节食并不是多吃，而是要吃得科学、营养均衡；最后不疲劳，大家可以试一试。合理的运动，让人锻炼了之后，身体应该会感觉很舒服，落落汗、洗一洗，马上就又可以接着再干其他的事情，但是那种运动完了以后人都站不稳、很难受，头晕、恶心，有张床就会立刻上去躺倒，肯定就错了，对健身只有坏处，没有好处……

女教授的话，让我感到咱虽然读书也读到了博士，但很多事，连小学生的知识储备都不如。同时，她的话，也让我一下子想起一个例子——实锤的例子。

香港的一位朋友，中资企业的高管，快退休了，每天不管多累，他都要到跑步机上去狂奔一个钟（45分钟）。后来有一年，大年三十的前一个晚上，他又去跑，扑通一声就栽倒在健身房，人送到医院后也没有被抢救过来……

不懂科学，我们眼前就有误区，这不管你有多高的学历、多大的年纪，不知道就是不知道，而且误区里有沟沟坎坎，更有处处陷阱。

有氧运动，过去在我的心里，一直以为就是要充分地发挥出体能，干什么都要练到极限，比如跑步，能跑多快就要跑多快；游泳，能游多长的时间就游多长的时间；同样的原则，走路、体操、踢毽子、跳绳，甚至上下楼梯，都是要让自己的疲劳实现最大化，这才叫有氧。

但是我错了，在这个概念上，我活了一辈子却也都不知道。

有氧运动不是指我们做任何的锻炼都要拼命，往死里练，其正确的定义应该是增强人体内部的氧气吸收、运输和利用，是要慢慢地、持久地，以人体微微出汗为标志，即使是快走，也只能是每小时四五千米的速度——可以喘粗气，但唱不成歌。你知道吗?

香港朋友的死，误以为高强度的健身对身体只有好处，还考验着毅力，但是不懂科学，太缺少必要的常识，结果死在了跑步机上，毅力反而给他帮了倒忙。

老年人不能对自己的身体没有约束，任自己发福成了“大皮球”“大肉虫子”，但是怎么练？首先你得了解自己的身体，找到科学的依据。

科学养老，包括合理膳食、吃动平衡、控制心态，还有很多很多的领域需要我们向科学讨教方法——要么就不动，一动就要动得正确，这里面的学问很大，你得费心学习、善于总结，特别是还要结合自己的身体条件——循序渐进，因地制宜。

第六章

你立《遗嘱》了吗？

“老”是必须要靠“养”的。

养老的路上，两件大事，我们无法回避：

财产与遗产、病痛与死亡。

你不想看到生前儿女不孝，

更不想看到身后为争产而大打出手，

那我的财产我做主——你立《遗嘱》了吗？

这是一个很现实的问题，尽管难以启齿……

不要做“三等公民”！

2019年春天，还是老公的那位发小LXY回国省亲。他和妻子早年移民日本，女儿长到花季的年龄，因为先天性疾病，突然撒手人寰，使得他们猝不及防地成了像很多中国人一样最令人担心的失独老人。

按理，这样的夫妇是应该难逃悲痛的绑架终日以泪洗面的吧？但是他们没有，他们挺过了剜骨挖心的伤痛，知道余下的日子还得过。于是打起精神，重新上路——读书、旅行、交友，积极生活、感恩生命。这次回国听说我终于要开始把对老人的采访、观察、思考写成一本书了，而且是非虚构的，LXY便更饶有兴致地希望和我讨论。我说“那可太好了，你们生活在日本，没事还总到世界的各地去转转，像上次在美国看到抱团养老一样，只要遇到了哪些国家或人群在如何处理老龄、健康、疾病、死亡等问题上有什么好的做法、新的认知，你们就帮咱收集收集，也让咱中国的老百姓开开眼界。”

LXY说“好”，跟着就经常给我发过来一些关于老年问题的见解与论述，其中既包括外国的，也包括中国国内转外销的，一天，他又给我发过来一篇微信，我一看题目——不要成为“三等公民”，还以为是在调侃——不过仔细一看，可有点呆若木鸡。

什么叫“三等公民”？

过去我知道过中年的人等下班、等薪水、等退休，这样的“三等”；

但LXY说不是，他说的“三等”是专指有些老人，一到了退休，每天的日子就是一觉醒来等早饭、等午饭、等晚饭，如此的“三等”。

我待了片刻，开始还试图为这些逍遥自在的老人们找找理由——“龟息法”嘛，不是很多人都不爱运动，原理上是向乌龟学习：“你看乌龟有多好啊，整天一动不动的，却能活上——上百年、上千年。”

LXY说：“那不对。”

事情可没有那么简单。

人不能到了出了大毛病才去想对错。

沙发一族的“三等”，此刻不出问题，对身体长远来讲也注定不好。尤其如果我们把养老的目标定位于健康、快乐，“三等公民”即使是有人侥幸活到了100岁，那他的状态也不会令人仰视——等着出阿尔茨海默病吧！

阿尔茨海默病？

这种病在中国，约等于老年失智症，或者说大部分症状和“老年失智症”都相同（医学界认为不是一种病）。这样的患者，其实在今天，不在少数，已经是蔚为壮观的一个病人群体。

医学解释其临床表现：“记忆障碍、失语、失用、失认、视空间技能损害、执行功能障碍以及人格和行为改变等全面性痴呆。”我们身边常见的很多患者，他们经常性的迷路或走失、行为怪异、失语失认、焦虑健忘，甚至有的人自私多疑、脾气暴躁……

目前在中国，患老年失智的有多少人？

600万到800万！

这么多？

对。而且每一年，还都在以100万以上的数字在快速递增。

啊？

中国的北部近邻蒙古国，全国人口才300万，中国三年，好，就能“傻”出那么多的可怜的老人？而且，除了中国，根据《世界阿尔茨海默病报告》的研究显示：到了2050年，全球有可能患上这种病的人，应该可以达到1.315亿，也就是30年以后，这个问题、这种疾病很快就会构成一个国际性的难题、国际性的事件……

一部外国电影——《依然爱丽丝》，讲述的是年仅50岁的爱丽丝博士，得了阿尔茨海默病。她说，“我一辈子过去努力的才华、语言、表达，现在一切的一切都正在离开我。我不知道接下来我还要失去什么……”结果，她给自己准备了安眠药，录了视频，教未来的自己如何自杀，但是真到了又犯病了，她连自杀的事情都已经做不成……

患了老年失智症的病人有多苦？

这种病“明明在使一个人被千刀万剐，但他自己却并不知道疼……”有人说。

一位大姐的描述：“这种病，谁赶上了谁倒霉；哪个家庭赶上了，那个家就——苦海无边！（她把“苦海无边”说得咬牙切齿）。老人在家里，常常忘了自己是谁，动不动就拿着牙膏当手机，还经常把自己的孩子视作要害他的一个个大坏蛋。而且一旦家人没看住，嘿，我父亲，一个人溜出去，一准儿会找不到家。这种病有的人犯得比我爸爸还要厉害，其中狂躁的，还会持刀伤人，火烧房子，或者光着屁股满大街地给你乱跑……”

由此可以想象：那么照顾阿尔茨海默病或老年失智症的家人就更不容易了？

是啊，非亲身经历，无法感同身受。

一则广告：身患阿尔茨海默病的爸爸，抓起了桌上剩下来的饺子就装进了自己的口袋，嘴上还喃喃自语：“哦，我的儿子……喜欢吃饺子……他忘记了一切，却唯独没有忘记了爱你”——如此旁白，十分感人。但现实是……

一位孙子：我爷爷病了，开始时，回不了家；到后来，不能睡觉；不会吃饭；不会大小便，整天把自己身上搞得臭烘烘的……

一位孙女 ：我父母离异，从小由奶奶一手拉扯大，后来我工作了，挣到了钱，本以为可以好好地孝顺孝顺她老人家，可是今年，奶奶有点异常，先是早上起来刚吃完了饭就说“我还没吃饭呢！”跟着经常一边在灶上烧着水，一边又去洗衣服，那衣服在水里也就是只过一遍，就晾出来，而且，最让我难过的还有她变得特别多疑，有时候非说我偷了她的钱——啊，我的奶奶，过去是那么爱我的奶奶，可现在，动不动就骂人……

一位47岁的中年男子，和母亲一起轮流在医院里照顾自己痴傻了的父亲。

两个月后，妈妈病倒了，“47”只好放下了自己的工作，全职照顾病号。但医生有一天跟他说“您父亲的这个病，虽然治不好，但至少还有十年以上的寿命。”哇，“47”简直崩溃：“这孝子，难装，而且还要再装上十年？！”

……

当今的世界，据说每隔3秒钟，就会有一个阿尔茨海默病的患者出来，人数越来越汹涌，是一个“天字号的灾难”，但比人数更可怕的还有——你离这种病有多远？

谁能逃得掉呢？

尽管今天，医学还没有对阿尔茨海默病或老年性失智症的病因做出科学的解释（听说是有药了，但目前在中国还没见到），但是探讨病因，有医生认为，人类为什么会得这种病？两个因素应该难逃干系：

第一，遗传（现有的研究发现，本病很可能属于一个常染色体显性的遗传性疾病）；

第二，生活方式与环境因素共同作用的结果。

遗传好理解，但什么叫生活方式与环境因素共同作用的结果呢？

我们的生活习惯，我们自己永远也不愿意走出来的不好的生活模式。

再回到“三等公民”——“三等”和“阿”“老”两种病是不是有一定的关系？如果有，怎么关联？

家里的沙发太舒服了，但“舒服”暗藏杀机。

很多医生都能做证：老年躯体的疾病，其中包括甲状腺疾病、免疫系统疾病、心脑血管疾病，以及老年期的抑郁，很多病例都是和不动有关的——既不动手，也不动脑！

过于安逸的老年环境，不健康的饮食、行为、习惯，以及心理的缺少阳光，这些都最喜欢和慢性病结缘。因此，在今天我们尚不知自己有没有哪一天也会成为阿尔茨海默病、老年失智症的虎口猎物，总结那些有生命自主意识、有爱心、爱活动，能够把自己的人生难题（比如财产、生命的归途等）看得清清楚楚，又知道如何避免晚年尴尬的老年人，他们和“阿”“老”两种病结缘的机会相对要少，这是个不争的事实，也是一种倒推发病原因的取样方法。

一些就愿意做“土豆”“面包”且我行我素的叔叔阿姨、爷爷奶奶，听到我批评他们死气沉沉、不学习、不创造，或许会生气，甚至会骂我多管闲事，但是，人老了，如果我们能常出去透透气，给自己安排一些小学习、小聚会、小节目、小攻关，逼着自己多动脑子、多动手，那生活就不一样，你就能活得有内容、有滋味，这不好吗？

懒惰是老年人的敌人，懒惰之所以叫懒惰，那是慢慢地由懒而衍生出来了惰性，懒惯了就积重难返。

当然，“三等公民”“坐吃等死”“老棺材瓤子”，那样的生活方式说起来不好，但如何摆脱呢？

按照黑洞理论，我们60岁退休后，身后还有40年的晚年，你一开始就陷在沙发里，当然不知道外面的世界，不知道人生的后1/3或后2/5

我们应该想什么、做什么？尤其是很多大事、难事，我们并不是说要视而不见，或到了时候再说，在健康的时候，我们就应该想到，能做的就必须先做起来。

比如《遗嘱》。

你立《遗嘱》了吗？

谈养老革命，《遗嘱》这件事怎么也绕不开。这个问题今天对你、对你的配偶、子女、家人或许不存在隐患，但明天呢？你百年之后呢？各家各户，如今很多人手里都多多少少有了一些财产，活着的时候消费不完，死了，房子、钱财便立刻会变成遗产，那时候问题就来了。

你愿意当你刚咽气，儿女就为了争产而大打出手？

你愿意糊里糊涂地一蹬腿爱谁谁，自己身后之事什么都可以不管不顾？

我的财产我做主——这是时代给我们每一个老年人提出来的一项养老革命的新任务。你的《遗嘱》是否想好了要怎么写？写好了以后是否知道该把它存放何处，将来如何平静地、合法地被使用？

如果这些问题都不能立刻回答，就说明你还没有想过或想好这件大事，而且今天没想过、没想好，并不代表你明天就不会为此发愁。

真的到了那个时候，你没有提前安排，麻烦可就大了。

我见过很多这样的家庭，这样的老人……

你立《遗嘱》了吗？

2015年秋，我终于发现有一个老年人的问题，可以找到出口，有办法解决，对老年朋友执行起来也并不麻烦。什么？中华遗嘱库。北京成立了一家名为中华遗嘱库的民办机构，由中国老龄事业发展基金会和北京阳光老年健康基金会联合创办，专门协助60岁以上的老人写《遗嘱》、存《遗嘱》，这项服务对很多老人都是免费的，通过预约，轮到你了你就可以去前往办理。

我立刻查电话，114啊，然后找到了中华遗嘱库的创办人和这个机构的管委会主任陈凯，陈凯很高兴，于是我听这个年轻人给我讲故事，听他讲如今和遗嘱有关的很多社会问题，尴尬、麻烦。

遗嘱与养老有关系吗？

您把那个“吗”字去掉吧。

关系太大了，大到会左右老人晚年的好日子、坏日子。

尽管遗嘱不是个新鲜事，而且这个话题，在中国几千年的文明史上都是忌讳的。

陈凯说：“很多家庭，很多老人，事情如果还没有难办到最后的一步，人们都不会觉得自己百年之前非要有份《遗嘱》才妥帖。可您不知道，如果谁家里真的是走到了‘那一步’，所有人都会立刻明白为什么遗嘱文化在今天，对中国的养老事业是非常非常重要的一环！”

连续多少年了，中国的民事纠纷案子，70%都是财产纠纷，而财产纠纷中的60%又都是因为《遗嘱》的书写有误而导致了无效。

一些法律意识浓厚的人，他们拿着自己的《遗嘱》去公证处公证，请律师保存，这是理性的做法，只不过花钱多、手续繁，有时光排队一等就是几个月或不知道要等到什么时候。

中华遗嘱库2013年3月在北京首发，这件事儿一落地，就像惊雷，或者说翻卷的河水上突然看见了一座桥梁，很快引来社会极大的关注和点赞。陈凯他们在做这件事情的时候，是提前分析了市场、火候和可行性，但是再怎么想都没有想到很多人、很多的家庭，尤其是一些老年人，他们对有人可以帮助他们立《遗嘱》，还有地方可以帮助他们存放《遗嘱》是那样的欢迎、急切——

2014年9月，随着第一家中华遗嘱库的大受欢迎，陈凯他们又在北京启用了第二个遗嘱登记中心，地点就设在了离天安门不远的一条很著名的街巷——西郊民巷里。

我刚开始还觉得这样的一个遗嘱中心，被安排在北京人生活的核心地区，会不会遭到市民的反对？但是后来我真的实地采访了，才知道这个遗嘱库自打一开张，就如同第一家一样，立刻吸引来了很多老年朋友前来咨询、预约，排队等待的时间很快就排到了一年半以后。

“很多老年人在这里通过指纹扫描、视频录像、现场见证、密封保管等手续，把自己的《遗嘱》写好了，存放到了一个安全的、恒温、恒湿的库房，需要时，他老人家就可以请事先已经委托好了的执行人拿出来宣读，请相关人正式执行。”陈凯说。

那个安全、恒温、恒湿的库房，就在北京京郊的顺义，为了电视拍摄，我们摄制组后来还专门走进了这个“库”，带观众看了看内部的环境。说实在的，我第一次走进这个“库”里，真有一种走进了博物馆，或者是管理得非常好的一个大图书馆的感觉——每一排铁柜都有专人管理，单独一位工作人员是没有权力也不可能自己就随便能打开任何的一扇柜门（都要有授权和其他人的见证）。每一份《遗嘱》都被完好地封存在一份档案里，而档案中不仅有《遗嘱》（原始文本），还有一封手写的家书，这是父母或立《遗嘱》的人要留给自己晚辈或相关人的一份精神上的传承……

太好了。摄制组从“库”里出来，人人这样地感慨。

过去老年人，写好了《遗嘱》，不是把一张纸、一个信封塞到大衣柜、抽屉的一角，就是床缝、自己的枕头底下等的，一切既隐蔽又不会忘记了的地方，但是那样，再怎么说都是放在家里，不正式、不安全，而且如果没有公正，老人真的有一天到了自己的百年之后，但凡有一个孩子对这份《遗嘱》提出了质疑，那么《遗嘱》的执行就会遇到障碍。

现在有了“库”，立《遗嘱》人就可以放心、安心。“库”的作用不仅仅代表有地方存放《遗嘱》，更重要的是它正式、安全、合法。

尽管从严格的意义上讲，中华遗嘱库还属于民间，但它的后面是国家的倡导与支持，每份《遗嘱》，中华遗嘱库都和当地的法院电脑终端直接相连，而且在执行的环节，还有专门的宣读室，有律师要在场，同时整个的操作过程还有监控，随时可以拿出录音、录像进行“复议”……毕竟，生死、遗嘱、《遗嘱》的被执行，这些庄严的事情绝不是平凡小事，容不得任何人鼓捣出任何的半点儿戏。

一位后来接受了我采访的北京老大爷——Y老爷子才逗呢，这位70多岁的老人，两个儿子，老大“啃老”，不好好工作，Y大爷就不想在自己死后让大儿子得到房产，就是想让他自食其力，所以前来西郊民巷设立了《遗嘱》。我们摄制组也是在他办好了这件身后之事，坐在他家楼房门前的空地上，架起了摄像机跟他进行采访的。

Y大爷很幽默，很有北京爷的范儿：“过去咱老百姓，总不能像清朝的雍正皇帝一样，因为不忍子嗣们围绕着储位之争而把自己的遗诏藏到了乾清宫正大光明的巨匾之后，老百姓多少年来就是写了《遗嘱》也担心到最后能不能够被顺利地执行，不是？”

我因为提前知道了Y大爷的一些故事，很经典，更透着奇葩，采访时就有点诱导：“那没有中华遗嘱库之前，您怎么办的？”

早几年没有遗嘱文化。Y大爷回答我：“那时候一年四季，无论在家，还是外出，我都把身份证、房产证什么的—就统统带在身上。”

“统统带在身上？您这样做，是出于什么考虑？怕什么吗？”我明知故问。

“是怕啊——就怕我的大儿子偷偷地拿出我的这些证件，把我的房子给卖了！”Y大爷很认真地说。

“那睡觉呢？洗澡呢？”

Y大爷：“睡觉也带着、洗澡也带着——‘人在阵地在’——谁也偷不走！”

哈哈，还人在阵地在！

这是要干嘛呢，亲爹和亲儿子的……

2007年6月23日，爱看热闹的人都很容易从媒体上看到：中国著名的相声演员侯耀文先生因为心肌梗死突然去世，对死后自己的财产没有做出任何的交代。两年后，侯耀文的两个女儿将伯父侯耀华告上了法庭，认为侯耀华等三人侵占了她们父亲的遗产……

2011年8月9日，齐白石大师的弟子许麟庐去世，也留下了一大笔遗产，其中，仅72幅字画就有人估价20个亿。媒体描述：为了争夺这笔巨额遗产，许麟庐的三儿子将母亲及两个哥哥都告上了法院，前后有8名子女卷入了继承纠纷……

2015年，记得在天津采访又一处陈凯他们开办的“中华遗嘱库”登记中心，我遇到了一位刚刚办完了《遗嘱》，心里大松了一口气的Z女士，她告诉我：“好嘛，就在我家的对面，那个楼，我的邻居，老太太刚去世啊，尸体还搁那儿呢，哥俩就为了争这个房子，谁赡养得多，谁伺候得少，吵起来了。我亲眼看见儿媳妇儿钻进了大衣柜，在那扒拉银行存折、房产证、户口本什么的……这一看，心都凉了。”

中华遗嘱库自诞生之日起就广受欢迎，不仅北京、天津，截至2018年年底，他们还在广东、江苏、广西、上海、重庆等7个省市建立了遗嘱登记中心，为超过12万的老年人办理了《遗嘱》，其中684份已经生效。

按照我们国家的相关法律（具体说就是《继承法》）：《遗嘱》继承的效力要优先于法定继承，这是什么意思？就是公民如果在有《遗嘱》的情况下，遗产的分配必须按《遗嘱》的说法先得到执行；没有《遗嘱》的，才按法定继承，也就是由法院来判。继承的顺序依次为：第一顺序：配偶、子女、父母；第二顺序：兄弟姐妹、祖父母、外祖父母。在第一顺序的配偶、子女、父母都还在的时候，第二顺序的继承人并没有继承权。

老人养老，生活苦一点，家里穷一点，都没什么，最难过的不就是生前儿女不孝，身后儿女争产、打架。

那依着人们的想象，如果，如果家里只有一个独生子女，问题是不是就简单得多？

我在电视专题片《你立〈遗嘱〉了吗？》（2015年11月28日央视《新闻调查》播出），提出了这个问题，陈凯的回答简直出乎我的预料：那也不简单。

如果没有《遗嘱》，假设年轻的父亲突然去世，他的独生子女能不能得到父亲的全部遗产？答案是否定的。

因为按法定继承，我们把死者的遗产先假设装进一个筐里，半筐首先是要归死者的妻子，配偶继承；另外半筐，死者的父母和孩子都有份，要各占1/3，这也就是说：独生子女如果按法律继承，只能拿到父亲全部遗产的1/6。

啊？

没想到，这可真是完全没想到。

这是走法律继承。

“但如果年轻的父亲有《遗嘱》呢？”记得当时我也这样反过来问过陈凯。

陈凯说：“有了《遗嘱》就好办了，他想给谁，给多少，家人都得照办，法院也给做主。”

难怪中华遗嘱库免费为很多60岁以上的老年人办理了《遗嘱》，但60岁以下的中年人，甚至青年人，花钱、排队的也不乏其人。

Y大爷在北京中华遗嘱库办完了《遗嘱》，心情放松了很多，他跟我说：“现在，我吃得下、睡得着，高血压也不高了，心脏病也别担心会犯了——你说这《遗嘱》该有多么重要？”

中国人不敢直面死亡，更不知道哪里会有一种最好的办法在生前就把自己的身后之事给处理得妥妥当当。所以，遗嘱文化在我的养老革命中是必须要提倡的，它不是一件可做可不做的事情，你活着，如果怕麻烦，那死后，会有更多更多的“麻烦”在等着你，等着你的儿女……如何做到心里轻松？

让我写下“幸福留言”……

2020年，因为是数字重叠年，善玩文字游戏的中国人就开始在微信里大传：这一年注定了是会与众不同，因为1818、1919、2020、2121，一百年才会出现一次，你我无论如何都不可能再遇见一个2121的新年，于是一时间，亿万人民的心头都仿佛有了一种莫名的感动并跃跃欲试……

然而与众不同还没有看到，半路先杀出来了个程咬金，谁都没有料到，这一年横跨年关的时候，武汉出事了——武汉爆出了疫情，或者干脆说就是一场瘟疫。

2019年12月26日上午，湖北中西医结合医院呼吸与重症医学科接诊了附近小区的一对老夫妇，因为发烧、咳嗽，前来看病，但拍出来的胸片呈现：两位老人与其他的病毒性肺炎都完全不同。54岁的张继先主任马上叫来他们的儿子接受检查，结果儿子虽然没有父母的症状，但CT一拍，肺上也有了相同的表现。张主任心里咯噔了一下，她立刻警觉："不对，这不是一般的肺炎。一般来说，一家人同时来看病，大家不会都得了同一样的病，除非是……"

张继先给这些病人做了甲流、乙流、合胞病毒、腺病毒、鼻病毒、衣原体、支原体等与流感相关的检查，病人全部都呈现阴性，从而排除了流感。同时，另一个情况：同一天，医院还收治了一位华南海鲜市场的商户，一样的发烧、咳嗽，一样的肺片影像……

张主任心里的疑团就越来越大了，27日，她把这四个人的情况立刻上报。

28日、29日，门诊又连续接诊了3位同样来自华南海鲜市场的病人——这一下，7个一模一样的病人出现——大事不好了。

武汉地处中国中部，扼南北交通之要冲，素有"九省通衢"的枢纽地位，眼下又马上要过春节了，武汉的人会出去，南来北往的人要经过武汉。另外，喜气洋洋的日子谁也不愿意看到有什么传染病，而且这个"病毒"医生都不认识，也完全没有特效药。

2020年1月17日，武汉新型病毒肺炎的病例还只有17例；

1月18日，新增了59例；

1月19日，仅相隔了两天，又新增77例，而且累积的198例确诊病例当中，已经有9人危重，3人死亡。

啊？开始死人啦？气氛立刻显得异常恐慌。

开始还有专家说：此次新冠肺炎不是"SARS"，不存在人传人，也没有那么大的传染力度，但是很快钟南山院士就站出来实话实说：

“这个病毒具有人传人的能力。”

跟着，人们听说，这种新型病毒，被医学定义为（2019-nCoV），简称新型冠状病毒。

中国疾控中心随后首次从华南海鲜市场的585份环境样本中，检测到了33份样品含有新冠病毒，并成功在阳性环境标本中分离出了病毒——提示该病毒来源于华南海鲜市场销售的野生动物。

1月23日上午10点，武汉开始“封城”——全市城交、地铁、轮渡、长途客运等都暂停运营，机场、火车站的离汉通道也宣布关闭，千百年来，1000万人口的一座大城市被封城？闻所未闻。

27日，国务院办公厅发布了关于延长2020年春节假期的通知，明确各地大专院校、中小学、幼儿园将推迟开学。

世界卫生组织几日后也宣布：武汉肺炎疫情升级为国际关注的突发公共卫生事件。

中国国家卫健委将新型冠状病毒感染的肺炎纳入了乙类传染病，但行动上，按照甲类进行管理……

甲类管理？就是形同甲级？

人类迄今为止，但凡有一些传染病知识的人都知道：所有危及人类性命的传染病只分为了甲、乙、丙三个等级，中国历史上曾经明文规定的甲级传染病只有两种：鼠疫和霍乱。那么甲类管理就是最高级别，其传染力度、防疫措施……

全民都在猜想、全民都在慌乱——药品、食品、口罩、酒精等很快被疯抢。

果然，仅仅12天，2020年1月19日，全国多地已经发现了新冠肺炎的患者，其中：广东14例、北京5例、四川2例、云南1例、上海2例……自此，一直到春节之后的每一天，国家疫情通报的数字都在不断地攀升，一张大公鸡的中国地图，眼看着变红（有了疫情）的省份竟越来越多。

不仅民用防疫用品告急，医院里的口罩、防护服、护目镜，甚至医院、病房、收治患者、隔离疑似患者的床位也严重短缺。

武汉究竟有多少人被感染？

感染者是否都能得到医治、隔离？

全国各地的医院纷纷派出医护人员赶赴武汉，湖北，开始是几百、几千，最后过万，好几万……

解放军更派出了运输机，运送物品，运送军医、护士，也是过千、好几千……

整个中国，驰援武汉的呼声和动作一浪高过一浪……

火神山、雷神山，一座座战地医院拔地而起……

方舱医院，过去人们连这个名字都没有听说过，但是一眨眼的工夫，在武汉，利用各种会展中心、大会堂、体育馆等的地方，一座座方舱医院迅速建立……

中国历史上恐怕还没有任何一个春节老百姓被要求不要出门、不要聚集、不要流动。

1949年新中国成立以来，国家还从来没有宣布过：我们遇到了最严重的传染病的威胁。

所有公共集会包括电影院、农贸市场、各种演出、庙会、嘉年华、民宿旅游等都暂时需要关闭。

人们每天从早到晚一遍遍地盯着电视、手机，随时了解着疫情的最新动态。

每一个人都知道：停止串门、停止拜年、就宅在家中。

戴口罩、勤洗手、多开窗。

注意门把手、电梯按钮，此外还有外套、鞋底。

老百姓对国家、政府，武汉最大的支持，就是老老实实地“待在家里”……

现存确诊人数：37263；现存疑似：1428；现在重症：7664。

累积确诊：78394；累积死亡：2838；累积治愈：39293……

这一组数字是我在2020年3月1日清晨记录下来的官方最新滚动。

疫情最紧张的时候，人们仿佛觉得一开窗、一开门，可恨的病毒就会无孔不入，钻进你的口鼻、眼睛、毛孔、细胞，感染到你的全身，而且，这样的日子什么时候是个头啊？有人说起码得3个月，有人说不管怎样，疫情的传染都可能还没有达到峰值，而且新冠在中国肆虐之风还没有过去，世界各地，韩国、日本、欧洲、美洲……输入性的传染中国又如何防范？

2020年1月28日大年初四，我的手机铃声执着地响起，随时准备接受任务也要赶赴武汉采访的我当时正在给一家人做饭，放下锅铲赶忙接听，哦，不是单位，是陈凯，中华遗嘱库管委会的主任。

“怎么？”

“有个事很有代表性，您看你们中央电视台能不能报一报，咱们前线的医生太伟大了。”

我问：“你在哪儿？”

陈凯：“广州。”

广州当时也已经出现了疫情，而陈凯想让我们报道的新闻是这样的：

一位男性老年医生，也是他所在医院的行政领导，广州出现了被感染患者之后，他一直工作在最前线。因为要直接地接触病人，新冠病毒又没有特效药和疫苗，因此他只要参战，就要面临被传上的危险。于是大年二十九的一早（1月23日），中华遗嘱库广州办事处的电话就突然响起。

“喂，您好，请问这边是中华遗嘱库吗？我想今天过来做个

《遗嘱》。”

工作人员回答：“先生，我们现在已经停止办理业务了，您可以过完年再来吗？”

电话那头，声音显得越来越急迫：“不行，不行。我是一名大夫，正在一线抗击新冠病毒。我想给女儿留下一些东西，还要向女儿交代上几句话。”

“哦。”听到这样的陈述，工作人员不得不破例了。

老年医生是位博士，前半生就是因为工作忙，没有时间恋爱结婚，使得自己现在人已年过半百，膝下的女儿才只有12岁。说：“这几天我接待了几名新型冠状病毒的疑似病例，其中一例于日前已经确诊，所以为了解决后顾之忧，我还是想把要做的事情都提前给做好。”

“好，我们等您！”

时间紧迫，老医生匆匆赶来。

中华遗嘱库提供出了最快捷的服务：咨询、抄写、精神评估、密室登记……三个小时不到，老医生就做好了《遗嘱》，完成了心愿。之后，他感觉人轻松了不少，边感谢边说：“好啦，现在好啦，我心里再无负担，再去工作就能够全身心地投入了。”

我知道，中华遗嘱库在为老人解决财产后顾之忧的同时，往往也很重视精神遗产的传承，这就是家风、家书，他们有这样的服务。

老医生这次不仅给幼女的财产做了安排，而且也给女儿留下一份精神遗产，于是工作人员看到在公开的幸福留言里，老医生这样写道：“孩子，很高兴在我的生命中拥有你！你是爸爸的骄傲。无论你将来成就如何，爸爸都爱你！……愿你一生幸福，常怀感恩之心，常常喜乐。爸爸爱你！”

匆匆数言，潦草的笔迹，但老医生把自己的心愿用文字的形式留了下来。

据史书记载，人类感染鼠疫的第一次大爆发，是公元542年。

当时东罗马帝国每天都有五千到一万人不幸死亡，整个君士坦丁堡几乎被摧毁，鼠疫传播并肆虐了整个欧洲，导致欧洲南部人口锐减1/5。

第二次，1348年到1351年。短短的三年时间，鼠疫横扫了整个欧洲，造成6200万人死亡。因为鼠疫致死的人全身都会呈现出黑紫色，所以这次瘟疫又被人称作黑死病。

1910年，也是因为黑死病传播到了中国，在东北大地引发了一次极其惨烈的灾难。最早，10月25日，东北满洲里的一家客栈，一名客人突然发烧、咳嗽、吐血，三到五日就因呼吸困难而死亡，随后一个月这家客栈频繁出现了客人暴死的现象，凶名大盛，无人敢住。当时，也是正值春节，店主郭老十看到莫名其妙地死了那么多的人，就决定关店，回家过年。但是，郭老十并没有任何的疫病和防疫的意识，回到家后不久，他自己不仅也暴毙身亡，而且死前因为没有叮嘱过家人不要停尸、不要办丧礼，结果郭家53口人，死了32口，全村其他的人也先后被传染而不断去世，整个村几乎成了鬼村。疫情接下来像烈火一样席卷了整个东北，到12月，哈尔滨每日死亡人数高达一百多，东三省总督、晚清名臣锡良向朝廷呈递的奏折里称：东北疫情如水泻地，似火燎原……

面对瘟疫，白衣天使永远都会处于斗争的最前沿。

老医生火线立《遗嘱》并不是跟家人和女儿都交代清楚了所有的事情，自己就准备慷慨赴死去了，正相反，他这样做，是为了把自己从身体到精神都做好防护。

防护？精神上的防护？对。

事后，陈凯专门通过视频跟老医生沟通了一次，陈凯问：“您这样做，在这个关键的时间点上来做《遗嘱》，真的，不会显得过于敏感，甚至对周围的气氛有一些悲伤或过于紧张的渲染吗？”

老医生回答：人类和疾病的斗争永远都是很残酷的，这是一场战争。

他立《遗嘱》不是不希望所有的医护人员都积极乐观，正面地向病毒发起阻击，恰恰相反，他呼吁医护人员一定要做好防护，这不仅是指自己的身体，而且在思想上建立起防范意识，《遗嘱》就是其中的一个考虑，事实上当人们把身后之事都想明白了、交代清楚了，才可以义无反顾，不慌乱、不放弃，讲科学、守底线。而且老医生利用这个时机，这个事件，正好也想告诉女儿很多事，非常时期、非常时刻，更凸显了正式与郑重，比平时随便地说上几句“我爱你”“老爸爱你”，效果要好得多！

陈凯结束视频，久久不语。

其实在2020年春天，全体中国人都对一位老人由衷地感激，这个人以84岁高龄，依然出现在抗疫的最前线，成为国人最信任的主心骨，因此有人盛赞：

火神山，雷神山，钟南山——三山镇毒。

医者心，仁者心，中国心——齐心抗疫。

感谢钟南山耄耋之年挂帅，支撑起全中国的希望！

可就是在那一段宅家的日子，我看到好几篇文章，人们回忆钟南山的父母，介绍钟南山的家教，其中说到母亲廖月琴，她用善良、爱心、说实话、敢担当、一诺千金的好品德言传身教；钟南山忆母，总是非常动容：“家庭的风貌和精神，会沉淀在一个人的血脉深处，构筑起一个人的三观。”这便成就了钟南山：生活虐他千万遍，依然爱国赤子心！

财产的传留和精神的传承，孰轻孰重？

《那年 那信》那家风……

我的同事敬一丹，观众远远地从电视上看她，是一位国家电视台优秀的电视节目主持人，她从《经济半小时》《一丹话题》到《焦点访谈》《感动中国》，每每一出，亲切温和，睿智润圆，多少年都收获着亿万观众喜爱的好口碑。但是作为同事的我，默默地，比电视观众更有机会近距离地接近她、观察她、琢磨她，时间越长，越觉得大姐在我眼里有谜一样的东西，让人总感觉她会接二连三、出其不意，干出、再干出一件又一件很有意义的事。人到中年，甚至退休，讲课、讲座、演讲、写书，她依然精力充沛，热忱洞见，仿佛比常人不知道从哪里就多了源源不断的能量供给，是什么呢？

2012年，我女儿结婚，请大姐来给孩子主持婚礼，巧了，这一天也是她和先生的结婚纪念日，而有一天，当她得知自己的女儿已经被一位年轻人求婚——苏格兰白茫茫的雪野上，未婚女婿在雪地上踩出了一行脚印：Will you marry me？女儿也用脚印在雪地上回应了一个：Yes! 高兴得敬大姐对女儿说：“真好，能得到这样美好的爱的表白，妈妈幸福着你的幸福。”然后她给女儿写信：知道你的爸爸妈妈，还有你的姥姥姥爷，当年是怎样彼此表达爱情的吗？同时拿出了姥姥姥爷的情书，让女儿隔着好几十年的历史瞭望到了两位老人在他们那个年代如何恋爱、如何生活和有着怎样与今日不大一样的时代语言和价值追求。

哇，姥姥姥爷的情书？

多少年啦？

怎么还能留着？！

谁家会有？！

对，敬一丹家就有。

这么多年的时间过去了，老敬家不仅一直保存着这个家庭开枝散叶之初的很多父母之间的信函，随后的几十年，全家人互相来往的书信很多记载着饿肚子的年代、“文革”家长如何遭遇到不公平的对待、两儿两女四个孩子成长经历的每一个时期，以及“文革”后整个中国社会的思想解放、拨乱反正、改革开放、时代进步……几摞子、几摞子的信——老信封、老钢笔字迹，都已经褪了色、泛了黄，但涂涂抹抹的原始手书就那样保存完好，痕迹不变、味道不变，一直到今天……

2018年，敬一丹出版了她带着感恩的针脚缝缀起来的《那年 那信》，用“信中信”的方式进行讲述，由新写的信引出老旧的信，让敬家9个人讲故事、听故事，温馨着、感动着……爸爸妈妈还给这本书写了《序言》，当中说：“我们家的人爱写信，也爱留信，我们俩相识相恋的信、孩子第一次拿笔写给爸妈的信、夫妻两地书、家分四处的信、俩女儿的知青家书、大儿子上学的信、小儿子当兵的信、我们子女小家的信、孙辈的信，经历了好多事，搬了好多次家，留了几十年，有了1700多封……都是我们的至亲，四世同堂的大家庭，总有些东西要传下来……”

总要有一些东西要传下来？

1700多封……

我终于知道敬一丹大姐为什么与众不同。

她满满的激情和正能量为何从不枯竭？

竟是从小到大沐浴着家风的教育与殷殷传承。

翻开敬毓嵩和韩殿云的情书（敬一丹的父母）：

“敬：我们都不是追求温情的人，生活问题不是我们生活中的主要问题，更不是我们生活的目的，我们是在思想上、志愿上、喜好上取得了一致，所以在友谊的开始，也就下了最大的决心……

“云：你说的对，我们都不是追求温情（应该说是小资产阶级的温情）的人，我们的友谊是建筑在共同理想、事业和互相帮助的基础之上，它是健康的，前进的……”

瞧，这就是那个时代的情书。

1962年，国家遇到了巨大的困难，粮食短缺，吃什么、喝什么，成了敬家那一段家信的主要话题。

3月7日爸爸给妈妈的信中说：“现随信捎去20元钱，这钱是给你喝牛奶的，切不要挪作他用。现在买别的营养品买不到，牛奶就是最好的了，也可以说是药。”

几天后妈妈在给爸爸的回信中：“吃饭、吃好东西的时候，给大儿子吃，大儿子就说‘妈你自己吃，你不是有病吗’？还跟二姐（敬一丹）说，‘咱谁也别吃它，都给妈妈吃’。”

苦难让孩子们懂事儿，一家人的互爱互助，已经在开垦着爱的良田。

1969年1月1日，敬一丹在给妈妈的信中这样讲：“亲爱的妈妈：我非常非常高兴，棉背心收到了，妈妈做了4件，4个儿女每人一件，我们穿得都很合适，都特别高兴……”

因为要打发苦日子，妈妈在敬一丹和姐姐很小的时候就教怎么做针线活，妈妈给大弟做了一件夹克，是用碎布一块一块拼成的，用了多少块碎布？敬一丹数了数——整整52片。

17岁的时候，敬一丹作为知青，去了东北的小兴安岭，干的第一个活儿是修路。

1972年8月10日，她在给爸妈的信中这样描述：“你们的女儿已经是在基建工程的宿舍里给你们写信了。我们住的宿舍很简陋，听说是用马棚改的，平时净吃窝头，没有星期天。下雨就算休息。工地离宿舍10多里地，每天早上5点钟起床，6点就要出发……”

爸爸很快回信：“保尔也修过路，修路的时候还遇到了冬妮娅……人的一生，不应该都在平静的环境中度过，艰苦的锻炼不只是生活条件的艰苦，对于像你这样的青年来说，更重要的是锻炼独立生活，懂得生活。”

到了2018年1月，敬一丹还给自己的女儿这样写道：“晴晴，我很幸运，从小到大，父母一直在点拨我，一直能点拨我……”

1977年敬一丹已经考到了北京来上大学，16岁的小弟去当兵了，妈妈在给她的信中嘱咐：“妈妈老了，你要替我分担教育和关心小弟的责任，常常给他写信，他不回信，你也要写，他年龄小，一个人在外面，更需要亲人的关怀。”

敬一丹说，知道，她会写，不回信也坚持写。

哪怕到了50岁，敬一丹还能收到父母的信：“为人父母，最大的心愿就是盼子女有出息，成为对国家有用的人，是对父母最好的回报，你给我们带来的是久久的高兴、满足、骄傲。”

大弟弟担任新职务，75岁的老妈和老爸还一起给他写信：“责任越来越大，要求越来越严，相信你永远是个忠臣、是个清官。”

……

太令人羡慕了。

一个人来自家庭给予的幸福，不仅仅是父母留下了多少的钱财，不仅仅是当儿子娶妻的时候给他们拼死拼活地盖起来一处处的新房，老爹老妈留下来最珍贵的东西，其实还有绵绵不断与灵魂世界的沟通。

转眼，敬家已经有了第4代的孩子，敬一丹又拿起笔来给姐姐的孙女儿写信，一封信倾注了多少赞美和鼓励："你读书的样子，真好看。书那么多，只要你想看，你的爸爸妈妈、爷爷奶奶，任何一个家人都会乐于给你买。等你成为少女时，去书店，去图书馆，那将是更美的你。我小时候可没这么幸运……"

父母金婚的时候，总是手不释卷，却又不善口头表达的父亲，给老伴儿写了一首诗："金婚转瞬间，红叶树万千，夕阳无限好，激情照满天。"

母亲则在丈夫80岁大寿的全家聚会上，不停地夸奖老伴儿："有你这样的老伴儿，心情好，有人牵挂，有人陪……真是夕阳无限好！"

……

敬一丹在《那年 那信》里说：

"妈妈走进了新时代，让儿女给换上了智能手机，拿到后立刻显示出超强的学习欲望和能力，稍加点拨，老人家就学会了怎么玩微信。先是试着和儿女们在家里的群里说话，然后1对1地交流，又发照片、小视频，再转发各种各样的段子，哈哈，微信让妈妈兴奋起来，从早到晚忙得不亦乐乎，简直成了微信控……"

2012年12月6日到2013年1月6日，这一个月的时间，老人家把全家微信交流的实况，竟然用文字都给一一记录了下来。一开始，敬大姐还感到不解，记这个干嘛呀？可是过了一些年，她说："当微信海量的信息早已淹没了最初的记忆，重读这一个月微信群里文字的记载，我才感到白纸黑字的记录是多么的靠谱，也更读懂了老妈对亲情交流有多么珍惜的良苦用心……"

2019年4月老妈妈去世，她很突然地离开了不舍的丈夫、子女、孙辈和敬家的这一大家子的人……

"妈妈走的那一天，正是我出生的同一个日子。"

2019年年底，我和敬大姐见面，她这样跟我说。

“啊？那以后你的生日……可怎么……”我心一下子被攥紧，看到她眼里闪着泪。

大姐说：“是啊，很难了。”

2020年初秋的一日，我们再约了小聚，她带上了她的新书《床前明月光——为亲爱的妈妈送行》，说“这本书是赶的，一定要在我的生日、妈妈的祭日之前出来”。

然后她讲，最后能够让她心绪平静下来的还多亏了《焦点访谈》的一位老同事说了一句话，这位老同事说：“64年前，你从肉体上离开了母体；64年后，你从精神上离开了母体……”

敬妈妈是安心的，她的家，一条长长的血脉、长长的精神源流，从此不会断裂、不会枯竭——因为有了家风的传承，因为有了灵魂的不灭，这是不见文字的《遗嘱》，富贵兼得，永葆真情。

第七章

我的生命『我』做主！

《遗嘱》写好了，精神的传承也烙成了文字。

那临终呢？死亡呢？

如果人到了生命的末端，你是希望被“无谓地抢救”，

还是不切喉、不插管，不让生命在最后时刻尽失了尊严？

知道《生前预嘱》和缓和医疗吗？

我的生命我做主——你将如何打算？

我的生命“谁”做主?

地球上70亿人，每个人的生都没有选择，死却千奇百怪，有伟大、有凡俗，有经过冷静的思考、也有无奈，一切都听任命运的摆布——而说到死，人是有自主权利的，这件事跟财产一样我们也是可以给自己拿拿主意的。

2018年5月，一位澳大利亚104岁的科学家古德尔（David Goodall）震惊了世界。他说他真的“活腻歪了”——“不想再活下去”——“希望尽快地结束自己的生命”，然后在瑞士寻求安乐死，并且取得了成功。

古德尔教授活到了104岁，他可不是“苟延残喘”，生命没有质量；相反，先生年逾百岁，身体还算结实。论起家庭，古德尔老人儿女孝顺、子孙满堂；论起事业，古德尔身为植物学家和生态学家，他一生仅发表过的论文就有100多篇，拥有三个博士学位，获奖无数，到2016年，仍然保有澳大利亚埃迪斯科文大学（Edith Cowan University）荣誉研究助理的职务，被认为是澳大利亚最年长的科学家。

这些福报要是换成中国人，我想一定会高兴得不得了，巴望着能多活一年、再多活一年。但是，古德尔不留恋这些，他就是要用安乐死来自己结束自己的生命。

为什么呢?

原委还要从两年前的2016年说起：那一年古德尔日益下降的视力

让他很难再阅读电子邮件了。

老先生喜欢打网球，但90岁以后，就打不了了。

他一生喜欢演戏，可年龄太大，无法参加业余剧场的彩排。

更令人沮丧的是：几个月前，古德尔不小心在家中摔倒，因为自己无法站起，不得不在地板上活活躺了两天，直到清洁工进屋才发现并把他送到了医院……

医生说：“从此以后——你不能再自己坐公交，不能再一个人过马路，不能……”

古德尔沉默了。

古德尔很难过。

此外，还有一点，近年来和古德尔同龄的相识者，男的女的，绝大多数，都已故去，他身边除了家人，再也找不到任何可以说话的朋友了。

哀莫大于心死，古德尔没有什么特别的病痛，但孤独和无法再独立地生活使他郁郁寡欢。

出路何在？

难道死不是一条适合的路？

2018年4月4日，古德尔在自己家人的簇拥下度过了他的104岁生日，然后平静地对所有祝福他的人说出了自己的想法：“到了我这样的岁数，尽管还能吃、能动，但身体机能已经退化，影响了我的生活，让我无法独立，这是我不能忍耐的。所以我要走，并且不觉得结束生命是一件很困难的事，相反，如果你们谁一定要阻止我，那才会让我感到——十分的难过。”

老人说到做到，良辰吉日，他开始行动了。

5月2日，古德尔教授和家人一一拥抱，在机场完成了他人生的“最后一次告别”，然后启程飞往瑞士——这是他一生唯一的一趟

“没有归途”的旅程，此别之后，他与家人将生死两隔，再难相见。

9日，临终的新闻发布会上，古德尔教授接受了媒体的专访并平静地表示：“每个人，过了中年的人，毋庸置疑，都应该有权遵循个人的选择以及选择个人认可的时间来结束自己的生命。不过在澳大利亚，我们还有相当长的一段路要走。”意思是澳大利亚安乐死还没有合法化，所以古德尔教授无法优选死在自己的家中。

之后，老人选择了在当地的一家植物园度过了自己的最后一天。吃了他生前最喜爱的fish & chips ，听了贝多芬的《欢乐颂》。然后在北京时间10日晚上9点钟，正式接受安乐死，死前他还一直在催促着工作人员：“快，你们别再磨磨蹭蹭的了——我等这一刻，等得实在是太久了……”

看到古德尔教授的故事，我内心波澜起伏，却语塞难言。

这种事或许只有发生在外国人身上？

我们中国人为什么很少有这样的“个性”？

实际上，我实在是没有指望我们中国人刚刚吃饱了肚子，刚刚过上了滋润的生活，在这个时候，就要他们去想死。但是，不懂死就不懂生，所谓向死而生，死亡是生命的必然归宿，我们对这个归宿应不应该了解？应不应该清楚？应不应该有所设计？

如果说“优生”已经是这个时代中国人普遍都认可了的生命理念，那么“优逝”呢？

极少有人强烈地要去弄明白，哪种死是最合天命、最合人道、最合自己的心愿？

我们对死亡不合理的寄托是不是在破坏着生命的自然？

我们只有弄懂了死，其实才会使生的日子更平静，更充满了智慧与力量？

这些问题很少有人会思考：觉得这样的思考有价值、有必要。

当然说到底，我们每个人都无法提前预知自己哪一天将会怎么死、死于何种原因，但这并不妨碍我们在头脑清醒的时候就把关于死的一切事情都捋清楚。

人活着，要使生命有点价值，吃饱了混天黑当然是对生命的一种误解、一种辜负；但人如何去死，如何让死亡也拥有价值，至少是从容、平静的？我们有权去安排自己的死法——生命有权去选择死亡的方式。

北京，101中学，有位叫陈司寇的老师，是中国当代政治学的主要奠基人赵宝煦教授的夫人。丈夫一生的成就，照耀在她身上有很多光辉，这在陈老师看来很幸运、很温暖，但她自己作为一个大写的人，对健康、长寿、生命、死亡，应该拥有自己的见解和行动，这一点才更重要。

陈老师都说了什么？做了什么？

前不久我看到有记者采访到她老人家，陈老师首先表示：我们有些老年人，没有自己健康上的主见，动不动就看医生、乱吃药。而医生不过是在听了你的陈述之后头痛医头、脚痛医脚，不可能掌握你的全面情况。所以我们的健康，一定要靠自己，而不是盲目地依靠医生——这和我的“自己是自己的第一医生”理念相同。

再有，陈老师认为，人老了要有毅力，应该清楚自己该做什么，而不是只依了惰性放任自己，比如她到老了还在坚持生活自理，90多岁了还自己买菜、做饭、洗碗、散步、自己洗小件的内衣。当然干这些活她也觉得累，也可以完全让保姆来为她做，只是她知道：人只要一开始不做，以后就再也做不了了。——这和我的“老人一定不要只躺在沙发上等死”，也想到了一块。

还有，陈老师坚持，老年人精神上一定要有境界，文化生活也要丰富。她说现在的生活太优渥了，而老年人却都很寂寞，余生仿佛只有一个念头——那就是天天盼着儿女能常回家来看看。可陈老师不需要，她说她每天关心时事政治，对文学、哲学、天文地理、戏剧体育也都有兴趣。“我设计了自己的学习计划，让生活有规律，每天忙忙碌碌，心里既平静，又充实。”——这和我的“老人切不可放弃学习、盲目养老”，成了同一个观点。

更让我震撼的是，陈老师能智慧地看透生死，她认为：“我们对死，首先要做好思想上的准备，该走的时候干干脆脆、无牵无挂。我的体会之一就是不怕死，尽管死亡总是令人恐惧的，比如临死前的病痛，亲人诀别时的撕心裂肺，谁不怕？可是怕又有什么用呢？这是自然规律，还不如坦然地面对，不要让明天的死亡提前毁了今天的好日子、好心情。”

哈哈，太棒了！

有一年，医生曾经告诉陈老师“您左肾上有了一个肿瘤，可能是癌症”，主张她赶快来做切除手术，但陈老师没有同意，她说她那年都92岁了，将来怎么“走”也不一定会因为这个肿瘤而去。即便是要死于这个癌症，动了手术之后又会出现什么问题呢？还有其他的病。那又何必呢？94岁，陈老师对媒体说：“这两年我一直都在与癌‘和平共处’，如果将来真的是它要发作，后期会很疼，我就事先给自己留下一笔钱来打止痛针。”

……

看，中国的古德尔。

智慧本来就应该不分国别，不分人种，也不妨碍老人。

最后，2017年4月，陈老师已经年满96岁了，这时候各种疾病接踵而来，先是肾癌（还真的发作了），然后是尿毒症、贫血性腔梗……子女们都竭力动员她去医院住院，可陈老师就一直坚持着不去。她希望自己能够“走”得快一点，尽量不要拖累家人并且嘱咐女儿：一不要通知学校；二不要通知亲友；三不要让人前来探望……

10月17日，陈老师干脆开始断食。

当女儿把精心烹饪的饭食端到她的面前的时候，她推托说吃不下，掩住嘴巴不准别人强行喂她……5天以后，陈老师耗尽了身体的所有的精力，终于安详地合上了双眼……

说老实话，看到这样的报道，我很羡慕本文作者在陈老师94岁的时候，还有机会采访到她，零距离地感受了一位中国知识女性的勇敢与智慧。

你想想，一个人到了死亡的门前，宁愿把自己饿死，也不要拖累儿女、学校、朋友，宁愿加速死亡，也不要到医院去做无谓的抢救和维持，这是何等的人格力量与眼光？

尽管，我们今天绝大部分人都做不到像古德尔教授那样，自己安排自己，最后还玩了一把安乐死，但是我们在身心都尚健康的时候，能不能把自己的生命乃至死亡的事情都打算好？交代儿女或亲友怎么做？这还是可以的吧？

到目前为止，世界上只有少数一些国家允许实行安乐死。瑞士是唯一一个可以合法地协助外籍公民实施这种死法的国家，因此每年，大约有200名外国人会前来接受这种安排并为此付出不菲的钱财。

安乐死是否真的能够帮助到老人？这样的归途，对死亡的选择究竟有没有价值？

目前没有“上帝的声音”。

反正中国不允许。中国的很多法学人士担心：因为伦理、法理、道德种种方面的考量……今天在中国，总之还不可以“开这个口子”。

有人站到了生死的接缝，真的不想活了，希望早一点愉快地拥抱死神，这想法是大胆的、独特的，但有悖人伦天理吗？不可以吗？

难道我的生命不应该首先由我自己来做主？

卡在这样的缝隙，我们应该怎么办呢？

你有“死亡”老师吗？

不敢直面死亡，更不愿意在不到死的时候就谈论死，这是中国人的封闭、软弱，腰包富裕了，但精神却还陷在贫瘠里面没有完全走出来的一种状态。

那为什么并非大众都觉得这件事情必须做出选择，我，又要在此刻意地要提醒？

养老，遗产问题不可回避。

养老，死亡问题也不能被我们忽视。

“鸵鸟”其实做不成，“阿Q”其实也做不成。

因此，我在《养老革命》的这本书里，第一是希望我们的老年朋友都能用全新的视角来把养老的问题想明白；第二是希望老人们能为自己的百年之后做好种种必要的处置，用行动来让自己心安、踏实——这就在《遗嘱》之后，又要涉及另外的一件事，一件目前对大多数中国的老年人还算新鲜的事情——《预嘱》。

《预嘱》是什么？

《遗嘱》与《预嘱》一字之差别，有什么不同？

简单地解释，《遗嘱》是专门针对老人的财产于死后如何分割；《预嘱》是针对老人的生命在临终之前如何得到医学关照（当然这两件事跟年轻人也都有关，多少人猝死、意外等）。在这两件事上，我们既然能够想得通我的财产我做主，那为什么不能接受我的生命也要由我自己来做主呢？

有先例，有办法。

2017年夏季的河北东戴河，一个由一群医生和《选择与尊严》网站的志愿者们以民间的身份组织召开的一个特别的会议，讨论并起草一份纲领性的文件——《中国“缓和医疗”与“安宁疗护”发展蓝皮书》。我和我的摄制小组受到邀请，在那里采访了各位权威人士，然后在《你立〈遗嘱〉了吗？》之后，又制作了一期《新闻调查》——《我的生命谁做主？》。

《生前预嘱》具体指的是什么？缓和医疗又有什么作用？

20世纪60年代，《生前预嘱》的概念诞生于美国。

美国神父兼律师基姆·托维（Jim Towey）来到世界著名的慈善工作者特雷莎修女所创办的华盛顿特区艾滋病之家做全职志愿者，他在这里见到了太多的人面临死亡、惊慌失措、没有尊严，如何在痛苦与难堪的煎熬中苦苦挣扎，于是想到要设计出一份由《五个愿望》组成的《生前预嘱》，英文名：《Will Living》，给病人面对死亡时开创一个选择，一种解脱。

《生前预嘱》推出之后，逐渐在欧洲各国，也包括后来在亚洲的新加坡、中国台湾及香港地区快速地流行了起来。扼要阐述：《生前预嘱》就是在我们身体还健康的时候，要签署一份文件，通过这份文件我们要选择和安排：当我们病入膏肓、重病或绝症到了最后的时刻，我们是希望得到哪种医学照顾，是不顾一切地被积极抢救——切喉、插管、心脏电击？还是承认现实，顺应生命，在缓和医疗的帮助下，无痛、无喘、不经受生理和心理的惨痛折磨，从而自然、有尊严地从容死去？

这件事，如此重大，直接钩沉着临终，不做出交代，死亡对我们的吞噬与恐惧就无法消除，健康与长寿的路上，我们就战胜不了心里“最大的一只虎豹豺狼”。

有一天我在采访《生前预嘱》推广协会总干事，也就是我们国家开国大将罗瑞卿将军的女儿罗点点时，她对我说："长江啊，你可能有所不知，如今在医学上，心肺复苏等急救技术突飞猛进，专门用于救治危重病人的加护病房也如雨后春笋，这些抢救措施它们在挽救了人的宝贵生命的同时，也有意无意地侵犯了人自然死亡的领地。事实上在ICU（重症监护室），越来越复杂的人工设备，可以将越来越多的临终病人滞留在生死之间。这些生命之火已经燃尽了的临终病人并不能真正地'起死回生'，而成熟的医疗技术却可以将这种生死不明、尊严尽失的状态维持数天、数月、数年，甚至数十年……"

啊？

我真是不知！

认识了罗点点，知道了很多人在临终的最后一步，被推进了ICU，但很多抢救都是"无效"的，根本就没有办法帮助病人再恢复到原有的生活质量。病人基本上就是活受罪，最后家属还有可能落得个人财两空！

知道了这件事的残酷，我立刻就告诉了我的女儿："以后，要是我到了抢救毫无价值（一般就是指脑死亡或癌症晚期根本救治无望了），你们千万不要让医生再把我推进ICU，不要在我的身上切开很多很多的口子，然后再插上什么各种各样的管子，就让我平静地、有尊严地死去。如果你们不听，非要让我没了人样，我就只有效仿国外的医生，在我自己的胸前，用刺青刺上NO ICU，任何医生在抢救的时候，第一时间就都能看到，这样，他们也就会放弃传统的、模式化的积极抢救—还我尊严！"

说完这话，我对死亡的恐惧，也是对人生最大的恐惧，开始消失。

不过，另一个问题随后蹦出——我可不觉得应该无视。

什么？

签了《生前预嘱》，是的，我承认它让我看到了死亡的一个前所未有的归宿，很温暖、很人道，算是推倒了过去人们对死亡的传统认识，也推倒了死亡世界里那一大片冰冷的黑暗，但是，签了《生前预嘱》，是不是就等于等死？

一只飞镖，“嗖”地飞来，几乎擦到了我的眼睫毛。

想想可不是嘛！

人命关天，过去在医生与病人之间，只要有百分之一的希望，就要尽百分之百的努力，这是医德的基本底线，是几千年来人类文明所筑起来的拦洪大坝，而《生前预嘱》如果不把很多的问题都说明白，如果《生前预嘱》一旦签了，病人就等于等死，这个玩笑可开不起，那也推广不了，怎么办呢？我必须在节目里反复地追问。

还好，不是一位专家，同时有好几位，都开始为我答疑：

《生前预嘱》有法律效力，一旦签了，并不意味着签署人一病，就会直接地被推向等死，它有一套自己的理论、原则，不到“抢救无效”的时候，签署人一定还会积极地被救治。同时，《生前预嘱》在具体被执行的时刻，还有一位医疗照顾上的好搭档、好助手，这是什么？就是缓和医疗。

缓和医疗保障着濒死之人不想被切喉、插管，但到了生命的末期也希望得到医疗与帮助，比如止疼、止喘，这既是一种传统的医疗（中国的中医叫姑息治疗），同时又是一种新思路、一条人道主义的新路径，更是一种保驾护航的新手段。

哦，听到这儿，我的心才被放下。

没有《生前预嘱》就没有缓和医疗。

同样的道理，没有缓和医疗，《生前预嘱》也实现不了。

那么，缓和医疗都包括哪些内容？具体遵从什么样的原则？这里的“关照”又如何能使临终的患者受教、受益呢？

首先，我们来看看世卫组织对缓和医疗（Palliative Care）提出的三个基本原则：

第一，重视生命并承认死亡是一种正常的过程。

第二，既不加速死亡，也不延后死亡。

第三，提供解除病人的临终痛苦和不适的办法。

这三条原则组成着一个体系，就是对病人提供着一种保障。重点在于：缓和医疗是既不让末期病人等死，又会好好地照顾他们的身体和精神，同时还不建议他们在追求治愈和好转的虚假希望中——苦苦挣扎。

2017年2月，中国癌症中心发布了最新癌症的统计数据，全国每天被确诊患癌的人数大约在多少？

1万人左右，平均每1分钟就有7人——癌来了，不是“狼来了”！

同年8月9日的一个上午，我在北京海淀医院专为实行缓和医疗的安宁疗护的病房，采访了一位77岁的老妇人。老妇人来自东北，退休之前，是东北一个县人民医院急救科的老护士长。

老护士长人很高、很瘦，年轻时应该是风风火火的一个能人。只不过现在老了，到了肺癌的晚期，我见到她时，她已经说话有气无力，但是很想说，很愿意说。

“记者，我不是来北京治病的。”老护士长一上来就跟我这样讲。

“不是来治病的，那您来北京是……”

“我是来北京找死的，好死，你懂吗？”

“找死”“好死”？

看到我狐疑，老护士长进一步解释：“我这一辈子，一生都在医院，天天跟急救打交道。我看过的生死也太多了，所以我并不怕死。”

“不怕死？那，那您怕什么？”我舌头有点打颤。

“怕‘不得好死’，就是哪一天我突然昏迷了，被人送进医院了，我可不愿意被积极地抢救，被人心肺复苏，插管、切喉、上呼吸机，一通瞎折腾，瞎耽误工夫，最后不仅我还是个死，而且一个人，连身体到灵魂，都被肢解……”

可是像您这样的肺癌晚期，我的意思是“最后不到医院也不行啊？会疼、会喘……”但话我没问出口。

老护士长很明白我的意思，直接对着我的脸说：“所以当我儿子打听到北京海淀医院有缓和医疗，可以帮助我缓解，我这不就来了？你知道我这次住院之前，人都成了啥样？肺癌晚期主要是憋气……那胸口憋的……就像落水，快要淹死了的人最后挣扎的那一刻。”

快要淹死了的人？

还是最后挣扎的那一刻？

啊？

老护士长说着，完全不堪回首她过去所经历过的苦楚。

然后到了海淀医院，在这里接受缓和医疗。她知道自己可以得到最好的照顾了，医生、护士，还有很多很多的志愿者，人们总有办法让她不疼、不喘，可以最大限度地减轻她身体和心灵的煎熬，所以当天夜里，她就睡了一个好觉——“我都不知道我是怎么睡的，一辈子都没有睡过这样的觉，特别好！”

老护士长不断地说，内心充满了十分的感激和幸运。

其实，老护士长在入院之前，人就已经不能平躺了。多少个难熬的夜里她就斜靠在床头，睡不了、盼天明。而入院之时，平躺的问题并没有得到完全的解决，只是她人来到了北京，看到“缓和医疗”这条归途，她放心了，啥也不怕了——这一辈子才竟然能“睡了一个天大的好觉。

罗点点形容她刚看到缓和医疗的这种提法和办法的时候，自己就像井底之蛙，忽然又跳出了井外！

“是吗”？

采访之时，我就这个问题曾经专门问过她。

点点老师点点头，说是，当初有了《生前预嘱》，我就高兴得不得了，心想这下可是对那些不想进ICU，不想被有创抢救的病人是一个福音了。但是《生前预嘱》好是好，冷静下来一想，光有这份文件，人到了病重或病危的时候，医生总不能把病人“晾”在一边，不管不顾吧？这不符合医德，对患者也太残酷了。唉，有一天我从报道上看到了国外诞生了一种方法，叫缓和医疗，能够帮助病人，帮助他们自然、平静地走好人生的最后一段，我心说：“太好了！”当时的感觉就像井底之蛙忽然我又跳出了井外——

哦，这样啊？

哈哈！

中国有句老话：“不知生，焉知死？”孔老夫子说的。

现在，我们或许可以把这句话反过来：“不知死，焉知生？”

为什么？

一个人，只有当他能够理性地看待死亡，敢说一句：“死”我懂你了，不怕了，才能够理解“生”。珍惜生命里的每一天，每一件事，每一个人；知道自己在有生之年应该干什么，抓紧时间干点什么——

疼了，你可以喊出声！

1999年，巴金这位中国文学界的泰斗、旗帜，病重入院。一番积极抢救之后命虽然保住了，但从此先生的鼻孔里被插上了胃管，护理人员一天6次地把食物“打”入他的胃中，从此巴老开始了受罪地活着。

两个月，巴老的胃管就得换一次。

每次换管子先生都会被呛得满脸通红。

长期插管，嘴合不拢，巴老的下巴开始脱臼，医生只好把他的气管切开，用呼吸机来帮助他进行呼吸……

面对这种生不如死的治疗，巴金先生很想放弃，但是他没有选择的权利。

家属和领导都不同意——每一个爱他的人都希望他永远、永远地活着！哪怕是昏迷、哪怕是靠呼吸机，仿佛只要他还有一口气，机器上还显示着先生依然有心跳那就好，就是胜利！

岂不知，这样的“胜利”对巴金意味着什么？

就这样，巴老在病床上整整熬了6年。

有时清醒了，他会说：“这样的长寿，是对我的折磨。”

……

北京海淀医院肿瘤科的主任秦苑本来是要用巴老的例子来说服院长让她在本院开辟几间缓和医疗思路下的安宁疗护病房，但是，因为安宁疗护不挣钱，不仅不挣钱，大多数情况下还会赔钱……所以……秦苑有点惴惴不安。

她准备了一肚子的理由，还有一肚子从台湾学回来的经验，准备苦口婆心地对院长张福春先生展开攻势，但结果，一条都没来得及往外端呢，院长就二话没说，一口答应：“好，那咱们建！”

这么容易！这么痛快？

2017年我在采访秦苑的时候她还抑制不住激动。

这位个子不高，表面温婉，但内心又充满了悲悯和刚毅的女医生，有媒体介绍她：“45岁前，秦苑的生活里填满了各种各样恶性肿瘤的病历，她闷着头去救人，却跑不过死神，最终，病例又变成了一张又一张的死亡通知单。”所以她很想改变！

秦苑想改变的是什么呢？医疗照顾的方式，还有人们的传统观念。

后来我采访时专门问过张福春先生：“您当时怎么就一点没有犹豫？经济效益、成本核算这些，您作为院长，都不在乎？”

张院长不等我说完，快速打断我，说不挣钱这一点他知道，他当然知道，“但这件事我们医院又不能不做。”神龟虽寿，犹有竟时。他说，我们医院的使命、医生的使命不仅仅表现在拼命地救人，还要包括如何帮助病患自然地走，无痛无忧地好好地走，毕竟我们每个人都有父母，每个人自己也都会老……

院长太棒了！

过去，哪怕是包括我自己，我们一向都认为对于病人，死亡是一个大敌，是“异己”，是“靶子”，我们要和它进行斗争！但接触了《生前预嘱》和缓和医疗，我渐渐地明白：死亡其实就是生命的一部分，我们从一出生，手上就有一条彩练，一头连着生，一头连着死，因此尊重死亡、顺应死亡，也是尊重和顺应着我们的生命。

2017年夏，《我的生命“谁”做主？》摄制组先后走进了海淀医院、陆军总院、宣武医院、北京301医院等，采访了很多晚期的癌症病人，也走近了很多目前正在积极推广“缓和医疗”的大夫和专家。采访中，病人都告诉我：“我病到了这个份上，其实死我不害怕了，就是怕疼，可别让我疼！”我猜想：对病人的这种诉求，医生恐怕不是听到了一个两个，怕是已经听过了一辈子？我们对病人的疼痛，过去可曾给予过重视？给予过足够的重视？

没有。

医生很无奈，没有办法。过去因为没有办法。

但是，病人是否有要求不疼的权利？疼了，受不了了就该遭人白眼，让人讨厌，仿佛“止痛的要求”是奢侈的，是胆怯和没有出息的？

不，医生告诉我：现在不管是谁，其实你得了病，来到医院，你疼了，就要明确地告诉我们，别忍着，只要疼，医生就会给你上手段。过去我们摊开双手那是真的没有办法，但现在，我们有辙了，而且已经懂得止痛是医学的一个进步，同时也是社会的一种进步。

在北京301医院南区的肿瘤科，有一天我采访了我们国家另一位力主缓和医疗的资深女医生——副主任李小梅。

李小梅40多岁，精明能干，人很瘦，本来一张漂亮的脸，到我见她时，因为劳累，常年得不到充分的休息，显得很黄、很疲惫。

好几个小时的采访，我们谈了很多问题，后来她有急诊了，我们不得不先中断一下，不过小梅说“那我介绍您认识一个人吧，一位我们医院患者的家属，也是一位将军的夫人。如果你们需要，夫人说她愿意跟摄制组好好地谈一谈。”

我说：“那太好了，我们做节目就是想听故事，但一般故事难找，患者也难找。”

于是我们见了将军夫人。

夫人的丈夫，63岁的一位年轻将军。用句最简单的话来介绍：这是一位顶天立地的男子汉。2014年查出胃癌以前，他的身体一直都棒棒的，连一天的医院也没有住过。但是“赶上了”这种可怕的病，那人受的打击……

我们的采访因小梅的铺垫一上来就直截了当。

夫人说：对于疼痛，最开始将军还忍着，还全力配合着医生的各种检查和治疗。但慢慢地，将军先是出现了肠梗阻，吃不下饭，后来胃癌四期了（晚期），看化验结果癌细胞已经转移到了其他的脏器，比如双侧肾上腺、淋巴等都有了。夫人告诉我：“有一天我跟他开玩笑，说：你看你现在的样子，吃也不行，喝也不行，坐也不行，站也不行，铁打的一个人，难不成……”

将军马上接了夫人的话：“是啊，实际上我很痛苦，很疼。过去我不说，觉得没出息。但是现在，我真的有点受不了了……”

啊？

夫人说到这，实际上是从我们采访的一开始，她的眼泪就像断了线的珠子。

“这不像将军，一点也不像我的丈夫！”

编导陈新红在一旁让录音师呼和递过来了一把纸巾，我递给她，她擦着泪，但擦不住啊，那眼泪不停地往外冒，根本就擦不干，也堵不住。

将军说他的忍耐力已经到了极限，对尊严的理解也有了新的想法。他不想再继续这样耗下去了。如果耗，能够好，就忍着，但是他知道，他的病到了这一步，是好不了了，所以现在，他只求不疼，不再难受……

我理解将军的痛，不到极限，一个男人，一个一辈子刚强的男人，是不会轻易地向命运低头的。但同时，我也理解将军夫人，理解她背后拖着受难的爱人，眼前还要接受媒体的采访，而且面对媒体，她还要拿出很大的勇气向观众讲述自己的丈夫如何到了最后的关头，不得不向疼痛免战高悬，这得有多么强大的内心力量啊？

为了照顾将军，夫人一年体重掉了30斤。

“那段时间将军天天跟我说死的问题。我知道他不怕死。他在死亡面前也是一条硬汉。但是人靠近死得讲究点实际，怕不怕是一回事，更重要的是要想办法，如何去科学地面对。”

有一天在病房走廊的尽头，夫人发现了静悄悄躺在那里的《生前预嘱》和介绍材料，她自己先仔细阅读了，心头豁然开朗，然后不怕埋怨、不怕被将军误解，转给了丈夫。

在夫人的帮助下，将军很快也想通了，他决定接受缓和医疗，说：“这是条好路。救命的路！”

夫人跟将军讲：“那你可要考虑好了啊——命是你自己的，要怎么做你需要听从自己内心的召唤。不要去管别人，反正不管怎么样，我都会陪着你，你身边都有我。”

将军点点头，他说他明白了，“都考虑清楚了”。

试想，如果没有《生前预嘱》，如果将军没有碰巧经夫人看到了“缓和医疗”这一种临终照顾，他会怎么样？有一天快要危及性命了，他也会被送进ICU，然后各个方面都会不惜一切代价地对他进行积极的抢救，这个不惜一切代价既包括调动所有的医疗资源，不计成本、不计时间；同时也包括不计患者自身怎样的痛苦、绝望与无助……

勇敢地接受死亡，其实是另一种刚强！

一系列治愈性治疗均不见效后，年轻的将军听从了夫人的建议，在病床上签署了《生前预嘱》，正式向医生和家属声明：我的生命一旦出现了不可逆的恶化，不要抢救，不要插管……不要让我太受罪，就让我安安静静地离去……

接受完采访，记得那天已经是晚上8点多了，夫人晚饭吃了没有也不知道，只是说采访是将军指示她来的，他就是想让更多的人理解新理念、接受新理念，但内容如果够了，她也得赶快回去，毕竟她不能离开将军的时间太长……

我把夫人送到电梯间，看到她刚哭过的脸上，此刻竟泛起了一种完成了任务，完成了将军交给她的接受中央电视台记者采访的这件大事了以后的一抹轻松，我的眼睛潮湿了，真想走近她叫一声大姐，然后扑到她怀里，真心的，像亲姐妹一样的——我很愿意跟她分担，而不是只从她那里听到了一个惨烈的故事。

但是，我又能跟她怎么分担呢？

好在也是在2017年夏天采访的时候，我意外地听到了一个好消息，这个好消息可以从根本上解决任何危重病人疼痛与憋喘的大问题，是什么？我欣喜若狂。

就是吗啡——

现代医学已经证明：吗啡作为一种天然的“止痛药”，不像过去人们误解的那样。第一，它没有毒副作用；第二，也不会让人成瘾，这是医学研究的新成果，它的出现彻底颠覆了过去人们的老认知，对《生前预嘱》、缓和医疗的推广简直是太好了、太及时了。

事实上，早在2000年，世界疼痛大会就已经将“疼痛”列为继呼吸、体温、脉搏和血压之后的第五大生命体征。

疼痛是不丢人的，它只是人体患病的一个体征。

而吗啡，过去医生轻易不敢用（有处方限用），病人和家属也不敢用（怕上瘾要留到最后、最难熬的时刻）。那么现在可好啦，国内国外的医学实践都已经证明：合理地使用吗啡等阿片类药物（也就是鸦片类药物），对患者疼痛、呼吸困难、焦虑、抑郁等症状都有很好的疗效。

因此病人，不管得了什么病，只要疼，就可以喊医生。

医生就有办法用药物来减轻我们的痛苦，帮我们对抗那个站在死亡路上、不断冲着我们幸灾乐祸诡笑的疼痛的小鬼儿！

记住，喊疼是你的权力、你的权利！

撤掉呼吸机？谁来最后“拔管儿”？

当然，知道了我的生命“我”做主，也知道了缓和医疗可以为我们的尊严死护驾，但我想人们在真正要签署《生前预嘱》的最后一刻恐怕还会犹豫，为什么？

这里还有一个现实的问题，极其现实的问题——

我们生命的尽头在哪里？由谁说了算？

签了《生前预嘱》，是否就等于我愿意放弃今后有可能被救活的机会？过度抢救和有效抢救有没有明确的界限？如果有，怎么划分？

记得301医院的李小梅主任告诉我，在他们医院，尽管很多人都愿意接受缓和医疗，但真正签署了《生前预嘱》的患者，还不到1/3。

“这是为什么？”我问。

小梅不语，直着眼睛反问我：“你说呢？”

我说：“我猜每个人生命的尽头都如同分水岭，生死两重天，在患者方面如何相信你主治医生就会为我正确地‘扳道叉’？同时在医生那一方面，坚持为病人考虑，但呼吸机不吸了，谁来最后去‘拔管儿’？”

小梅点点头。

生命太宝贵了，有去无回；而生命，也没有机会让医生去改错，尤其现在紧张的医患关系，更让医生都变得比较谨小慎微。

2019年12月24日，北京惊爆医生被杀事件，被告孙××因其母亲被送至民航总医院一直都不能被收院治疗而不满医生，于24日6时许，在急诊抢救室内，赫然持刀反复切割、扎刺杨文的颈部，致使这名女医生悲惨死亡。随后，孙××报警投案，于2020年1月16日，被北京市第三中级人民法院依法公开审理——“犯故意杀人罪，判处死刑，剥夺政治权利终身”。

我在做《我的生命“谁”做主？》之前，还从未听闻如此恶劣的“伤医事件”，但很多医生当时也都跟我倒苦水，有人甚至抱怨：为什么我们要放下可以挣钱同时又没有任何风险地积极抢救，而去费力地说服家属走缓和医疗的新路？万一事后家属反悔了呢？万一老大同意，老二又突然找上门来呢？因此，推广《生前预嘱》并不轻松，特别是一碰到具体的问题，医生的小心脏就难以承受巨大的压力！

2017年，北京盛传一场标志性的吗啡官司，被告——陆军总医院，在很多人都不抱希望了的情况下，竟然打赢了，搅得医学界一片哗然！很多医生都感慨：这场官司的胜利不仅是解救了涉事的临床医生，也对中国刚刚兴起的缓和医疗来了一次有力的声援！

怎么回事？

简单回述一下事件的经过：

2015年5月，Z女士因胃癌切除术后胸闷、喘憋，入住北京陆军总医院肿瘤科，影像检查显示其肿瘤复发，并伴有肺炎。虽行抗炎、平喘、胸穿抽液、营养支持等姑息治疗的手段，病情仍逐渐加重……家属准备“自动出院”。

然而就在要出院的当天上午，患者突然出现心前区不适，心电图显示急性心梗，并伴有快速房颤（心率200次/分钟），呼吸困难呈端坐状并进行性加重，按多学科会诊意见治疗后，医生与患者亲属进行了交流，在患者家属表示认同后，给予了静脉入壶吗啡10mg，患者呼吸状况明显好转，可以平卧入睡了。

然而次日下午，患者呼吸困难又再次加重，皮下注射吗啡10mg后无效，终因呼吸循环衰竭而死亡。

时隔半年，患者的儿子以母亲临终前医院曾“过量使用吗啡，导致患者死亡，使其过早地承受了丧母之痛”为由在法院起诉，索赔10万余元。诉讼过程因一家鉴定机构认为“医方使用吗啡不够慎重，对患者死亡负有较轻微责任”，起诉者又将索赔金额增加到了24万元。

“24万”？

官司的标的虽不算大，但这场官司如果输了——影响却惨了。

2017年夏天，还是因为要制作《我的生命“谁”做主？》，我在东戴河采访了陆军总医院原肿瘤科的主任，时任中国抗癌协会副会长，缓和医疗的前辈专家刘端祺教授，一开始我就问了吗啡那官司怎么会赢？

刘教授说：“这场官司，我们敢应诉，就说明我们认为它一定应该赢，但是打不赢我们也是有思想准备的——你想想啊，患者已经死了，开始的鉴定意见还认为我们对患者的死亡是负有责任的，再加上中国现在的医患关系……病人走进医院，你医生就得给我治好，治不好，还死了，那不就是你医院的事？医院就得赔！”

“可后来怎么会赢了？”

刘教授：人命关天，药物关法。时代进步，法依科学。其实：“大约是1998年吧，当时咱们国家的卫生部就已经说明：晚期癌症病人，医生给吗啡的量是可以无剂量限制的，意思就是‘没有天花板’的限制了，只要能够达到效果，就可以把量用上去……我当时记得手里拿着这个文件，还觉得是自己看错了，这个新规是真的吗？因为咱们国家过去对吗啡的使用可是限制得太紧了！”

“1998年？”

“对。”

“如果刘教授没有记错，那吗啡在观念上的突破，其实已有了20年的历史？”

“对，20年。”

转变人们的观念，需要这么长的时间？

今天，哪怕是今天，还是有人，很多人，根本就不知道吗啡是既没有副作用，又不会令人上瘾的。

按照刘教授的理解：缓和医疗从广义上讲，就是精神抚慰加物理治疗。尽管这里的治疗不再是以延长患者的生命为目的了，是要想办法提高他们最后的生命质量，而且在两者之间如果发生矛盾，好心又肯担当的医生通常会选择宁可牺牲生命的延长，也要让病人舒适—这就叫对症处理。

为了最现实地告诉我“谁掌握着病人的生杀大权”，采访已经完成，有一天刘教授又告诉我：“有效抢救和过度抢救到底有没有边界？你们央视不是要用事实说话嘛，那我建议你们就到我们医院，随机找病例，看医生具体是怎样给病人做判断，我们就来一个‘让病例说话’。”

我说“好”，立刻又和编导商量拉起了队伍。

“其实我们国家在这方面的管理，比国外是要严格得多。”刘教授敢说敢当的。

中国实行的是三级诊疗制度，因此绝对排除了一个人、一位主治医生就可以把哪一位病人的生死轻易说了算……

到了真的“补拍”的这一天，我们看到的是一位64岁的男性，患肺腺癌并已出现了脑转移，过去经过多年的治疗已不见起色。陆军总医院肿瘤科的现任主任张宏艳女士就召集了好几位专家及本科室的大夫，大家要共同讨论。

我带着摄像师、录音师进入，会诊已经开始了。

会上五六个医生，大家从坐着到站着，从听病况到看影像，最后都集中到医生办公室的X光透台前。

大家反复商量了好一阵，又去会诊了病人，最后都认定这个人再进行放化疗，治愈率已经很低了，基本上倾向于劝病人和家属去接受“缓和医疗”……

那个下午，“生杀大权”这四个字在我的眼前一直晃来晃去。

我经历了眼见为实，看到医生怎样在具体的一个病例中去采取行动，他们是认真的、尽职尽责的；然后我们又跟拍了患者的家属，家属也同意缓和医疗，末了还哭着、无奈着，也没有忘记向医生们不住地点头、道谢。

当然，什么事要说靠谱，最靠谱的莫如法律。

事实上，《生前预嘱》推广协会很早就向国家呼吁：我们中国的缓和医疗事业，一方面需要政府的大力支持；另一方面最根本的还是要立法，这一点就像美国、新加坡以及中国的台湾及香港等国家和地区一样，它们在《生前预嘱》和缓和医疗的推广阶段，也都是一只手在启动立法，另一只手是获得了政府机构给予的合法授权。

凌锋，北京首都医科大学宣武医院神经外科主任，全国政协委员，说起她，很多人都知道，她的大名其中有一说就是把香港凤凰卫视中文台黄金档节目《时事直通车》的主持人刘海若，在昏迷了3个月以后，给救活了。

这样的医生多牛？呼唤立法应该够权威了吧？

事实上，2012年、2013年，凌锋曾连续两年在政协会上提交提案，呼吁我们国家应该对《生前预嘱》也包括“自然死”和“尊严死”进行立法或立法之前先给予这些社会团体间接的合法权益。

“合法权益？”

“对。”

您的意思：很多很多条小船，大家都一齐启动发动机，向着大海深处的大船靠拢，而“大船”如果说是“立法”，“小船”就是“合法权”，是一种摆渡，一种有效的过渡性措施？“是这样吗？”

凌大夫点点头。

记得还是在采访《生前预嘱》推广协会当时的会长陈小鲁的时候（接受我们采访时还好好的，半年后突然去世），会长几乎是十二分肯定地对我说："我们国家会重视这件事，一定会重视。只是立法要按部就班，得走完程序，大家还得再等一些时间……"

同时，罗点点也再次强调："死亡是一件非常私密的事情，我们每一个人都有权利对自己的死亡进行想象、进行安排、进行表达，这是一个最基本的、人的生存权的延伸。"

又是权利！

"权"与"法"，重大到压倒一切，更可以彻底仰仗。

只不过眼下的中国，很多基层民众还都被"看病难、住院难"所困扰。

自己的亲人，千方百计地被送进了大城市的大医院了，人们更多担心的还是人家会不会给咱好好地治？危险的时候能不能让咱进入重症监护室？至于进了ICU，如何被积极地抢救、有创或无创，病人受不受苦，有没有丧失掉尊严，先救了人再说吧！

何去何从？

情急的家属不知道，多少危重的病人，他们在经过了一番大动干戈之后，可能被一时救了过来，但以后的生活呢？瘫了、傻了，一切都要依靠别人，或者从此就再也不能离开医院，更不要说植物人、半植物人……这样的"抢救"有没有意义？即便有，是病人自己想要的吗？

病人自己想要什么？

我的生命"我"做主——时代已经进步了。

我提醒所有的老年朋友：我们该想一想了……

第八章 口号再响，不如行动跟上！

明白了生命，也瞭望了死亡。

接下来我们该做什么、怎么做？

“形式主义”被批判了一辈子，

但它对养老革命很有用——

照猫画虎，有样学样吧！

不管怎样，都先把自己的屁股从沙发里挪开……

先买一台“秤”、再画一张“图”

形式大于内容，过去我们看到这样的事、这样的人，都很反感。

但近些年，我越来越觉得老年人做事，说易易、说难难，真要行动起来，形式就要大于内容，至少要先于内容。

2014年我在北京人民医院接受了右膝全关节的人工置换手术，术前好心的朋友一再地提醒我：“可别忘了，换关节手术很重要，但术后的康复更重要。”我将信将疑，因为我觉得康复不就是伸伸胳膊、伸伸腿儿？想锻炼哪儿都能练，还需要专门去花钱（自费）到什么康复医院？朋友说：“医保医院只能提供为期几天的有限训练，但效果就不如持续做上一个月的好。”

哦。

我有点怕花钱，但更重要的是怕走形式，被人给黑了。

不过家人都鼓励：“嗨，万一康复真有必要呢？就算花钱走了这个‘形式’，天天有专业的康复师陪着你，监督加鼓励，说不定也值。”

我就咬着牙去了。那一个月，我从右腿像一截石头棍子，动都不能动，到锻炼后的第三天，康复师说：“来，试着抬您的脚，把腿平端起来。”我说：“啊？省省吧，这个动作我根本就做不了。”

康复师：“试一试，就算跟我走一下形式。”

这是我第一次听到“形式”。

我试了，有一搭无一搭。

但是，你还别说，这“形式”我走了头一回，第一天就抬起来了5厘米、第二天10厘米，第三天我就可以把右腿给抬起来，竟然能抬到和床铺有了45度的角度！

嘿，我欣喜若狂，恨不能奔走相告。

我的右腿从1977年在部队文工团因练功摔碎了半月板，“抬脚平端腿”这个动作就废了，一直废了40年。

“人的肌肉是有记忆的。十年、几十年，您只要开始再练，有些动作还是会被记忆给唤醒。”康复师说，末了又补了一句，“听人劝、吃饱饭嘛！”

就这样，我第一次对“走形式”这件事刮目相看，说不定这件事也有积极的善意？

想想很多可爱的老年朋友，他们没事总爱刷朋友圈，原创或转发着一些微信的“打油诗”“三句半”，什么“太阳出来晒晒背，新鲜空气洗洗肺，五谷杂粮养养胃，常和朋友聚聚会……”这样的“顺口溜”是一种精神召唤，也是具体的行动指南，我们只要照猫画虎、有样学样，起码就能把屁股先从沙发里给挪出来。

“晒晒背”“洗洗肺”，要做到这一点，你不走出门，找太阳、找处小树林儿，空气质量好、清清爽爽、拥有最多的负氧离子，能行吗？

“养养胃”“聚聚会”，你不亲自去市场或超市甄别一下什么样的五谷杂粮最有机、最适合老年人？而且聚会你得到场，哪怕撮顿饭、打打牌，您也得亲自去，另外更别提要跟朋友跳个舞、K个歌……这样，“形式”便带出了很多的“内容”。

前文我曾经说到减肥，现在还拿这件事来做例子。

中国人的减肥，外国人也一样，原则地讲，手段只有四种：节食、运动、药物、手术。

如果我没做《向肥胖宣战！》，我始终都不知道一些超级胖友们的体重如果已经达到了200千克以上，“节食”“运动”“药物”的手段基本上就都不好使了，剩下的便只有一种最常见的办法——“手术”。

手术是一种形式，但不是直接从胖子身上往下撕肉、吸脂。这就是一种手段、一种形式。然后“胖友们”要借助手术之后长达半年的时间内只能吃流食和半流食，好好地把握住这个“黄金期”，养成自己新的饮食习惯，这样才能彻底实现减肥、不反弹。

你说形式重不重要？

我知道我的康复和手术减肥一样，都是要借助外力，唤起你自己内心的自觉。

因此在康复的日子里，我每天都会按时起床，然后去康复室练器械、走程序、弯腿、压腿、站斜板、走平路、过小桥……康复师不断地在我的耳边提醒：“术后最好的黄金期就是这前几周，您如果练了，将来腿就能伸、能弯，不练或练得不够，行走便相对地不那么自如。”

我一个月下来，疼得哭过、喊过，女人生孩子一样地骂天骂地，但是结果证明：此法不虚，5年后跟术后没有集中康复过的其他病友相比，我的腿真的是比他们都“好使得多”。

在“自我减肥”一开始，医生和营养师都告诫我：“先到网上去买一杆秤（厨房秤）、再画一张图——做个‘吃动两平衡’的计划吧。”

当时我有点蒙，“先买一杆秤、再画一张图”？还开口怼过医生：“这是不是有点太夸张？太‘形式主义’了吧？”

但医生说：万事开头难。“头”一定要假以某种形式，比如减肥每天吃多少都要用“克”来计算，说你拿捏不好每顿的量，就把馒头、米饭放到秤上去称一称，然后对照着你的计划表，半两也别多、半两也别少，这样，科学的减肥才可以和“精准的剂量”相配合。

2017年4月，北京协和医院临床营养科率先在全国开设了第一个“医学营养减重”专病门诊，推出了符合我们中国人特点的“高蛋白减重法”“5+2轻断食减重法”，以及“限能量平衡膳食减重法”……

我买了一盏秤、画了一张图，根据“5+2轻断食减重法”每天称出自己的三餐。

开始假以这种形式，还感觉挺好玩、挺有新鲜感，但后来肯定就烦了，觉得幼稚、可笑，只不过我答应过医生，只好一路坚持，家人也帮助我称来称去，不厌其烦。到最后，全家人都已经基本“量”出了多少米大约能有多少卡路里，多少鱼、肉，大约拥有多大热量……慢慢地上道了——秤和图的使命还真发挥了作用。

看看我减肥初期所遵循的“5+2轻断食”的配方吧！

非断食的5天：

早餐：主食50克+一个鸡蛋+一杯牛奶（或者豆浆），250毫升。

11:30可以喝100毫升的水。

中午：主食75克（需要粗细搭配）+蛋白质食物100克（比如瘦肉50克加一个鸡蛋，或100克豆腐，50克的豆干）+各种蔬菜，合计250克。

下午4:30可以添加200克水果。

晚餐：同样是75克主食（粗粮搭配）+蛋白质食物50克+蔬菜，合计250克。

晚上睡觉之前可以再加200克脱脂酸奶。

轻断食的2天：

每天早餐：可以吃一个鸡蛋+低脂牛奶或酸奶100克+多种营养素1粒、鱼油胶囊1粒。

中午：只能吃少许的水果（150～200克）。

晚餐：可以吃25克主食+200克水煮蔬菜+250克蛋白质类食物。

晚上可以加蛋白粉和鱼油。

这细致到每一克的要求，哪个不是需要厨房秤？所以，形式很重要！

半年后我减肥基本成功，身体轻了30多斤，所有的衣裤都肥了，又花钱去买，但那也高兴，再体检：血压、血脂、斑块、脂肪肝，听话一样地都恢复了正常。此时，我真得感谢形式——按照医生和营养师的要求，只要一步一个脚印地坚持去做，最终总会重新塑身，换了一个人！

啊！科学减肥，剂量说话。

很多东西你不称不知道，一称一换算，比如汉堡包，不经过形式，你哪里会测算出热量是多少？一个香辣鸡腿堡，热量等于571大卡，减肥就千万不要碰！

吃一个汉堡，按我每天4千米的计划来走路，一小时也只能消耗掉255卡路里，基本上要走两天，才能消耗掉。

此外还有坚果呢：

大部分坚果与果仁，好的方面是没有胆固醇，富含维生素和矿物质，还有优质蛋白质、不饱和脂肪酸；但坏的方面，它们都是热量极高、脂肪极高。过去我是每天不离嘴，有时一天写作，一边敲键盘，一边会嗑出一塑料盒子的瓜子皮，哗啦一声倒进垃圾桶然后再一盒……但是后来，有了秤，懂得了对比的方法，我已经知道：坚果与果仁是把双刃剑——20粒花生米＝40粒瓜子，也就＝1勺油（10克）。

你每天吃五把，还用医生说什么吗？那是“轻松之间，你在喝油！”

给形式主义来一个迟来的赞吧！

老人要拥抱“形式”。

“左撇子”难道不光芒四射？

文艺复兴时期，英国哲人培根先生有这样的一句话——“知识就是力量”，燃烧着动感、鼓舞着世人，也包括中国的几代仁人志士，让他们读书、奋进，修齐平治；只不过这句话的后面还有半句——“但更重要的是运用知识的技能。”

“运用知识的技能”，此话老树新枝，今天依然能看出它的现实意义。

在今天，我国很多老年朋友都已知道要把学习、新知、新法运用到自己的“养老革命”当中，但理论与实践怎样结合？“知行合一”不仅需要人们懂得“不积跬步无以至千里”，也同时需要人们明确“实践”是最好的学习，是对学习最有效的验证。

我们普通老百姓，当然不会也没必要整天把科学的规制一条条地挂在嘴上，严格对应着我们每天吃多少、走了多少步、消耗了多少卡路里，这样的严于律己是指一段时间的集中减肥或集中健身。更多的时候，我们的养老是要靠自己的感觉，靠自己感觉怎么把日子能过得更绿色、更科学，具体到如何吃、如何动、如何读书、如何健心，依了效果，你自己总会总结出属于自己的养老方式、行为习惯。只不过说一千道一万，口号喊得再响，不如行动跟上！

2017年，我和我的同事WY一起去东北做了一期“巡回法庭如何翻转孙氏三兄弟杀人案”的《新闻调查》，WY这位中年男人，才40多岁，按职责划分，我照例是这期节目的出镜记者，负责采访；他是编导，负责策划、前期的联系和后期的制作，都不容易，心里都“压力山大”。

可是我的这位编导，每次坐在我采访旁边的椅子上，都是稳稳当当，不急不火；饭桌前，更是慢慢悠悠地吃，天塌下来有地扛着；案子最后是对是错，节目最终能不能播出，都由法官和咱的领导说了算。

我说：“嘿，WY，你怎么吃得这么慢啊？想问题呢？法官、罪犯能不能开口，那归我管，素材拿到手，回到了北京编辑，才该你着急！”

他说：“没有，不急，我什么都没想，慢就是因为我用左手吃饭，您没见我这会儿，正用左手在使筷子吗？”

“哦，左撇子？”

我第一反应——他是一个“左撇子”。

但是想一想，认识他很久了，他是吗？不是啊。

编导这下就隆重地跟我解释：“我的确不是什么天生的左撇子。我只是从现在开始——正强迫自己用左手。”

用左手，还强迫，“为什么呀？”我疑惑。

WY听了我的话，嘿嘿地只管笑，跟着抖抖地夹起一块东北老豆腐，一边非常自信、非常小心地往嘴里送，一边慢慢地向我说：“您看我们平常不是老不用左手嘛，这样不好。我现在活动活动，省得老了以后痴呆。”

哦，“现在活动活动，省得老了以后痴呆”，我突然醒悟——这不也是一种行动？一种养生？自主的选择？

我提出“养老革命”，目的可不是要倡导老人一个一个都惊天动地，扯了大旗、拉上人马去上山拼命。革命更多的时候就是可以和风细雨，简单易行，并且一定要从自身的需求出发，从可行性的原则出发，这样慢慢地搞起来，革命才能持久、见效、温婉可人。

WY一边慢条斯理地跟我说着用左手吃饭怎么可以健脑，吃得慢就吃得少，一边还告诉我：慢与少是有辩证关系的。

哦，科学依据来了？

对。

我们的大脑，在进食的时候，其实只要超过了20分钟，大脑就会向身体发出信号："够了，够了，我已经不饿了。"这样"吃得慢，就跑得快"，是有科学道理的，也有生理学的依据……

哦。

我减肥以后曾听说有一种减肥法叫"慢嚼减肥法"，是要求每人每天，每一口饭送到嘴里，都要咀嚼30次，这样慢慢地"嚼"，一旦养成了习惯，你的饭量就会渐渐减下来，胡吃海塞就会彻底翻篇儿。

WY的"左撇子"理论真的是让我耳目一新，紧跟着，几乎是在同时，同一张饭桌上，他还给我透露了另一个保健的小秘密——"腿脚上的秘密"。

什么？

"竞走，对，就是竞走。竞走是我的另一个健身秘密。"

我意外："竞走？怎么走？那不是专业体育运动员的一项比赛项目吗？你为什么要这样做？"

WY说这个问题他过去也没有想过，只是后来健身时经常受到场地的限制，加上刮风下雨、酷暑炎热、天寒地冻的，就懒得外出。

那么比较慢走、快走、扭着屁股竞走，究竟哪样更好？

有一天WY自己也开始探讨，"其实我们大家都知道，老年人锻炼，跑步不是最好的，要慢慢地走，或小步地快走，最多微微出点汗。"

竞走需要脚后跟先着地，然后上身必须摆动，屁股和胳膊还要配合着一块扭摆，岂不是更需要技巧，难度更大？我也加入了进来。

但是WY说："不过竞走最大的好处就在于这种运动不需要太长的

绿道，房前屋后，走廊楼道，实在不行了就在自己的屋里，也可以不停地扭上一阵子。”

哦，原来好处还有便捷，效果又可达上乘。何乐不为?

对!

左手用筷子，外加扭屁股竞走，WY的做法不仅给了我一些健身养生的新知识、新实践，更重要的是奉献出了一个启示，那就是我前文一直在强调的：“革命”要趁早，养老要“前置”。

老年人的各种保健方式，其实最好的就是在中年就给自己找到适合于自己的一些方法，然后养成习惯，一以贯之，坚持到底。

我们人到60岁，其实每个人都加入了一场生命的马拉松，这比赛没有千米的长度，比的是时间，身后的至少40年。别小看了每一天的坚持，一两天没有不同，但10年见分晓；20年就会甩下很多同跑者；30年、40年……谁一路没有停步，谁最终站到百岁的领奖台上观众都会说：“瞧人家——可不是白给的!”

“WY，你真棒!”

“我……”得到我的夸奖，WY更兴奋，更有成就感，而且“英雄所见略同”：“是啊，我们总不能到了80岁才开始每日狂奔1万步、俯卧撑一做就是100个，钢琴、书法、吟诗、画画，更别提爬山、跳舞，……那时候才去报名，您说，黄花菜都凉了，谁还要你啊?”

我附和：“对对对!养老要趁早，习惯要早早地培养起来!”

就这样，我和WY的东北之行，节目做成了，最高人民法院因为我们图解了巡回法庭对我们国家司法改革的意义，对CCTV很感激。我呢，也发现了一片新大陆——“养老革命”，可以很草根、很烟火，而每一个人的行动从哪里开始，都不尽相同，都可以不尽相同。你竟走，我就做操；你唱歌，我就朗诵。这些都没有关系，做什么都行！

与君一席话，胜读十年书！

我向WY学习——开始行动。

当即在东北，我便开始用左手使筷子。

此外，采访的间隙，我一个人在沈阳的巡回法庭里、走廊上，到处竞走，偶尔会引得身旁路过的法官或律师诧异地瞥上我一眼，然后抿嘴儿偷偷地笑，我也不管。二三十米的走廊，我像鸭子一样一扭一扭、一摆一摆，不一会儿就微微冒汗，走上10分钟，还真的像过去我在我们小区的院子里整整地走下来一圈。

嘿，这法子好，这法子简直可以得“金点子”奖！

从东北回来以后的日子，特别是今天我已经开始坐下来写这本书，我还在想，一直都在想：如果，如果我们每个人都有自己的、属于自己的金点子，那我们的“养老革命”，不是就有了星火燎原的可能？就能事半功倍，一花引得万花香？

就想加入“老顽童”骑行队！

人作为一种动物，像天下其他物种一样，都有惰性。

节食减肥不容易，运动健身也不容易。

很多人不管你怎么说，都觉得“身体这不都还好好的”？健身、运动？还不着急，不急。

可是有一天，你突然意外地生了病，或急症、绝症，或中风、偏瘫，或口眼歪斜、手脚麻木，这会儿，你才如临大敌，惶恐失措，才想到要改变——我得改变啦！

我这样说，当然是有“故事”——

2019年夏天，我走进北京海淀医院心脏康复中心，这个中心，像很多医院里的一个门诊一样，只不过它的建立是专门为心脑血管病人（或潜在的病人）的，用院长张福春的话来说：“我们就是不能让已经装了心脏支架的人回到家里只有等死——小心对付着，不知道哪一天自己又要迎接第2次、第3次心梗。因此医院要提前干预，预防为主，积极应对。”

见到康复中心的主任，一位娇小精干的女大夫楚新梅（怎么都是女的？我也奇怪），她告诉我：“人的心脏，只有拳头那么大，但却执掌着我们的生死。病人通过锻炼，当然是在我们医生的监护和指导下，能不能重回健康？具体说就是能不能使我们很多中老年的朋友，都已经出现了的高血糖、高血脂、高血压、高尿酸，再重新回到身体的正常状态？”

我猜：“能？您既然这样说，是不是就代表着能……”

楚主任很坚定地点点头，说：“是能够！只要你听我们医生的话，依从性高，别认为一次心梗了就只有等着第二次再抢救，你的康复，就没有一个是没有收获的。”

楚主任的坚定打破了我过去很多认为血脂、血糖是不可逆的，一次服药就得终生服药的旧认识。

接下来我们的采访，我是随机说服了几位正在康复中心进行康复的患者，让他们“现身说法”，这些人中有中年人，也有老年人；有男人，也有女人；有心里装了一个支架的，也有人突发心梗时就随着抢救一下子装进去了两个、三个的……大家的康复计划都被医生特别地制定，属于“个性化菜单”，按照“菜单”，每个人一周三次，强迫训练。

时间过去了三个月、五个月，每一位坚持下来了的康复者，心脑血管的指标都有不同程度的好转。

H姐，我先说一个例外的康复者，为什么说她是“例外”？因为她是在海淀医院心脏康复中心接受康复的人中，很少一些没有装支架的，她没有进过抢救室，ICU、CCU，但是她看到过自己的哥哥，肥胖——糖尿病——锯脚趾——死亡，吓得必须改变，未雨绸缪。

因为姓黄，年龄又比我们大，我们摄制组的编导、摄录师，其中也包括我，大家就都管她叫H姐。

H姐没退休前是北京手表厂的一位行政管理人员，有能力、热心肠。她的情况是自己过去一直较胖，血压、血脂、血糖三高当中只有一个血糖还不高。但是，随着年龄的增长，这些慢性病都开始给她带来了不好的症状，先是走不了路，上个二楼三楼的，就呼哧带喘，然后头疼，头涨，有几次还在退休返聘的时候，工作着，突然间就晕倒了。

自己的身体在一天天变差，这已经是生命在跟自己发出了“报警”，但更可怕的，H姐跟我说：“从5年前开始，我的哥哥就是因为糖尿病，才60岁，人就已经不能行走，生活困难，身边如果没有人，他自己就什么都干不了。”

H姐两兄妹的上头还有年迈的父亲、母亲。

哥哥自顾不暇，H姐就得一个人照顾仨！

“你说我先雇谁呢？有时我自己都头昏脑涨，三个家还分散在三处，北京这么大，交通花费的时间又那么长……”

哥哥后来不行了，先是眼睛看不见，后来两条腿都不能站立，这样的人怎么能伺候爹妈？后期我哥哥的糖尿病并发症一样没少地找上门来，尤其是最后做手术，医生说要用电锯先锯掉我哥已经发黑了的大脚趾，麻醉师正在琢磨着怎么给他打麻药、什么剂量呢，我哥说：

“不用了，其实你们再怎么锯我的脚，我都已经不知道疼……”

想想多可怜？

H姐一边说，一边泪水涟涟，同时还使劲地摇头：“我之所以要到海淀医院来康复，就是害怕有一天，我的血糖也发作，家族遗传啊，是早晚的事。那我可怎么办？哥哥后来还是去世了，但我们的老爸老妈尚在呢，他们都已经是‘白发人送掉了一位黑发人’，难不成剩下的我，他们唯一的女儿，也要……”

所以，为了不让自己的身体有一天会坏到那种程度，为了自救，H姐就开始跟着楚主任康复，一个疗程一个疗程地进行锻炼。她的体重先是减下来了 20斤，同时血压、血脂都已经开始往下降，到了这一步，H姐说她才算看到了曙光，知道有救了，因此一路坚持了下来。

不过她人瘦下来以后，身体轻松了，但还不满足，她心里还有一个更大的目标，就是有一天自己能够加入一支队伍，一支叫“老顽童”的自行车骑行队——这是H姐的梦想。

“老顽童”骑行队？

跟着H姐的故事，我们摄制组也希望能够采访到这些老人，我很好奇领队的人究竟是谁？为什么这支老年的队伍那样传奇，那么有吸引力？

于是，H姐姐继续告诉我：“老顽童”骑行队的队长，就是过去我们单位的同事，姓刘，退休时身体也是三天出事、两天“报警”，最后因为血压高、血脂高，自己的半个身子从手到脚都出现了麻木。看了很多医院、吃了很多药，死不了也活不好的，基本上没有什么根本的改善。于是这位大哥便开始想到要“自救”，他选择了一种形式，就是骑行，开始捡起小时候送给女儿的一辆小自行车，闲置在家，很多年都没人动了，他就把车拾掇起来，擦了擦，做好了加固，开始骑行。

最开始很随意、很业余，但以后慢慢坚持着，刘大哥竟然越骑越好，越骑越远，后来完全变成了专业户。

他家本在昌平，北京北部的一个县（后改为区）。这些年，北京市把昌平区的很多山路都修建得非常现代、非常漂亮，于是刘大哥便鸟枪换炮，换了一辆专业的车，还拉上了自己的老伴儿，开始靠这个健身。而且此一骑还不得了，开始一天10千米，20千米，50千米，后来每天都要骑行上150～200千米。他的行动逐渐感召了更多人，先是自己的同事，后来骑在路上，有人看见他的雄姿，经常喝彩："嘿，看这小伙子，骑得真棒！"，刘大哥有时就会把车停下，摘了骑行帽，露出满头的白发，路人这才听到："看看，咱哪里还是小伙子？我都70多啦！"这样，路人也受到了感染，有的半开玩笑地说"您老人家，那还收不收徒弟？"大哥总是来者不拒："欢迎欢迎，当然欢迎！只要您的身体能够承受，能够几十千米的每天骑得下来……"

"老顽童"骑行队就是这样从一个人到两个、从十个到几十个，名字也由于吸纳了很多老年的朋友而得名。

后来的这支队伍，不仅在中国大陆的南方、北方，高原、草原，很多省，很多地方地到处跑、到处骑。有一天，刘大哥还带着老伴儿，把自行车空运到了台湾，然后他们俩也同时坐飞机飞到台北，再取上自己的坐骑，一路环岛，开始环岛游。特别是当他们从台北南下，到花莲的山间公路上，我看到这老两口留下来的几张骑行的照片，那沿途风光极尽秀美，尽管坡度频繁，山路弯弯，对于骑行是有着很大的挑战，但刘大哥和老伴儿，就靠着一部单车，一路饱览了祖国宝岛的美景——中央山脉如何横着切入了太平洋？东南大断崖如何慢慢地向日月天地骄傲地袒露？他们翻过峭壁、穿过石崖，把台湾的很多名胜山川都一一玩了个遍。

H大姐梦想的就是有一天能够把身体练好，也要加入“老顽童”的骑行队，只不过，“到现在，他还没有收我。我介绍你们去当面采访采访刘大哥吧？这样你也就能当面地帮我问问，求求情。”H姐曾经先求我。

我说：“好，如果能采访得到。”

很快，机会来了。

这一天我在北京海淀医院南门的一处街心花园，还真见到了刘大哥。

为了接受我的采访，刘大哥那天是一路骑行，货真价实，从昌平自己的家，到北京市市区的海淀医院，中间几十千米。远远地看上去，刘大哥身着彩色骑行服，头戴彩色骑行帽，船形的，本人身材很好——健硕，流畅，真的是显得非常年轻。

“为什么听说您一路骑行，沿途都收了不少弟子，可H大姐想加入，您就一直没点头？”采访完毕，我为H姐开始说情。

刘大哥听到这儿，哈哈哈地笑，说：“是啊，我现在还没收她，那不是因为别的，就是因为她的身体，还不够硬朗。”

哦。这和我猜的一样。

“那有一天，她真的练好了，达到了您认为可以骑行的标准了，她这个徒弟，您会不会收？”

L大哥：“那你就不用担心了，只要她把身体锻炼得棒棒的，不仅心脏血管没有了问题，而且还要让自己的肌肉也尽快地增长起来。到了那个时候，我不仅一定会收她，还会送她一辆自行车，你看：专业的，就像我这辆，漂亮吧——绝对的是最好的、最好的，哈哈哈……”

侍弄好自己的“自留地”……

Lily，这里我是经过她的同意，可以用她的英文名字，是我在CCTV的一位老同事。

20世纪90年代初，我俩曾经在经济部一起做过“小轿车进家庭”，一起出国到韩国进行过采访。之后，她在二套做《环球经济》的主持人，我调任一套《新闻调查》；再以后，我们又几乎是同一时间被台里外派，她驻泰国，我驻中国香港，都是驻外记者、首席出镜。可以这样说，作为同龄人，我和Lily，我们的人生有着很多共同经历、共同语言和对世界共同的看法。只不过比起科班，她是1997年中国传媒大学（哦，那时候还叫北京广播学院呢）“文革”结束后播音主持的第一批本科生，有一副非常好听的专业嗓子——天生就是搞播音的料，一张嘴，尤其是面对话筒，她的声音就如同在你枕边徐徐道来，轻缓舒适、暖风微醺……

2014年我从香港调回北京总部，Lily也已经回来了，面对过不了几年也该退休的现实，Lily没有放松自己，放松到熬着等退休金，然后在家里就可以横躺竖卧地想怎么自由就怎么自由。她想干什么，最终又做了什么？

先是利用自己的专业，赶上了多媒体、自媒体、融媒体的好时代，申请到南方荔枝广播电台，建立起了一个属于自己的FM 154721的频道，然后开始每天向听友们进行广播。这个自主电台的名字叫《人生三万天》，很特别，也很能吸引人们去倾听、思考、共鸣。

到2019年9月24日，我正式采访她，并说想写写她的故事。此时，她的《人生三万天》已经连续播出了968期，听友之众，竟然达到了

600万。

600万！一个私人的广播电台？听着好奇葩、好不真实。

但，这就是今天的时代：生活诞生着各种可能。

我问她："你从什么时候开始想到要靠一己之力来建一个广播电台，而且叫《人生三万天》？"

Lily哈哈大笑，她是那种外表通达，大大咧咧，但内心却又非常细腻、非常有张力的女人。笑过之后她对我说："要说我为什么干起这件事，为什么起了这么样一个名字？我的理由可太多了，但又不是单一的哪一件事就有了这样的冲动。"

"哦，那你最早的冲动是什么？"我耐着心。

她低头想了想，尽管是老朋友，Lily回答起来也还是透着认真，说："我的播音节目是从2014年的6月6日开始的，先说为什么叫《人生三万天》？其实一说你就明白——人的一生，就算能活到100岁，一年365天，100年也就是3万来天。而今天中国的老年人，到了快退休的时候，2/3的日子就已经过去了，剩下的'明天'还有多少？怎么能够善待自己、快乐余生，过好自己身后越来越少的每一个日出和日落，这就考验起我们的智慧和设计。"

啊，养老前置？

我跟Lily在这一点上也想到了一起，不谋而合？

"于是你就设计要开一个广播？"我急着插话。

"对，"Lily说，"利用自己的优势。咱不是学播音主持的嘛？此外，如果你还想知道我有什么原因干嘛非要在干了一辈子的播音、主持之后，还要自己再开一家电台？我还有心里的一个梗儿，这就是，我外公的家在河北的张家口，他老人家是一个地主，家里有很多土地。但有一天，我外公突然自问，说：'唉，我要那么多地干什么呀？我就真的喜欢在一个地方做一个小小的地主？'于是，他把土地统统放弃了，来到了北京，在一所中学里一边做着体育老师，一边开始了他热爱的传教士的工作……”

哦，Lily办起个人广播电台，原来还承担着要完成外公未竟事业的一种抱负。

尽管，她的外公自己很有格局，也有与众不同的视野，但人只活到了50岁，在癌症连同他的身体和思想一并无情地吞噬掉之前，他还有很多想做而没有来得及做完的事。这就鞭策着Lily，想要做什么一定要抓紧做，她的小电台，用她自己的话来形容，就是后半生给自己开出来的一片自留地。

自留地！

这个说法真好。对老年朋友不仅是雪中送炭，而且是一个崭新的榜样。

本来嘛，人活着越是到老，就越需要精神的滋养。

办私人电台，Lily被自己逼得必须去每天学习，每天搜索。通过互联网、书报杂志，张望这个世界，了解身边又出现了什么新鲜事、新风景？看看他人怎么度过有价值的人生？如何学会放弃和创造……

她读的文章是播出量的很多倍。

我说：“你这样虽然很充实，但是会很辛苦。”

Lily说：“做自己喜欢的事，便不觉得辛苦。”而且她做广播就是希望通过自己的阅读、挑拣，能让老年朋友们省省眼——“解放一下听友的眼睛，同时又丰富了人们的耳朵，何乐而不为？苦还值得去抱怨？”

人老了要提前为自己选一块自留地？

这倒是个妙招。

跟Lily聊完了，我不止一次地品味着她的这个说法，不，想法，真是太逼真也太牛X啦！

到2019年年底，《人生三万天》开播5周年，将近1000期，Lily说为什么她一期都没有落过地要坚持广播？除了兴趣，还有什么力量让她一路坚持，欲罢不能？

对，这是一个问题，我也想或许还有其他……

Lily告诉我：最开始的时候，她就是想做点自己喜欢的事，“但后来，很多听友在听了我的故事后从中得到了启迪和帮助，有人就反馈，说‘这是一个让人听了之后就无法不再听下去的节目’，收听《人生三万天》成了很多人的一种生活习惯，无论早起洗漱、做早餐、还是上班在路上、开车或坐公交车，甚至一些家庭主妇在做家务、男人们累了一天晚上即将睡觉躺到了床上……有一天我播出了这样的一个内容，讲的是为何一些年轻人，他们考上了大学，后来却选择了自杀。节目播出后，我收到了一位年轻听友的留言，这位听友很坦诚，说‘他就是一位这样的危险的人物，心里老是想着要去死、怎么去死。但听了我的节目，他再出入清华园，想法似乎变了，能更多地体会他的父母，养育、艰辛、感恩……’——你看，就是类似这样的鞭策，支持着我，让我不能把节目轻易地停掉……”

一个人做事，哪怕再小的善事，只要和身边的世界发生了关联，能够给他人带来好处，就会获得巨大的力量。因此老是有人问我，你说老年朋友要让生活过得有利、有益、有价值，这指的是什么？怎么做？听了Lily的故事，她的一亩三分地儿本来和别人无关，只是安排给自己的晚年玩的，但是玩着玩着，《人生三万天》就在互联网的世界、在信息爆炸的汪洋大海中成了一道自己的风景，有了一项小善联通大善的特殊功能——这样回答，问者满意了吗？

有的时候，我知道Lily经常出国或带着年迈的母亲出去走走，尽尽孝心。

那到了不在北京家里的时候，“你怎么录音？”

我好奇Lily在播报《人生三万天》的时候……很多细节……玩嘛，老人也得懂技巧。

Lily说："哦，技术方面啊？'荔枝'广播电台和流行于北方的'喜马拉雅'，都是可以给喜欢做自媒体的人提供一种非常方便的操作软件的，就是不需要像传统的播音工作一样，非要去广播电台，或电视台，或什么固定的演播室进行播音。想做的人只要手里有一部智能手机，就可以拥有自己到处都能移动的演播室、录音棚。有的时候，我带着老妈出去玩，玩了一天妈妈累了，早早地就在宾馆的床上睡下了，我怕吵着她，就一个人躲到酒店的卫生间里，说出来还真不怕你笑话，关上门，一个人坐在宾馆的马桶盖上——开始播音。"

一部手机、一个静谧的空间，甚至就坐在马桶盖上……哈哈，时代真好，好的一个重要标志就是你想做什么都可以得逞——很方便、做得到！

Lily喜欢在夜晚工作。

她说："那时候四野静谧，不管在中国的任何地方，也不管在世界的任何地方，夜晚都是最静的，都能让我轻轻地、悄悄地，跟听众说说我心里想说的话儿……"

一段柔美的音乐，似天边的白云，渐行渐近，又渐强渐弱。

Lily绵厚而略带沙哑的声音又在耳畔响起：

"很喜欢有位朋友说的这段话：'日落西山你不陪，东山再起你是谁？同甘共苦你不在，荣华富贵你不配！'……真正的强者，是夜深人静了，你把心掏出来缝缝，完事了自己再把心塞回去，睡上一觉，醒来，又信心百倍……"

第九章 原来应该『快乐至上』？

有人说，人老了得“贪玩”，
这和传统的中国老人可不沾边，
但是现在我要举双手表示赞同：
“玩”并非孩子的专利，也不是和老年人无缘！
每一位老人都渴望“金色百年”，
那“快乐”便不再是船，而是你手里的双桨……

健康、快乐谁做“老大”？

如果有人问：老人安度晚年的第一追求是什么？

5个、10个、100个，我可以断言几乎所有的现代人都会回答：健康快乐每一天！

这就完成了一份问卷，答案是“健康至上”“快乐至上”。

但是，健康快乐这句话，到了2019年，拜年，家兄突然有一天对我和先生说：“唉，你们觉不觉得不对？过去我们把这个观念完完全全地都给搞反了！”

什么？什么被搞反了？

家兄：“过去，我们拜年，每个人都是健康快乐、健康快乐的，这说法还包括在平时的聚会、祝酒、祈祷、嘱托，仿佛有健康就有快乐。这对吗？你们不觉得这句‘永恒的祝福’逻辑关系不对？顺序不对？这里面有一个悖论：没有快乐，哪来健康？健康快乐？快乐健康？快乐才是老大！”

哦？我俩一时语塞，千百年的老话儿、古董级的概念，今天，还可以质疑？

不过仔细一想，还真有些道理。

尤其在我们当下的生活，中国老百姓的日子的确是越过越好，丰衣足食，不愁用度了，但是精神上的不悦，仿佛越来越多，心理的问题堆积成山，逼得你不得不承认——快乐有的时候已经变得非常奢侈。

“忧则伤身，乐则长寿”——中国早有先贤就这样指出过。

忧愁、焦虑、悲伤、愤怒、忌妒、仇恨等，都是负面的情绪。

没有人内心处在这样的情绪里，身体还会舒服，心情还会欢畅。

因此，心理学甚至把喜欢常常生闷气的人的性格归结为“癌症性格”，这样的人相比于普通人患癌的概率要高出3倍。

美国有位教授威斯利，被誉为揭开了上帝终极底牌的科学家。

他坚信：“人的心脏功能绝不仅仅是只会输送血液的生物机器。”

果然，2005年3月，他和他的同事把从人心脏分泌物中提取出来的四种荷尔蒙注入到了实验室培养的人体胰腺癌细胞中，结果发现：癌细胞的增长速度明显地减慢。跟着，他们又将这四种荷尔蒙分别作用于胰腺癌细胞，结果显示：单独使用效果更好。

连续的试验使威斯利团队得出如下结论：

心脏分泌的荷尔蒙能够直接杀死癌细胞并抑制癌细胞DNA的合成及生长。

威斯利挑选了100个志愿者，分别对他们处于各种情绪状态下的心脏荷尔蒙分泌情况进行了跟踪采集，想看看“能够杀死癌细胞”的荷尔蒙在什么情况下比较容易在心脏里得到分泌。接下来的试验支持：人的情绪越高，心情越愉悦，心脏分泌出来的荷尔蒙就越充沛，反之，人处在痛苦、担忧、抑郁等消极的状态中，心脏就几乎完全停止了分泌这种激素物质。

啊？

快乐还能让心脏产生抑制癌细胞的荷尔蒙？

不快乐就不分泌？

尽管结论，我相信绝非如此直接、如此地不附加任何的条件，但不止一位医生、一位专家曾隆重地提到情绪，肯定情绪的左右力量，这在我的采访和阅读当中俯拾皆是。

十几年前，日本医生新谷弘实的《神奇的酶——决定你的健康与寿命》就已经从医学的角度帮助我们认识了爱的力量，指出了“爱”是精神的，也是物质的，它能够帮助我们增强身体的免疫力，这一点曾经给我的“养老革命”以极大的支持。

除了新谷弘实，除了威斯利团队，2019年初冬，我从微信公众号“每天听本书”里，又“看”到另外的一份最新医学论述——《端粒效应》。

这本书光看书名就知道很学术，很不容易理解，但是我匆忙买到手后，仔细阅读，再次发现：哇噻！我又得到了一种强力的声援，可以再一次地用科学来说话！

《端粒效应》是由美国诺贝尔生理或医学奖获得者加州大学教授伊丽莎白·布莱克本和她的同事艾丽萨·埃佩尔二人共同撰写。写书并不是什么大事，但关键是：这两位教授的研究，发现了一种决定我们健康、衰老和长寿的东西——端粒（前文我提到，但没有详解，此处要开始了）。

端粒？

怎么解释端粒呢？

它跟我们的身体、健康、快乐有什么关系？

有关系，首先是有关系。

以往，医学研究的成果已经告诉我们：人体的每一个体细胞都有23对染色体。细胞是通过分裂、更新来保障我们的身体健康的。不分裂、无力再更新，我们就会衰老，生命也会慢慢地完结。端粒在我们身体的细胞分裂中，担负着对DNA序列保护的重担。从这个意义上说：端粒越多、越强，我们的细胞就会不断地分裂、不断地更新，生命的“寿命”也就会越来越长，甚至长生不死？答案是Yes！

那么，端粒究竟是什么？为什么端粒的长短会决定人类的寿命？

两位作者在书中很形象地形容：如果我们把染色体想象成为一根鞋带，那么“端粒”就是鞋带两端的塑料把头儿，起着保护鞋带的作用。细胞每分裂一次，端粒就会缩短一点，这是一个生理上的现实。

不过，有没有让端粒不缩短，或者说可以增长的机制？

两位教授：“有，就是一种酶——端粒酶。”

（酶，又是酶！教授们也提到了“酶”。）

两位教授在书中继续介绍说：医学的研究也支撑，只要有充足的端粒酶，我们的细胞就能够一直健康地分裂下去，换句话说，如果这世上有人发明了可以让端粒酶永远增强的药，人类的衰老便不是不可以逆转！幸运（或者说不幸）的是：这种药，目前医学已经发明了出来，只不过凡事有利就有弊。人的身体里端粒酶过多，一些原本不该继续分裂的细胞也会继续地分裂，包括一些“坏细胞”“癌细胞”，这样，也很容易引癌上身。

因此，端粒酶不足，人会变老；端粒酶过多，人又会得癌。

这不是相互矛盾？让人进退维谷了吗？

是的，可别灰心，下面，最最重要的信息两位教授就要在这里公布了：

我们身体，其实单靠自然的力量也可以再生出很多的端粒，这样至少会使“鞋带”缩短的速度变慢。这种自源性的改变，或者说“自然的力量”是什么？就是控制情绪。

控制情绪也可以促进端粒酶的增长？

不用吃药，不用其他的生命干预？

教授们说：“对。”

情绪影响人类身体健康有时不是压力有多大，而是人因为这些压力而产生的情绪是怎样的。比如“负面情绪”居多，那就比较麻烦；而正面的情绪居多，端粒便会增加，身体就比较年轻与健康。

啊，书读至此，我发觉《端粒效应》和《不生病的活法》几乎殊途同归。

只不过《端粒效应》更加明确地让我懂得了产生于我们心里的负面情绪都包括什么。具体包括三个方面：“敌意”“悲观”“胡思乱想”。

这界定让我想起中国老祖宗的“笑一笑十年少，愁一愁白了头”。

也让我想到快乐是长寿的重要因素，健康是被快乐所牵引——家兄的发现还真是准确、及时，也是对真理的一个及时的呼应。

可是，快乐从哪里来呢？有那么容易？

人生一世，不如意者十之八九。

我敢说，快乐绝不是天上掉下来的馅饼，谁幸运就会砸到谁，谁想要都可以得到，或者谁有钱就可以买到。

那么，什么样的人容易在生活中找到“快乐”？

有人说：“天生的！”

很多人天生就是快乐的，而很多人天生就是苦闷的，后一种居多——不爱笑，就爱哭。

但要我说哪里？

快乐根本就不会从娘胎里带出来。正像端粒来自好情绪，爱可以产生出免疫力——人类的快乐也要靠我们人来自我创造，这一点就如同健康，是需要我们长长久久——付出科学的管理。

每天买菜、做饭，我们进行营养搭配，健康的饮食就出自厨子之手，但谁是天生的好厨师？都是后天学的。你不学，就永远不会。

风往哪边刮我们控制不了，但我们可以随时调整行船的方向。

不要去做任何逆风千里的妄想，这也就如同我们要控制自己尽量不要去产生太多的负面情绪，尽管做到这一点很不容易，人生会遇到各种各样的艰难、坎坷，屈辱、失意，让你一边被皮鞭抽得皮开肉绽，一边还要仰天长啸连连大喊：“让暴风雨来得更猛烈一些吧”！老子就要好好地跟你们玩个痛快！哪怕不是人人都能做得到。

有科学家提出了让悲伤者学会快乐的一些具体办法，这些办法听起来很幼稚、很好笑，但如果经常做，习惯成自然，对培养快乐便是金科玉律。什么呢？

第一，每天早上起来对着镜子微笑，这动作傻不傻？傻。但没事你试试，本来正生着气，一看到镜子里自己的笑脸，还是要好看过一张哭丧的脸，你没准儿就会向微笑靠拢一点点，久而久之，笑就自然了。

第二，遇到实在过不去的坎儿，内心难过、愤恨，甚至痛不欲生，你就找支笔、找张纸，把自己受伤的全过程都写下来，分析一下大致的原因，然后捋一捋：有多少是外界给自己的压力，有多少属于自己抗压能力缺乏和智慧不足？或许你就可能放得下，不再用别人的错误来惩罚自己。

第三，让自己忙起来，找一些事情来做，哪怕收拾收拾屋子，清理一下过期的药品，把大衣柜里不想穿、穿不着了的衣服一件件打包送人，要不就一脚踹开门，走出去，或摔个盘子、摔个碗，再不行，抓把沙子在自己的手心里搓来搓去……总之一做事，有科学统计：80%的情绪都会得到缓解和转移。

平头老百姓哪有多少开心的事天天让你咧着大嘴笑啊笑？

苦中作乐，便是智者，化苦脸为笑脸，便是自救。

一位80多岁的老妇人，好不容易盼到女儿退休了答应带她到世界各地去转一转，走一走。老太太的第一个目标——朝鲜——去看看当年抗美援朝我打过仗的地方。但计划和行程都已经做好了，到医院体检，想开点药带上，不想竟查出了胃癌。怎么办？医生让老人立刻住院，马上接受手术和放、化疗。但老妇人和女儿商量了一下：“癌症，这已经是我们这个家里的‘老友’了（一家四口，老太太本人、丈夫、女婿，后来还有女儿，都是癌症患者——直肠癌、肺癌、胃癌、膀胱癌、喉癌），赶也赶不走，那就别太当回事了吧。”

两位夫人，一个是“老老人”，另一个是“小老人”，两个人都难得一致地认为：“先不做手术，如果一定要做，那也要等着我们从朝鲜回来。”

医生非常惊讶。

医生看到这样的病人，不是说“先做手术”和“先去朝鲜”哪个决定更正确，而是两个女人，她们对疾病、对生死的淡定、理性与胆识。

于是医生给她们带上了急救的药，嘱咐二人“不可以让老太太太累了，可要多多地注意休息。”

朝鲜之行已经算很个色，而接下来的故事又开出了一长串的“奇葩”。

老太太先是从朝鲜回来了以后，处理好了胃癌，又开始了她的全球旅行——日本、欧洲、美国，后来听人介绍“如果你这辈子没有坐过邮轮，那不就太遗憾了”，于是女儿又开始带着老妈妈跟游轮结缘。2012年国庆，母女二人在游轮上“感觉像过了8天神仙般的日子”，老太太们到处看、到处玩，看不够、玩不过来——游泳池、冲浪，蓝天、白云，篮球场、排球场，此外船上还有攀岩的地方，有小卖部、小教堂……游轮上2000多个服务员，分别来自世界39个国家，客房服务生每天都会给二老带来惊喜——把毛巾叠成不同样子的小动物，今天兔子，明天大象，放在床上——老母亲欢喜地说：“哦，哦，我‘革命’了一辈子，不坐游轮还真不知道——人还能如此这般的享受生活？这比我躺在医院里与癌症苦斗要好得多！”

前后14年，20个国家和地区，旅行让母女俩开阔了眼界，对生活、生命、世界、人类、文化，都有了新的思考：“欧洲中产阶级，人家都是旧房子、旧家具，不像我们中国人一有了钱就买房、装修。而南非，贫民窟里的黑人住的更是铁皮房，连中国最差的农村都不如，可那里的人都很知足，没有人在没钱的时候拼命地挣钱，有了钱以后又引来不尽的烦恼……”

在十几年的快乐生活里，老妇人“与癌共舞”；小妇人后来也查出了癌症，但有母亲的榜样在侧，她必须放下悲观，而奇迹出现了——2014年，到了女儿也该到医院去复查她的身体，她估算：这下癌症也该向自己发起猛攻了，但取出化验结果却惊爆冷门：“癌细胞已经缩小，甚至正在接近消失……”

哇！

医学证明，人与癌共存，井水不犯河水，是可以的。

“快乐的情绪”不鼓励癌细胞的生长，这一点人类有太多正、反两面的例子都可以拿来做证：

有些人一查出癌症便被吓死，医生说这样的人有1/3。

而有些人，爱谁谁，知道了患癌才要出去玩，干自己的事！癌症反倒慢慢地远离。

我又想起家兄的新发现和新坚持：人只有先造出快乐，然后才会“拥有健康”。

智慧的人天塌下来也不愿意舍弃快乐，而愚蠢的人就是守着金山、银山也会找到让自己发愁的理由，不是吗？

支持快乐做“老大”，支持先有快乐、再有健康——这个逻辑！

要长寿，得“贪玩”！

曾经看到网络上有这样的一条帖子：“人到老，得贪玩！”

“贪玩”这个词用得好，用得机巧，让人感觉暗夜里突然就有人挑起了一盏大灯笼，左摇右晃地照亮着那些迷惘蹉跎的路。

发这条帖子的人还举了很多老年人的实例，都是一些可爱的“老顽童”，比如季羡林、于光远、黄永玉、方成等很多人……比如黄永玉，大画家了，90多岁，还整天叼着一个大烟斗，穿着一身大红大绿的外衣裤，做出各种各样只有小孩子才会摆出来的Pose，哈哈——淘气！我看着这些照片，觉得很先锋、很有说服力，更透着一个老年人对生命特别的理解。

改革开放后几十年，中国走进了崭新的时代。

但是身为“50后”，我也经常听到一些同龄人诉苦，说：“我们这一代人，是最悲催的了。小时候正长身体，赶上三年自然灾害，整个国家都吃不饱、凭票制，经济严重匮乏；到长大，应该接受正常教育了，‘文化大革命’又来了，高中生不是上山下乡接受贫下中农的再教育，就是有极少数的幸运者能够进工厂，成了伟大的工人阶级；而改革开放后，国家以经济建设为中心，高考恢复了，好单位、好企业又开始招人了，可我们大多都荒废了学业，身无一技，拖家带口，青春像过山车一样地已经跌进低谷，再干什么都没你的份了，心里真是不服——这么就成了社会最边缘的一群。”

要说不快，“50后”和“60后”应该是怎么也快乐不起来的吧？

但有人就不这样想。他们说，大家不要再无休止地唱衰自己的命运了吧！一代人与正常的生活集体失之交臂，这是无法改变的历史。但如果说不幸，我们可否反向思维一下？比如：没有吃过苦的人就不知道甜，没有饿过肚子哪里知道饱是啥滋味？这是不是也是一种不幸？又如果说幸运，我们走过贫困、受过屈辱，但当我们后来过上了富裕与平静的好日子，心里便特别的知足，这算不算一种幸运？为什么我们不知道找乐，却整天就知道骂自己是倒霉蛋儿，这又有何益？还不如别耽误了工夫去好好地学习、补救，甚至好好吃、好好玩呢。

你说前后两者，谁实在？谁聪明？

如果说到贪玩、会玩，我们接着看黄大师永玉的故事——

有一次央视名嘴、我的同事白岩松上门拜访黄老先生，这时的黄永玉嘴里叼着一个大烟斗，头上戴着一顶贝雷帽，正在捯饬着他的一辆心爱的法拉利跑车。白岩松很惊讶，顺口出来：“呦，老爷子，您这一大把年纪了，大红车，还玩这个？”

黄永玉回头就给了岩松一个大白眼，说：“我又不是什么老头儿！”

哈哈，知道黄老贪玩的人，其实经常调侃，说他不着调、不正经，可黄大师听了，也不恼，反倒顺着调侃的话反击：“嗨，那是因为你们都太正经了，所以我就只好做一个‘老不正经’的榜样，给你们看看——哈哈哈！”

80多岁，黄永玉还荣登了国际时尚杂志《时尚先生》的封面，回到家，老头儿立马跟太太炫耀：“看，怎么样？靓仔吧！哇，我太好看了！”

太太嗔怒：“看你臭美的！”心里却对丈夫到了耄耋之年还能保持一颗年轻的心，爱得不行不行的。

黄永玉，老顽童，
潇洒快活度一生。
不吃水果不运动，
养狗斗蟀玩草虫。
骨灰不妨冲马桶，
趁人活着悼亡灵。
夸我一生玩任性，
不怕东南西北风！
——这是黄大师晚年样子的真实。

什么时候人发现快乐是一剂苦难的良药，就会把快乐好好地收着了。

在黄永玉看来：快乐不仅仅是一剂良药，它还是让青春永驻的一抽屉仙丹。

如果时光能退回到半个多世纪之前，那时候的黄永玉才19岁，流浪到江西，在一家艺术馆里工作，没钱，也没有家世。但是他第一次见到美丽的广东姑娘张梅溪时，就被她紧紧地吸引。在当时，有个年轻的军官也在追求着张小姐，知道她爱骑马，因此每次约会都会牵一匹马来招引她出游。

“坏了，”黄永玉心想，“这下麻烦了，我连一辆自行车都没有！”

愁来愁去，苦来苦去，有一天他忽然想起父亲年轻时为博母亲欢心，曾经给母亲拉手风琴的事情，于是照猫画虎，拎了一把小铜号，就傻乎乎地天天对着张梅溪吹。

黄永玉的小号吹得实在提不上很好，但是心诚，不久还真的吹动了女神的芳心。从此他们相爱六七十年，感情始终如一，甚至到了老了老了他还对老伴儿说：“不行，我们还得再相爱十万年！”

因此，玩经基本上就等于长寿经。

事实上，我观察总结：几乎所有高寿的老人，他们大多心里都是阳光的、脑袋是忙碌的、身体手脚是爱玩的。

世界著名物理学家牛顿，年老后最喜欢用麦秆对着阳光吹肥皂泡，绚丽的色彩总让他如痴如醉……

著名经济学家于光远，称自己为"大玩家"，研究"玩"，几乎成了他的第二个专业：电脑、博客、打智力游戏，一点也不比年轻人差……

当然点到名人，有些人或许又会撇嘴，说人家大画家、大科学家，他们有钱，有社会名望，他们的"贪玩"也是很容易"玩"出精彩的。可平民百姓呢？我们身处市井，守着一份工作，养家糊口、一日三餐，还能怎么玩儿？

好，我知道不能只举名人的例子，我还认识很多的草根群众，随便给你拽一个：

我的同事王忠新，常年和我一起合作，他的身份就是一位央视不在事业编的签约摄像师。此公年过半百，还经常像小孩一样地对任何新鲜事儿都充满了好奇与兴奋。最为独特的，他总是能在最普通的日常生活中，找到一种属于自己的优势——这乐子就无穷无尽了。

比如，玩扑克，我们经常看到老王一下子眉飞色舞，攥攥拳头、晃晃身，不用说，那准是他老人家又摸到了一手好牌；但什么时候你看到他闷闷不乐、不言不语、蔫不拉叽了，那一准是牌摸臭了，正在盘算着，恨不能剁自己的手。

再比如，他身上的衣服，一定是比别人又好、又便宜。

赶上打折，我在香港帮他买了一副墨镜，当然也是名牌哈，他会时不时地戴上，昂头、举下巴，昂头、再举下巴。

还有他用的手机、手表、水杯、书包，包括他开的车，等等，只要是他的，姓王，他就都爱，都是最好的，满意得不行，绝不会因为自己不是大款，买不起大名牌、大款式，就觉得自己矮人三分。

对对，就这样一副德行，一份永不加掩饰的率真、可爱，每天自己都高高兴兴的，也随时随地影响着我们全摄制组的男男女女、老老少少。

不瞒你说，看到王忠新，我时常会想起我家养的植物——绿萝，有一小盆在我的卧室。

那绿萝总是扭着脖子朝向太阳，时间长了便长歪；我就把它转过来，不久，它又180度地扭过身，再向着太阳灿烂。

所以，大家经常是一方面“嘲笑”老王争强好胜，誓与天下夺高低；但另一方面，我们也都由衷地称赞他乐观，粗线条，心态总像一个阳光大男孩。

而他呢？有时暗自得意，有时嘿嘿嘿地晃着脑袋笑。

还有一次，电梯里，趁着没人，他干脆就跟我说：“唉，大姐，你说，我怎么觉得自己的什么东西都那么好呢？还最爱听别人的夸奖呢？”我还没恭维，他已经忍不住哈哈大笑起来，而我也跟着他傻笑，那一刻，我真觉得浑身的气都通了。

一起合作了20多年，2018年，王忠新要退休了，大家都不舍，因为他一离开摄制组，大家也许再也找不到一个快乐的，对什么事情都满怀兴趣，天天不管日子过得多么艰难，可脸上总像捡了大便宜，永远地知足常乐的人。

当然大家不舍老王的除了他的快乐，还有他的助人为乐，遇到什么难事，他既有男人的胸襟，也有圆润地摆平一切烂事的技巧。此外他还酷爱摄影，我和朋友以及很多人家里但凡能上墙的照片，包括我出书时用的作者像，很多都是他随手给大家拍的。

20多年来，《新闻调查》哪一年做了哪些节目，去的是什么地方，遇到了什么人和什么有意思的事，他都记得清清楚楚，为什么？爱写日记啊，是单位里有名的“活档案”，精神世界一大财富！所以谁忽然想起来哪一年大概是有一件什么样的事情了，不用自己在那里费劲猜想，更不用去东西打听——直接去问老王就知道了……

我们的生命，从小到大，从年轻到衰老，谁都无法抗拒自然；可面对人生，态度我们可以自己选！

有个叫“老树画画”的公众号，号主是一位大学的教授，但业余爱好画画，还配诗，其中有一首，我看了，差点笑歪了脖子：

“古砚磨旧墨，破笔写歪诗，此心未曾老，时常得新知。”

2020年1月，北京下起了这个数字双叠年的头一场雪，我看到“老树”在琉璃厂（老北京古玩字画、古籍碑帖、文房四宝的集散地）办起了个人画展，于是就想去看看，也想顺便采访一下这位有意思的老人，请他谈谈自己怎么看待年老，为什么他的画在搞专业的人看来还有点“不大能上台面”，但他自己却一连多年在网络上不断地画，不断地配上自己对人生的感悟。可我没想到，“老树”不接受我的采访，哪怕这采访是CCTV的名记，哪怕我很想请他上电视、做老年问题的电视专题。

从业几十年，我见到的都是千方百计要请中央电视台来给自己做报道的，有人花钱都想上央视来风光风光，但“老树”却拒绝我了。

“老树”用委婉的话说：“我还是低调一点的好。”尽管这时，他的画已经卖到了好几万元一幅，但“老树”说：当初画画就是为了兴趣，如今尽管玩大了，也还是在玩儿，就不往名人堆里凑了……

“古砚磨旧墨”，还“破笔写歪诗”——哈哈！

旧墨又如何？歪诗又怎样？

“老树”每天动脑筋，或写诗，或作画，那都是出于自己的心智，都是在与衰老不停地博弈——只要自己开心，什么方式不是术、不是桥？这总好过整天窝在家里无所事事、愁眉苦脸。

这一回，“专业们”都不言声了……

春天来了，树上开满了“大妈”……

对于我自己，年龄一大，不知怎的，同龄者对生活的感叹、抱怨就经常会飘在耳边，好像不想听都躲不开。

“我这样有一段时间了，生活无忧、名利不争，就是什么都看不上，也没有什么事值得自我激励。”

“可不，凡事无所谓、没兴趣、不羡慕，也不忌妒，甚至都不想出门、不想见人。”

“这样下去，咱会不会是真老了？离生活越来越远，心理有问题了吧？或者有病了吧？”

……

2019年春天，暖风吹拂，万物复苏。一张“网红”的照片，让人们不顾流量地疯狂转发。这张照片拍的是什么？七八个年龄不同的女人，爬到了一棵并不算高大的树上，树上开满了白色的鲜花（不是梨花就是樱花）。照片本身并没有什么出奇，年龄不小了的各位“淑女们”爬到树枝上也不算出奇，最出奇的是这张照片有一个“好玩”的题目，叫《春天来了，树上开满了大妈》。

我看到这张“网红”照片，心里一万个恨，又一万个想点赞！

可恨的是这些女人集体爬树，完全不担心那棵树会不会因为她们的重量给压死或压到骨折，这就像广场舞、彩色纱巾，中国大妈自顾自地“臭美”，已经让世界频频鄙视、嘲笑，甚至把“大妈”都写进了英文的字典；但我要点赞的是，这些女人身上都有一股傻劲儿、玩劲儿，她们内心追求快乐的劲头仿佛是攒了很多年，是撑破了三寸金莲，冲破了一辈子只知道围着锅台转的传统生活，这就无价，就是“革命”了！

其实几年前，我还在香港的时候，每天直播、采访、发稿，香港地方小，很多新闻都已经在不断地重复，只是换了个年月日再来一遍。所以工作很闷，身体又正在犯腰椎间盘突出，也不能伏案写作，因此便显得百无聊赖，无精打采。

有一天，一位同事看到我又是一脸的苦恼，就忍无可忍，说：“唉长江，你怎么老是一种‘天将降大任于斯人也’的感觉，有意思吗？为什么就不能快乐，不能把享受生活也当成一件事儿来做？”

享受生活？快乐？也当成一件事儿来做？

我保证，如果这位同事不这样说，没有突然地刺到了我，说老实话，我大几十岁的人了，这辈子还真是从来没仔细想过人究竟应该怎样享受，除了事业、成就、骄傲、意义，人生还有什么其他的价值？

小的时候，父母就告诫我，人的一生，每一天都要奋斗，坚持不懈，不要碌碌无为，不能荒废了自己的生命。所以学习、努力工作、做出成绩才是享受、才有快乐，我一直是这样以为的……

“那不成了机器人了？傻帽！”同事又骂了一句。

因为关系好，所以知道他是真心地替我着急。

以后的很长时间里，他那一声“傻帽”老是在我心里打滚——

直到如今我老了，渐渐地才明白：快乐，其实平民老百姓的快乐跟那种事业上的成就感不一样。平民老百姓的乐，相融于生活的点点滴滴，是天底下最自然、最没有功利、最不需要做给谁看的——快乐的过程本身就是快乐，哪怕事情再小，只要你单纯、随兴，没有皱眉、没有叹息，就有意义。

好，咱也开始追求，从此告别“一点也不懂得快乐”的人生。

2019年10月，转眼又到了“九九重阳”——岁岁重阳，今又重阳。

不知道为什么，或许是身处北京，正赶上70周年国庆，北京的气氛分外热闹，我也第一次想到要给自己找点乐子。

于是打算叫上老公、孩子，趁着“十一黄金周”，我们无论走到哪儿，都出去逛逛，没有目的，也不怕花钱。

“啊？”女儿听到我的提议，吃惊地瞪大了双眼，说：“妈，您这是……太阳打西边出来了？”然后为了鼓励我的积极性，又补充道：“好，好，说走就走，您说上哪儿咱就去哪儿！”

被孩子另眼相看，尽管我肚子里五味杂陈，但忽然意识到：哦，原来作为妈妈，作为家里的老人，特别是女儿后来也有了女儿，我荣升了外婆，我的脸上，快乐和不快乐，是阳光还是满脸雾霾，都深刻地影响着我的这个家——我快乐了，孩子们也乐，我不快乐，孩子们其实是很难做的。

我“哦”了一声，君子一言，驷马难追，假期出游的计划不能收回，我也不想收回。老人也要成长，老人也得进步！

可是去哪儿呢？出国、远游？

那不可能了。

没有提前安排，机票、酒店、护照……都不能。

“那远的去不了，咱就到河北吧！保定，我听说有一片易水湖景区。”

“风萧萧兮易水寒，壮士一去兮不复还”，对，就这个“易水河”，当年（战国末年）荆轲赴咸阳准备刺杀秦王之前，（燕）太子丹就在河边为他送行……很适合老人，更适合自诩热爱文学、热爱读史的我。

女儿、女婿都支持老妈的提议！这样，目的地我们就定在了易水河。

真是不贪玩就不会玩，在易水河，我回味了历史，饱览了自然，爬了山、走了栈道，还吃了农家饭，买了村民的白薯干、粉丝，自我感觉，好极了。

孩子们头天照顾了我，接下来的第二天，我觉得怎么也得照顾照顾年轻人，特别我那3岁的小外孙女红宝，我决定再带他们去动物园。

北京的动物园，这一说起，时光“嗖”的一声便闪到了50年前。

那时候——我小时候，其实也包括我女儿小的时候，我们一说到玩，北京的小孩最喜欢去的地方就是动物园。那时候北京西直门外，有一个北京动物园，孩子们在这个Zoo里可以看动物、拍动物，能见到圈养的狮子、老虎、猴子、熊猫，各种各样的鱼类、鸟类、爬行动物等，运气好的话还能看到狗熊作揖，仰着脖子向游人讨吃食——哈，孩子们要是能去一趟动物园，简直一整天都会欢呼雀跃，非常开心。

但是50年后呢？

北京今非昔比了。北京已经分别在城北、城南又各建了一处北京八达岭野生动物世界和北京大兴野生动物园。这两个“大园子”占地几千亩，汇集了世界各地珍稀的野生动物几百种，成千上万只，集驯养、繁殖、环保、科普于一体，真不是当年的规模和概念。

我家因为就在大兴，离南城的“野生”更近，于是10月6日一大早，我们又原车人马，赶赴大兴北京野生动物园，这一天的主题就是让红宝亲手摸摸动物。

我们先是开着私家车，进到园子里面，看够了没有铁丝网，只有用水沟把猛兽与游人隔开了的狮子、老虎、大象、犀牛、大灰狼、长颈鹿，此外还看到了沙漠骆驼、西藏矮种马、羊驼，然后是袋鼠、天鹅、鹈鹕、鸬鹚……这叫自驾游；接着我们又弃车来到游客自由行走区，在这里，红宝就可以伸出小手用红萝卜和青菜喂山羊、麋鹿和羊驼，又买来“专属的食物”（瓜果、树叶什么的，20块钱一份）喂了圈养的大象、长颈鹿……

零距离地和野生动物接触，红宝高兴得撒欢儿、拼命地跑、拼命地叫，抱着小动物的脖子一点都不害怕。我呢？老太太一个，看到孩子们欢喜，自己心里也高兴——太久太久没有这样的体验了，一种轻松、自然、悠哉游哉的状态，一点也不造作、不强求。原来“快乐不是天上掉下来的，要靠自己去创造”，这句话就是那一天我站在大象的身旁，突然悟出来的。

喜欢大象。十年前，还是我去东南亚做《走近亚洲各国》的系列电视专题片时，在老挝和大象有过最亲密的接触。那以后，我就觉得不会再有了，此生再也不可能有机会让我那么近地看着大象，好几天骑在大象的背上，让大象用凉凉的鼻子来够我手里的食物。但是，就在北京，差不多就是在我的家门口，谁能想到我又这么近地与大象说了话，给它们送了食物，甚至摸到了它们头顶那一层十分坚硬的大象毛？

2019年重阳节，我陪了孩子，也陪了自己。

我几乎是第一次清醒地察觉到老年人，我们自己在内心还是有一份对生活、对自然、对生命本能的热爱，只是年龄把我们与本能分开。老年人怎么了？老年人也可以用快乐的心情去开辟快乐的新天地——快乐如果是个国度，你自己——每一个人，就是国王，年轻的时候是，年老了以后也是。如此一想，天地登时宽阔了无数倍！

两天下来，尽管我第一次出游，上山入湖，奔走在庞大的“动物世界”，我的老腰老腿是有点向自己发出了抗议，但孩子们（两代人啊）都拍手称快，说：“妈，您真棒，您这么大岁数了，还跟我们出去玩，抢着为我们买单，还给我们当司机，一天几十千米、上百多千米地来回开车，谢谢，给妈妈点赞！”

红宝还小，还不大懂“点赞”是什么意思，但到了晚饭，一家人回到了家，又围坐在一起大吃大喝，这小家伙忽然就举起了小杯子，里面盛满了北冰洋（一种老北京的饮料），在饭桌上提议要干杯，“我们来干杯吧！”慌的我不知如何是好：“怎么、怎么这么小的孩子，居然会提出这样开心的建议？”我那一刻真的是乐不可支，慌忙找出酒杯，还真的是倒上了白酒，说“来，来来，外婆跟你干！今天的长脖鹿终于让你看到了它们有多高，腿有多长，它们要是想吃树叶，根本就不用弯腰，就直接从树枝上往下拽，对不对？”

小红宝大声地纠正着我：“不对，不对，婆婆你不对！长颈鹿是从大树上直接啃着吃树叶，但它们不叫长脖鹿，是叫长颈鹿——长颈鹿！”

哦，哈哈哈，全家人都笑。

“快乐”一下子长上了翅膀，真真切切地飞起来，从我心里出发，仿佛可以飞到很远很远的地方……一仰脖，老太太我把满满的一盅二锅头，都倒进了肚里……

嘘，别跟人说我已经年过100……

快乐是良药，是仙丹，快乐要靠我们自己来创造。

可怎么创造呢？

像我那样几十年不遇，偶尔跟家人一起外出一趟的，算不算创造？

算，但那毕竟太初级了，没有在思想和行为上总结出炮制快乐的基本元素与技巧。不过，“养老革命”以后，我其实一直都在很认真地探索怎么才能让自己寻找到快乐，怎么才能培养起自己寻找快乐的行为习惯，慢慢地，我发现了有“两个有趣”，自己先悄悄地实践了起来：

哪两个有趣呢？

“一趣”，要从内心深处觉得我们身边的世界真好、生活真好、当下真好。

“二趣”，要做个懂幽默的人，想办法培养自己爱笑、会欣赏、善夸奖，还有力量、有办法感染到他人的能力。

不信你看，但凡“幽默”的人，他们一个个都是头脑聪慧、语言流畅、乐于接受新鲜事，同时感性、通达，还总会开玩笑。

我认识这样的一位老人，2019年已经104岁了，生活还让他活得有滋有味，令人羡慕。这老爷子姓韩，我称他H爷爷。H爷爷原本是一位兽医，一生经风历雨，老来子孙满堂，其中一个孙子，是我认识的作家。2019年植树的春天又要到来了，我和编导陈新红因为要做一期“平民治沙”的《新闻调查》，来到了北京北部的毛乌素大沙漠，进行前期调研。H作家因为曾经给当地的一位女劳模写过报告文学，所以专程引荐、陪同。

我们两天采访，不知道怎么就说到了养老，说到了我准备要写一本《养老革命》的书，作家一听，好啊，立刻就介绍起他爷爷，讲了很多关于H爷爷的故事和人生经历。

这真是有心插花都难找到百岁老人鲜活的例子，无意插柳，这真人真事还就来了。

我意外收获，洗耳恭听。

H爷爷，尽管说起来，他就是一位兽医，但你可别认为他就是一般意义上在农村给老乡家里猪牛鸡鸭看病的乡野医生，他曾是国民党高级将领傅作义将军的副官，年轻时曾经专门为傅作义管马，汗血宝马。

好家伙！傅作义、汗血宝马？新中国成立之前？

我的耳朵高高竖起。

战争年代，兽医其实也经常会给人接生。

“急了哪管人和马？”

我问作家：“那，你爷爷如果是傅作义的马夫，后来的日子可不好过吧？”

H作家说：“那还能躲得过去？吃瓜落儿呗——批斗会是经常开，爷爷后来也皮了。但是有一天，一个底气十足的他们竟用皮鞭抽打我爷爷，太凶狠了，旁边就有人忍不住说：‘嘿，你还打他，知道他是谁吗？’他们：‘谁？’还梗着脖子。‘你娘当年生你，难产，生不下来，就是这老爷子把你从娘胎里给揪了出来——他是你的大恩人！’啊？造反派立刻住了手。此事后来一直在这个人的心里装着，负罪感，深深的，年纪不大就告别了人世。可我爷爷，直到今天还一直好好地活着……”

与H作家聊H爷爷，我的问题很多，不住地问：“那你爷爷，受了那么多的罪，身体为什么还挺好？还高寿？难道苦难没有对他的健康带来摧残？”

H作家说：“身体受伤、心里也是伤。但爷爷不背着，能放下的他统统都知道放下！而且他老人家生活一向很简单，同时，心里还总有小目标，还执着地追求着，这就不知道是不是他长寿的原因了。”

“又简单，又有目标？”这何解？

“简单就是经历得越多，对生活的要求也就越少；目标是他总想要做自己能做的事，不同的年代、不同的年龄、喜欢的不同，但总有事做，一做还都要把事情做到最好，可认真了。”

“比如呢？”我深耕。

“比如说现在，他老人家每天在养老院里都找人打麻将，四个人一圈，他不能输，他总得千方百计想办法让自己赢，不然就没面子！哈哈，很多七八十岁的麻友，都比他小，但真的没有几个能‘麻’得过他……”

H爷爷这是什么？玩，玩也要当常胜将军？

不仅如此，2010年，H爷爷已经95岁了，他竟要求作家孙子带着他一起去上海看世博会。

“好家伙，那时候上海的天气，热啊，我们不管进哪个馆参观，都得排队，可爷爷就那么一根筋地支撑着，一遍遍擦汗——他要看看咱中国的伟大！”

到了99岁那年，H爷爷终于承认自己老了，有一天他小声地拜托孙子：“唉，以后如果有人再问，你就不要告诉人家我多大岁数了，好吗？”

孙子问：“这咋了？”

爷爷：“老天爷要是知道我都快一百了，该忌妒我了，该收我走了。”

哈哈。

到了104岁，H爷爷又跟孙子说：“嗨，算了吧，我想了想，其实从今往后，你还是直接告诉人家我的实际年龄吧，咱不保密了，反正我都活到了104岁了，老天爷要收我，我也就跟着去吧。”

1982年，当H爷爷摘掉了过去所谓的“历史问题”的大帽子，人一下子扬眉吐气了，还在当地政府的大院里为大家烧起了锅炉。干这个营生，爷爷有两个目的：一个是每个月还可以多少挣到15块钱；二是可以得到市政府的一些最新的消息。他说，天下大事，如果你能早知道三天，便可以富贵千年！这也不知道是什么逻辑，难道当年傅作义将军曾经这样说过？不然他怎么会分析形势、权衡再三，到底还是接受了共产党的主张，最后让北平得以和平解放了呢？

现在，H爷爷安享晚年于内蒙古鄂尔多斯的一家老年公寓。

在那里，人人都喜欢他，仰慕他。

他的床铺总是干干净净，被褥总是整整齐齐。

更有趣的是，老爷爷头脑清醒，爱说话，更爱帮助别人。隔壁房间有一位年龄已经是84岁的老奶奶，特别喜欢跟爷爷在一起，听爷爷讲新中国成立前的故事、感受他不老的信念。这样两个人一来二去还就真成了最好的朋友——84岁的老奶奶整天为100多岁的老爷爷沏茶倒水，带爷爷散步、聊天，给爷爷剪指甲，还陪爷爷去输液，至少每天都会在爷爷的身边待上好几个小时……

有一次，H作家抽出时间从北京赶回鄂尔多斯去看爷爷，看到爷爷有了新朋友，就逗他：“看来很不错啊？是您新的女朋友吧？”爷爷心里很高兴，嘴上就呵呵笑。当孙子拿出从泰国特意买回来的公主纱巾送给了爷爷的新女友时，那位老奶奶不仅欣然接受，还立刻就把纱巾围到了脖子上跟爷爷一起拍了合影，哈哈——引得他们身边所有的人都看上去好高兴，觉得他们都非常好玩、非常快乐……

外国有位老太太曾经说过这样的一句话：“我们不是因为老而停止了玩乐，而是因为停止了玩乐才会变老。”

说得太好了。

玩使我们找到了通往快乐的一条小路，这是第一点。

快乐给我们的健康带来了阳光雨露，这是又一点。

然后，健康又反哺一样地给了我们尽情地玩、尽情地快乐的身心保障。这样就良性循环了。

我想这是人生，尤其是老年人晚年的生活，很好的状态、难得的福报了。

当然，快乐是平凡的。

如果我们还能细分，那我们或许就理解，快乐不仅分层，且有三步，我们每个人都有可能达到。

什么呢?

首先，物欲的满足，靠勤劳，我们可以吃饱饭、穿暖衣，想干什么就干什么，这是快乐的基础。

那之后，我们可以带着快乐走进内心的获得，这是从物质到精神，是匹配了腹有诗书、琴棋书画、游走天下、洞穿世事，于幽深之处见奇景，在登高万仞之后体味到什么是“山高人为峰”。

最后，人的快乐，在我看来，更有灵魂的享受，那不是仅仅关乎自己，更是事事处处、时时处处都能惠及他人——是付出不图回报、是奉献心甘情愿，特别是当别人从你的关爱、援助、理念、见解中战胜了困难、摆脱了忧伤、渡过了难关，那就是你自己懂了生命的真谛，你在点亮世界，温暖着寸心。

此时，你可以会心地一笑了。

这样的笑，是快乐的高品，是快乐在人的心灵深处绽放的一朵花、一汪清泉、一片圣洁的云霞……

第十章 保护自己，好过舔伤

别以为老人的经验、阅历就是防护服、防火墙！

你身边的“伤害”有多少，知道吗？

被骗？被盗？被欺？被辱？大意？无知？

此外还有一种伤害叫“自我伤害”。

不明白？

那害人者，有时恰恰就是——你自己！

别说你不会被忽悠！

因为有了支付宝、微信、网上支付，我们的社会，小偷在明面上是慢慢地减少了，但骗子依然疯狂，他们利用新科技，手段与时俱进，用老百姓的话来说“骗子满天飞”，一点也不过分。骗人者对准的就是现代人，特别是现代的老人普遍都怕死，都想健康、想长寿的心理软肋。

南京的一位章先生有一天和老伴儿去市场买东西，偶遇了一位面目和善的女推销员，说是请他们去听一次讲座，就可以免费得到一把雨伞，还有免费入团去四川九寨沟的旅游。老两口觉得这倒是没有伤害的事，有时间，就去了。

他们参加的讲座，形式很像一个联欢会。

会上，主办方告诉大家：为了我们能够免费地饱览祖国的大好河山，今天我们专门请来了为我们的幸运之旅提供赞助的××公司，各位算是遇到了慈善家、大善人。现在就让我们以最热烈的掌声有请赵总出来给大家讲话！于是一位被称作“赵总”的胖大叔便侃侃而谈，说东说西，由远而近，最后便转入了正题，开始介绍起他们公司一直在努力研制的一款“冬虫草口服液”，说这个“神液”能增强免疫力、防癌治癌。过去如此的“好东西”他们主要是卖给日本，很贵；现在“我们中国的老年朋友也应该有权利享受它，用它来带给我们健康长寿！所以今天我们特意带来了一部分，可以用最低的价格提供给今天到场的每一位幸运者！”

山环水绕，骗局上演——

8000元一套，一箱365支，章先生和老伴儿花了16000元，一人一箱扛回了家，正好喝一年，是否有效，根本就无法鉴别；之后，喝了一段，忽然想起还有“免费旅游”，就又找到了那位女推销员，说“现在我们有时间了，可以出发了”，于是两位老人又被带往旅游景区，只不过半道休息，先跟着“导游”进了一家医院。

在这家医院里，章先生和老伴儿被劝说可以接受一种叫作“血液回收”的治疗，这种治疗就是把你身体里已经存在了的有着很高癌细胞风险的血液先给抽出来，然后经过一种专业的仪器进行培养，“培养好了”的健康血液再回输到你的血管当中去，如此“一抽一回”就可以达到利用高科技防癌、抗癌的效果——当然这么高级的“保健”，治疗价格，不，是成本，肯定会更贵一点点。多少？6万元。

已经退休了的老人，谁轻易就可以拿出6万元？

但是6万元跟人的生命、健康、长寿来相比，又算什么？

章先生和老伴儿不知怎么就鬼使神差地再被说动，咬牙又拿出了银行卡，在医院里交了抽血的费用（50cc），只不过这一次，他们想跟医院要发票（还真是一家公立的医院呢），以备日后有个抽过了血的凭证，谁知却被告知：“那要等10天以后，等你们把6万元的全部费用都交齐了，才能提供”，章先生这才觉得有点不对劲儿，才犹犹豫豫地走进了当地的公安局，这也就才有了我们2019年10月12日央视一套《今日说法》播出的《拆解大忽悠》，具体拆穿了这个商家温情欺诈老年人的一步步伎俩。

从“虫草保命”到“换血防癌”，我都无法想象像章先生和老伴儿这样还算有文化的城市老人，他们怎么可能轻易地就相信了骗子？

而且这些年在很多揭露专骗老人的电视节目中听到过很多民警其实都在抱怨——老人最容易上当，而且一旦上当，能够主动报案的还很少，大部分人都选择了沉默。这又是为什么呢?

2019年8月24日，央视13频道播出了我们《新闻调查》的又一个揭穿《荒唐骗局的背后》的节目，编导在“电视导视”里这样提出了问题：

你听说过“民族资产解冻诈骗”吗?

有人宣称“乾隆皇帝”再世，指使七旬老人解冻几十亿“海外资产”。

有人（老人）为什么会轻易上当?

“弥天大谎”如何能忽悠几十万、上百万善良的人们?

……

跟着，观众看到了我在屏幕里采访了一位70岁的老太太——“民族资产解冻皇家军团”的总司令F。

我当头一问：“清朝的老皇帝，现在还活着?你怎么会相信?”

F总司令笑嘻嘻地回答我：“你看……那就让我给碰上了……我还真是就见到了他！”

可笑?可气?

为了揭开风靡全国的“民族资产解冻”荒唐的骗局，我们摄制组首先来到了广西百色市的凌云县。2019年仅前3个季度，全国公安就已经打掉了民族资产解冻类的诈骗团伙284个，控制了犯罪嫌疑人3589人，而处于犯罪链条最顶端的犯罪嫌疑人，几乎都来自滇西北，云贵高原东南最边缘的一个小镇——逻楼镇。

那么“民资解冻”诈骗的骗术究竟是怎么玩的?

我人还没进逻楼镇，路上就已经忍不住请教接我们摄制组的当地公安局的办案人员。

办案人员说："提起这样的案子，都很奇葩……"

为什么很多犯罪嫌疑人都是低文化、"90后"，却动辄可以迷惑到八万、十万、几十万的社会各色人等，尤其是老人上当受骗？

F总司令的"皇家军团"，据说集资最红火的时候，她的手下竟有12个纵队，每个纵队下设2个"军"，每个"军"最多时都管理着100个微信群，每个微信群可以有500人，如此计算会员的人数，累积就已过"上千万"——顶端骗子从下面被骗的基层的参与者手里、分多次收上来的资金竟高达3个亿！

21世纪吧？这不是一百年前中国"遍地文盲"的年代了吧？这么多的人轻易上当？

然而不做节目我不相信，制作了这期节目，我刚刚说的3个亿，还只是"皇家军团"在荒唐的骗局整个社会犯罪当中的一哨人马！

在民警的带领下，一个下午，我们走进了百色大山深处的一个叫凉风洞的山洞，当地民警在我们开机采访的时候说："骗子的骗术有很多，但差不多都是谎称自己是××国家部委的工作人员，海外有一位'老人'，手里有很多很多民国时期遗留下来的财产，有的已经转移到了国外；有的还藏在我们国内的什么什么大山深处，比如这里，这个山洞。"

"那么如果有谁愿意站出来挑头，组织人力、财力，凑足了'启动资金'，这些'民族遗产'就可以重见天日？"我问。

民警："对，就是这个逻辑。一旦大笔钱被解冻了出来，参与者不仅自己可以得到丰厚的回报，另一方面，如此的壮举，也为国家做出了贡献。"

听着天方夜谭，人们怎么会相信？

但是，“就是有人信！今天我们打掉了一个团伙，明天，另一个团伙又会出现。”

“是不是参与解冻的人，每个人出的钱并不多，所以受害人一般都并不心疼？”

民警说：“是。骗子看中的就是这一点，而且就是因为钱不多，受害人一旦被骗了，也不愿意报警，一般是自己去吃哑巴亏了。”

哦，原来是这样！

“那么不多的钱是多少？丰厚的回报又有多丰？”我继续问。

民警说：“一般一人8块、10块，被许诺的回报每人至少会有30万到100万。”

什么？8块、10块——30万到100万？这不是弥天大谎，齐天大忽悠吗？

是啊！利用很多大山里的自然山洞，比如这个凉风洞，诈骗分子曾经说：“这是民国时期著名的国民党高官李宗仁先生藏宝的山洞。”受害者被带进了山洞以后，还真的可以见到有一位白胡子老者，在洞的深处正盘腿打坐。同时，骗子还会继续地往下编故事，说他身后的“宝库”有两把钥匙，一把在守库老人的手中；另外一把因为已经流落到了外面，所以要组织人力、财力去寻找，这才需要集资。一旦两把钥匙都凑齐了，就可以拿到这里来——打开宝库，大获全胜！

荒唐透顶！

当然，我不用问都知道——白胡子老者一定是演员，常年有人看守更是骗子提前做的局。但当骗子把故事编得有鼻子有眼儿，听故事的人几乎都信以为真，这就“周瑜打黄盖，一个愿打一个愿挨”了。

一位犯罪嫌疑人，46岁，后来我在看守所采访他，他跟我说：“后来我打电话，都不用什么铺垫了，就直截了当地提钱……啊，××啊，我是×××银行的行长，现在我们的人已经到了美国，咱们那笔已经解冻了的海外民族资产，5个亿美元那笔，对，现在正在搬上飞机，飞机就要起飞了，但是突然发现加油的钱还不够，您看您能不能赶快再让下面的会员再打些油钱来给我……然后，8万块就又立刻转进了我的账户，您看，就是这么简单。”

如果不是亲耳听到，我简直无法相信。

但是，就这么一个电话，骗子在骗了很多基层会员的入组费、办证费以后，又得到了一笔运输费。

如此巧立名目，每一笔都不多，可骗子是在用吸铁石吸铁屑，积少也成多。

我问嫌疑人：“你们是这样吗？让下面的会员一次次交的钱都不多，但成千上万、几十万的会员，每人十块，每次十块，合在一起就是一笔大数字，这，就没人警觉？”

犯罪嫌疑人无限坚定地对我说：“对，我们就是这样。但没人警觉，要不我们怎么管他们叫‘猪’呢，一句话——就是笨！”

天呐!

“猪”是“民资解冻”诈骗案中顶层的骗子，也就是“割猪者”对被骗的下面组织者的称呼，有些“猪”当然不排除慢慢地会发现问题、看穿了骗局，但是一旦被许诺“将来会有极大的回报——大到你想象不到的天文数字”，“猪”便和“割猪者”沆瀣一气、助纣为虐，只是他们手下的几百万、几千万的“猪崽”就可怜了。

对F总司令的采访我们摄制组花了两个上午，整整6个小时的时间——

接着说老太太坚称她曾经见到了乾隆爷。

我问：“你就不明白所谓的‘乾隆爷’其实就是骗子？”

F总司令：“可我真的是见到了他本人。”

“在哪儿？他人啥样？”我立刻追问。

F：“就在北京，东城，我们家附近的一个小宾馆里。他们那些来办事的人都不能太张扬，所以是秘密地来……乾隆高高大大的，哦，还带了他的儿子，手里拿着A4纸那么大的身份证明，那里面的字都是楷体手写的，都是原件……”

噢！我真是服了！

“乾隆作为清朝的第六任皇帝，生于1711年，如果活着，到现在已经300多岁啦！你……”我提醒。

F老太太：“那人家有小药丸啊，黄色的。听说吃一丸就能多活60岁，吃一丸就能……”

天呐！

“古往今来，其实很多诈骗的手段都很简单，无外乎一张藏宝图，一个关于财富的梦想。然而今天，尽管随着时代的变迁，骗子的骗术在不断地花样翻新，但万变不离其宗，都是瞄准了人们心中那种渴望走捷径、一夜致富的欲望。因此，面对‘民资’诈骗这样简单的伎俩，你或许可以说，这种小儿科根本骗不了我。但是如果我们每个人心里都有不死的贪欲，你又如何能保证自己不在另外一种‘伎俩’的面前躺枪呢？”

这是我在《荒唐骗局的背后》片子播出时做的最后一段记者总结。

我想说：谁也不要轻言自己不会被忽悠，尤其是老年人，花个8块、10块，被骗了仨瓜俩枣的也真是无所谓，但是，如果没有警惕，万一被骗走了大数，或被骗出了什么大事……那后果，哪个老人能够承担得起？

因此——不学会防骗，何谈“自我保护”？

好好“看住”自己的心脑血管

我母亲因无知葬送了自己的性命之后，我不放过任何的一个机会向社会呼吁：要为全民，尤其是中老年人，开一些基础的医学保健常识课，让人人都有机会学习，掌握一些远离伤害的基础技能与方法，避免陷阱——在这方面，生命教育不可缺席！

我的一位中学同学，还是我们班原来的班长。她的妈妈就是一位热心肠的好阿姨，退休之后特别爱帮助人。有一天，说好了下午要去给邻居理发，她有血压高，那一天血压已经高到了180（高压），人也感到有些头涨、恶心，但是，已经跟邻居说好了，自己不能爽约，于是拎了理发的工具还是出了门。

岂知这一出，一脚便踏进了健康的陷阱。

到了邻居家，大爷的头还没给理完呢，阿姨就倒在人家的沙发上。

紧急送院，命有幸保住，但从此瘫痪。

班长跟我说她的妈妈开始还是浑身哪儿都动不了，后来，慢慢地手脚有了些感觉，再往后，可以站起来在屋子里扶着柜子、椅背一小步一小步地往前挪了。这些可喜的成果，医生说都多亏了家人的照顾，但是30年来，班长的爸爸却牺牲了一切，几乎放弃了个人所有爱好，从来都没有出过远门…… “我妈真是一失足成千古恨啊！”

班长的妈妈掉进了中风的陷阱，而其他的呢？

老人不能猛起床、不能用力排大便……

不能快速转头、躯干扭转、弯腰够脚面……

更不能仰卧起坐、倒着走路、快速爬楼梯……

此外还有最大的伤害——心脑血管疾病，突如其来，如不懂预防、不会急救，那便万劫不复……

因此，好好看住你的心脑血管，这是老年人自我保护的第一课、第一目标，重于泰山、压倒一切！

尽管今天上网查阅，关于心脏病、脑血栓的种种表现和预防已经很容易被看到，但老年人并不一定人人去看，不一定人人都觉得一定要在健康的时候就把身边的危险给摸清楚、搞明白，防患于未然。

我认识一位ZN先生，是我在北京海淀医院采访时的重点被访对象，他说他自己捡回来了一条命，因为心梗发作前，他已经有了明确的意识，原因也大致可以捋得比较清楚，就是出差很多天，晚上回来的时候已经半夜，第二天又一早西服领带地出现在公司，晚饭也没有吃，还跟同事一起去球场踢足球……突然就感觉不好，腿上没了劲，大喘粗气，跑也跑不动。如果没有质疑心脏的常识，他也许只认为自己是累的，但是他有警惕性，第一时间便回到自己的车里，歇了一会儿依然不见好转，便想起朋友曾经给他的忠告："如果你感觉不好，可千万别怕花钱或闹乌龙，立刻就叫120"。ZN就是第一时间叫了救护车，之后才给老婆打电话，让她也马上赶到医院。

到了海淀医院的时候，由于救护车可以提前联系，抢救他的医生和护士都已经等候在胸痛急诊的门前，这样他的心梗就被早早发现，立刻抢救，装了两根支架，然后通过心脏康复，告别了鬼门关，等我再见到他的时候，他已经是一位外表上看上去并不像差点儿出过大事的中年大叔。

中年大叔对我说，当时，如果他没有急救的意识，没有在第一时间直接拨打了120，而是自己开着车，或者等家人到了球场以后再带他去医院，他就挂了，照片就贴墙上了！

医学上解释：连续紧张的劳累、激动，甚至愤怒，人的心肌需氧量都会突然增加，如果患者的冠状动脉已经硬化、狭窄，不能充分地扩张，那此时心肌势必就会出现缺血、缺氧，而缺血缺氧又可以引起动脉痉挛，反过来再加重心肌的缺氧，严重者会导致急性心肌梗死——心梗！这就是心梗的原理。

那心梗，有没有前兆呢？

有。比如心梗在突发时，一般患者会出现很明显的胸骨后心前区的压榨性疼痛。既然是压榨性，就不是一般的疼，这一定会引起人们的重视。但是也有少数的患者，就是不会心疼，或反映出来的倒是上腹部、颈部、下颌、咽部，甚至是牙疼，这些你知道吗？

所以从预防的角度讲，如果出现了以上症状，老年人首先要质疑心脏，养成警惕的习惯，你的上衣口袋、家里的各个地方、出门的随身小包，都必须时时放好硝酸甘油，而且要按时更新。一旦明确了这是要出大事，什么也别说，赶快去医院，但可别自己去医院，一定要先打120！快打120！

说完了心，我们再来看看脑。

心脑、心脑，心与脑同样重要！

我们的大脑只占身体重量的2%，却要消耗20%每天人体的耗氧量。

近些年，一反过去的常态，老年人身边经常能听到谁谁谁差点儿脑梗了、谁谁谁已经脑梗了，全梗了、半梗了，仿佛这种事稀松平常，频次越来越高。为什么？脑梗是什么？医学上又如何界定？

医生告诉我，脑梗学名脑卒中，也就是我们中国人千百年来常说的身体中风。这种病发生的原因也和心梗差不多，主要是因为我们的大脑内动脉狭窄，水路不畅，要么出现闭塞，要么出现破裂，这两种情况都可以引起脑血液循环发生障碍，时间一久便会导致永久性的大脑功能障碍。因此，临床上脑中风是可以分为缺血性脑卒中，也就是脑梗塞；出血性脑卒中，也就是脑梗死，两种。

我们国家2018年的统计：大约每12秒就会有一个人不幸中风，每21秒就会有一个人死于中风——脑梗的确已经成为中国国民排名第一的死亡原因。

那脑梗有没有前兆？如果有，是什么？

专家说，老年人的身体如果出现了如下的四种情况，你就必须趁早就医。哪四种情况呢？

1．手指。很多人会有手指发麻，尤其老年人，开始还可能是一只手或一只脚失去了感觉，然后是一只胳膊，一条腿……

2．舌根。中风者一旦出现脑动脉供血不足，其表现就是舌根发硬，说话不利索，这是“缺血”已经影响到了大脑皮层的语言中枢……

3．面部。面瘫，睡觉单侧流出了口水，嘴巴怎么使劲也吹不成口哨了……

4．下肢。双腿或单腿软弱无力，即使在平地走路也会“不小心摔了一跤”……

和心梗的问题一样，上面这4种前兆，如果一下子都表现出来，当然每个人都会非常害怕；但4种状况如果只表现出有一两种，而且是短暂的、易逝的，你会不会说“再等等看”“忙完了这件事再说”？当然这一拖，后面的手指麻木，很可能会发展到半边脸或半个身子；嘴巴聚拢不住，说不定会严重到眼睛出现短暂性看不见东西，跟着恶心、呕吐、头晕、意识障碍……全来了。

因此老年人要保护自己的身体，学会细心观察至关重要，而说到这一点，又要重申我前文已经讲过的“读懂自己身体发出来的种种信号”，只不过我这里强调的是要命的“心脑血管”。

“老连环画”发表于2019年4月11日的网文《中风栽在这3个字上：懒、贪、熬》，让人理解中风多半都是拖出来的！

“懒、贪、熬”中的头一个字——“懒”，是指现代人经常懒得运动，还有懒得喝水。这两件事情都是小事，但是长期的不运动、不喝水一定会使血液循环减慢，导致大脑、心脏缺血，加速血黏稠，从而产生血栓。

“贪”，没什么好说，就是指贪吃。尤其现代人偏爱重口味、高糖量、油炸、烧烤、煎肉……这些食物和吃法都会给我们带来高血压，加速高血压性心脏病死亡和脑卒中死亡。

接下来还有“熬”，这个字不仅仅是指人肉体的煎熬，疲劳、过累，还有心灵的煎熬——情绪过于激动或者压抑，都会造成人体血管剧烈的收缩，血压的突然升高……

中国有句老话叫“作死”，现代人更把它细化到“No作No Die”！

一个成年人，周身的血管有多长？静脉、动脉、毛细血管，加在一起，总长度约为10万千米，连接起来可以绕地球两圈。老年人保养什么都不如保养血管，尤其动脉血管一旦出了问题，直接轰炸的就是你的大脑和心脏，因此“血管的年龄”比“生理的年龄”更重要，这是现代医学已经给我们发出来的警示，老年人心里一定要有“这根弦儿”。

当然不作不死，老年人管好自己的嘴、迈开自己的腿，这就是在自我保护了，只不过在自保的事情上我们还有一个意想不到的障碍。是什么？

我家的女婿，像天下很多好儿女一样，很孝顺他的父母，2018年听说母亲心脏有些不舒服，就把她老人家从外地接到北京，从头到脚地查了个遍，最后连心脏造影都做了，结果没事儿，家里一片欢腾，可老人家从医院一回来，一整天就躺在床上一动都不动，说很难受，全身都很不好受。

为什么？

为什么做了全套的心脏检查，基本无事，全身倒很不好受了？

毛病出在最后的检查——心脏造影有辐射，对人身体的伤害看不见、摸不着，进去了以后还出不来。一般情况下，不是到了非要给病人装支架了才做，否则轻易不会给病人做。

我这女婿不知道啊，老妈妈更不知道。我要不是因为策划了“过度医疗”的电视专题，我也不会碰这件事，也会丝毫不知。

后来我做这期节目的前期调研，目标集中定位于“心脏的过度支架”，采访了一些医生，也看到了很多来自权威人士的报道，这里不仅有胡大一教授的精心指点，还有钟南山院士，钟南山院士有篇文章——《支架！让生命进入倒计时》，读者如果有心去仔细拜读，结果也会跟我一样——立刻吓出一身冷汗。

钟南山和胡大一两位医者，在这个问题上都鲜明地表明了他们的观点：心脏支架，那是一种救急的手段，其作用只是让随时都会发生心梗死亡的患者赶快解除危险，是没有办法的办法，不是保健的手段，并不能把冠心病、心肌梗死都给治好了，也不能减少心脏冠状动脉的堵塞。因此，他们都常年奉劝大夫一定要非常谨慎地为病人安放，那种认为一旦放了支架就万事大吉，甚至可以预防心脏病的想法，是大错特错！

明白了吗？我说的障碍是医源性的伤害——普通老年人很难有机会了解。

今日中国，我们很多老百姓手里都有了一些钱，动辄1万、3万、数万元的心脏检查，孝顺的儿女也都舍得出，而且相当一部分费用，还可以走医保，由国家来报销。

此为福音，抑或是相反？

如果不该放支架的时候，放了，病人眼前的血管可能是通了，但从长远的效果上来看，恐怕是更容易堵。理由就是支架不能让斑块消除，也不能阻止斑块的继续生长，它（或它们）只是把斑块先挤到了一边；而且安放了支架以后，患者不仅要吃抗凝药（放一个支架价钱是5万，以后每年还要吃的抗凝药（等）还需要3万，这还只是一笔经济账），更要命还在于：药物打破了人体的凝血平衡，这样，一旦病人出现内脏出血（比如消化道出血、颅内出血、鼻出血、紫癜、血肿、血尿、结膜出血等），患者的伤口可能因出血不止而带来致命的危险。

支架是一小卷硬邦邦的金属，放在血管里当然会对血管内膜造成损伤，损伤的地方又很容易发生炎症，血小板又要聚集去抗炎，这其实等同于新增的斑块和血栓。

人造的异物在血管里，再怎么说也不好，其效果就像水渠放进了铁丝笼子，流过来的塑料袋啊、树枝啊、垃圾啊等，很容易被挂住。人的心脏一旦被异物给人为地堵塞，说不定会死得更快……

胡教授那天一条一条地跟我讲着误放支架的利害关系，我听得手脚冰凉，恨不得第二天一大早就拉上摄制组去采访相关的医生和患者，只不过那天晚上，我因为高血压而差点犯了“脑梗”，此计划不得不向后推延了很多时日……

比衰老更可怕的——

现在，我们都明白：防骗、防病是老人自我保护的两件大事。

除此以外，孤独、失独似乎并不是我们想自保就能自己说了算的。

这两件事，是意外，是天灾，如果不幸让我们赶上，那伤害如何化解？

一位我一直都很尊重的老前辈、老同事，也是我的亲戚H姨，年轻时她早就加入到新闻战线，在延安精神的感召下，一路冲冲打打，成为了那个时代的时尚女性，然后嫁给了一位老首长，一生无子女，晚年首长先她20年走了，一只老猫，藏到床底，很多天都不吃不喝，也随着老首长而去了。于是剩下她，一个人过孤苦的生活，很不容易。开始，她摔过，骨折过，也想过死，但后来终于坚强地挺了过来，走进养老院，过上了还算安稳的晚年生活。

我想说的是，她不是一位农村妇女，不是城市平民。H姨有学识，有资本，更有职业女性的辉煌。然而，或许就是这辉煌压得她抬不起头来，让她不愿意去看身边更现实、更凡俗的生活，老了，便把自己关在曾经的世界。

2017年快过年了，我和另一位同事C老师照例去看她，那时她87岁，正在写回忆录，我说："好啊，快让我看看！"她不给，说她写的内容都是历史，很多东西一定要到死了以后才能够示人。我心想她写的都是些什么往事啊？怎么就严重到一定要等……

H姨说："嗨，说了你也不知道。你这点年龄！"之后就不断地抱怨，吐槽这，吐槽那。她先是看到C老师给她买来的一兜子水果，上来就说："哎呀，你买这些干嘛呀？我没胃口！一看水果就烦！我就是不爱吃水果！"

我心里觉得不太好，怎么？这H姨，水果不喜欢就不喜欢吧，可人家C老师大老远地拎来，是一份心意！

但H姨一向快人快语，聊天都不让人："你们哪里会知道我为什么不爱吃水果？60年代我们到农村搞'四清'，一年半没吃过一片儿的菜叶！还提什么水果？哼！"

“啊？一年半！”

我知道“四清”，我这个年龄幸亏还知道什么是“四清”。

那是一场革命，发生在20世纪60年代。当时在全国城乡开展了社会主义教育运动，运动的内容，一开始是在农村清工分、清账目、清仓库、清财物，后期在城乡，表现为清思想、清政治、清组织、清经济，此为“四清”。

H姨说：“那时候我们每天就吃一顿饭。一块去的5个人，一个就饿死了。”

“饿死了？”

当年的境况如此的凄惨？被饿死，也真够悲壮的！

不过我不想让H姨总陷在过去，便转移了一下注意力把话题岔开，请让大家都回到半个世纪以后的今天、当下。

“好啦，好啦，咱不说过去了，也不提水果啦！”

我故意找点轻松的话题，问：“您平时住在这养老院，是不是经常地会去串串门，跟大家聊聊天？老人们在一起都聊些什么？”

说到聊天，H姨也大为光火，狠狠地说：“聊什么聊？不聊！现在的老头儿老太太，所有的人都一样！一见面，不是聊自己的儿女，就是保健、秘方，要不然一坐下来就是下棋、打牌、打麻将——哼，简直是胸无大志，整天介瞎耽误工夫！”

啊？这个话题也让H姨生气？

“老年生活嘛，可不就是这些？”我还在打岔。

不想H姨不管我俩说什么，她都统统嗤之以鼻，然后再接着自己的“痛苦回忆”：

“我这一辈子就干了记者的这一件事，当年从天津到西安，是考进报社干新闻的。我什么没见过？什么苦没吃过？在农村写报道，就在地里埋锅煮饭，煮着煮着，狼就来了，就离我两三步。嗨，热情了半辈子，后来我发现，生活里很多很多的东西……”

“姨，您看您怎么又说到这些了呢？咱不忆往昔，忆往昔会让自己不开心。”

“那开心，你说我这辈子有什么事情值得开心？一点都没有！”

是，每个时代都有每个时代值得记住的东西，但这些刻骨铭心总不能把它永远当成一日三餐吧？今天，我们只能尽量地去回避悲伤，寻找光明。

可H姨说她哪怕今天都快“九张”了，也不能不忧国忧民。

她是记者，一辈子都有使命担当。吃饱了就知道玩儿？这什么世风？位卑不敢忘忧国！她眼里容不下沙子！

我很崇敬她，但不知道该怎么再劝，两个手心里都是汗。

就说：“要不然咱试试这样——就想眼前的爱吃什么，怎么能睡个好觉，怎么能开心，您往这边靠一靠？”

听了这话，看到我还在继续地“不知趣”，H姨愣了，显然她是没料到我这个人也会如此的世俗，因为她知道我写作、做舆论监督、关注国计民生，历来也是有追求、有良知，铁肩担道义，妙手著文章的一个小记者……“怎么？你也这么说？”

“咋啦？”

“垮掉的一代，难道你也成了……”

啊？

啊！

H姨看我的眼神越来越失望，难过中还有一丝怜悯、一丝鄙视。

她的手在眼前晃着、晃着，一副过来人看透了一切的样子——完全没法跟你谈，没法跟你谈了！得，得，你有事，快去忙你的去吧，别再在这里跟我“话不投机半句多”——老太太下了逐客令！

……

那一天，我真是半尴不尬地离开了养老院。

第一次非常切肤地感觉到人老了，其实有比年老更可怕的事，那就是过分地清高、固执，不与时代合作、不食人间烟火，更不愿意接受新的事物、新的知识与新的活法儿。

这难道不也是一种伤害——自我伤害？

总是拿过去的刀子割今天的肉？

鲁迅笔下的“九斤老太”，其实并未走远？

不过同样是苦难，有人懂得止损，这意识或许是主动的，或许是被迫的，但效果对自己的伤害要轻很多。

再举个与H姨正相反的例子吧。

很多年以前，我曾经在河南新乡采访过一位农村妇女小I，若说苦难冤屈，我当时觉得这世上再也找不出第二个女人，自己的丈夫因为作风问题先赶上了严打，被公检法抓走、判刑入监，她一个人带着三个儿子，上面还有个老婆婆，日子实在过得艰难，她就通过自己的舅舅找到了县法院，由两位法官偷拿了公章，给丈夫弄了一份假的《裁定书》，把人从监狱里给捞了出来。

但是此后，厄运还是没有饶过她。

丈夫出狱后，不务正业，没多久又协助他人偷摩托车，尽管角色只是望风，但还是被公安抓捕，一看材料，有前科啊，跟着还发现：这个人怎么在监狱根本没有把刑服完就出来了？于是顺藤摸瓜，很快便查出了造假，两位法官，知法犯法，当然要被拿下，这自不待言，但小I的丈夫第二次入狱，她的花费、身体，不仅白白付出，而且因为此事闹得左邻右舍皆知，而自己声名狼藉……

换个心小的女人，还能活吗？

我们摄制组就是在这个时候走进了小I的村子。

她的家，三间土坯房，真是家徒四壁。

一个墙角已经被雨水给浇透了，一条细缝儿，透着天。

炕上躺着80多岁且生病的老婆婆。

小地桌上只有一个笸箩，里面装着窝头，一盘子炒咸菜疙瘩，几个破碗、几双筷子……这就是小I眼下的生活。

我找到她，原本是想求她给丈夫写一封信，由我拿到监狱去采访时“感化”那个混蛋的男人，但是有同事当时就怀疑说“这怎么可能”？流氓丈夫已经把老婆坑到这等凄惨的地步，小I恨他还恨不过来，还会写信去鼓励，愿意表示“我和孩子会在家等你回来”？

但是后来，这封信我还真的拿到手了，可怜的小I一把鼻涕一把泪地跟我诉说了她的不幸，也承认自己曾经的做法很不好、很耻辱；但她也跟我掏心窝子，说面对现在的困境，她只能往好的方面去想，盼着丈夫能早点服完刑；三个儿子也会慢慢长大；房子透天只要不塌就先凑合着住；老婆婆离开了她不能活，所以她也不能离开这个家……她还能怎么办呢？成天地哭天抹泪也不是办法，更于事无补，还不如干脆把自己哭透了，泪一抹，鼻涕一擤，接下来该怎样生活还怎样生活，该下地下地、该做饭做饭，还得打粮食、熬岁月……

如果光是悲苦，小I不早就把自己给“悲”垮了？

我很想让H姨能够认识一下小I，看看中国最基层的农村妇女被逼无奈怎样看待痛苦、忍耐屈辱。

但是，时代不同了，身份也完全不一样。她们能有效地沟通吗？

我觉得，不能。

无法面对的“面对”……

对于老人，一生风雨、走过坎坷，到了晚年我们精神的免疫系统是成型的，有一定的自保力量。但是人生突变，骨肉分离，更甚者，白发人送黑发人，尤其是当你自己的孩子还是独生子女，他们意外地离世，花枯玉殒，天崩地陷——这样的伤害，对任何人，都是无法面对的打击，伤口根本无法愈合。

我有三位老同事，都是女性，一个姐姐、一个妹妹，我夹在中间，就用“我们仨”作为只有自己明白的微信群名。

人到60，如果还有10年未见的老友你一直都想见，总是放不下，那就真的是心头挂念、心里很在乎的了。

三个人，应该说都有个性，都对人生有追求，但同时，我们仨每个人的命运里也都有悲情的底色，比如说都不大会溜须拍马，事业上都错过了一些升迁的好机会，家庭、婚姻等也都有过伤痛，因此同病相怜，很自然地就黏到了一起，甚至自我赞赏：我们就这样——一辈子视名利如粪土！心灵的高尚，第一追求！

十年前，我们一个在北京，一个在泰国，一个在中国香港，难得相聚。

十年后，大家都老了，叶落自然要归根，都陆陆续续地飘定在了北京。

然后，“真的？我们竟然有十年时间没见了。不行，一定得找个机会大聚一场！”三个人都情同此心。

过去，通常是如果我和妹妹不管谁提出来了要见面，姐姐都不会迟疑，都会立刻在电话的那一头传来她那带着笑声的回复：“好，两个妹妹你们说在哪里？我请客。”但是“十年之约”我们都说了好几回，姐姐有时说她人现在正在美国、在澳大利亚、在欧洲；有时又说这一阵子家里的事太多，等我处理一下，调整一下……

我心里小小地闪出来过问号，但转念一想，是啊，大家都忙，我自己不也是一年到头总是出差出差、采访采访，想轻轻松松地会一会朋友也挺难，就没太在意。聚会的事也就迟迟地没有兑现。

2019年初秋，我还没觉察到自己的粗心，又说想念、想死了，要求见面。

姐姐这回没有犹豫，说：“好，‘十一’过后，等我从国外回来，我们一定要相聚！”

过去姐姐经常出国，那是人到退休，有了充裕的时间，便爱跟着丈夫一起去到处走走看世界，而且，女儿在美国留学，后来成了家立了业，时不时地经常会把世界当成一个地球村儿，全球飞人，这样姐姐才经常不在北京，起码我一直是这样以为。

然而，说到女儿，我怎么都想不到，过了“十一”，大家一见面，三个女人都争着问彼此的家庭，人有没有变化？姐夫、妹夫？孩子、外孙？也都争着想看每家人的照片。姐姐给我们看了一张她这次出国刚刚回来和丈夫用手机自拍的照片，我一边说“自拍真方便，但就是人显得有点胖”，一边很自然地顺口就问：“女儿呢？快，有没有一家三口的合影？让我看看。”

这一问——就这一问，姐姐的眼泪顿时泉涌，人整张脸立时变了颜色，也变了模样。

“怎么啦？这，这是……怎么了？”

我看到姐姐哭，眼也湿，知道事情不好，咋了？但能出什么事呢？

“女儿没了，我们的女儿走了。”姐姐哽咽着。

天呐！怎么会？我们三姐妹刚见面——哎，我真该死，怎么就捅出了这么大的一个……？可好端端的一个孩子，怎么可能？这世界怎么了？究竟发生了什么？又因为什么呀？

我知道姐姐的孩子，从小到大，漂亮聪明，更是非常优秀。

记忆中这孩子无论做什么，考大学、出国留学、拿奖学金，求知、上进，总之做什么都让父母和老师感到骄傲……

生活太残酷了吧？

姐姐后来说，她知道我们仨这一见，她是绕不开这件事的，“但是你们不知我要再一次揭开心里的伤疤，有多疼。”

难怪姐姐这一段有点反常，有点云里雾里，不是她忙、不是她总不在京，而是……她没法出来见朋友啊！

生活中的很多艰涩、很多不如意、很多没意思，这可能导致了女儿拥有了一副常人不能理解地看待世界的眼睛。

她抑郁？在心里出现了深深的障碍？

这一走，是不小心选择了意外？还是实际上获得了解脱？

总之，两年前，女儿走了……家庭的大厦突然塌了……

姐姐和姐夫都陷入了无法摆脱的悲痛之中，尽管两个人都是内心强大的智者。但是，人生道路上，突然的丧女之痛，谁能逃脱得了这令人窒息的无边苦海？

这一段，她之所以经常出国，那是因为丈夫非拽着她出去散散心，不然，姐姐有时会一整天地守在女儿的房间，从早到晚，一个人就知道哭。

十年相约的这一顿饭，不咸不淡地吃完。我们仨又找了一个咖啡馆，拉了几把椅子、两张小圆桌，拼在一起坐下又细聊。

姐姐说：“这两年，外界都不知道我是怎样过来的。2015年，我先送走了老妈妈，那时就已经肝肠寸断；2016年，父亲又走了，这依然是一个不好过的坎儿，而到了2017年，女儿又意外……我说老天爷，你为什么要这样地对待我？想不通，怎么能想得通啊？！”

姐姐的泪，淹没着她的声音。

“然而，我女儿走后的一个月，由于不断的照顾，守在我身边寸步不离的丈夫身体也突然间垮了，我送他到医院去看急诊，医生说要立刻做手术，心脏，我就在那，就在我要把他送进手术室的那一刻，我紧紧地抱住了他，生怕老天爷再一次残酷，再一次……不会了吧？不会再把我这最后的一个亲人也……”

没等姐姐把话说完，我的眼泪也已经开始哗哗地往下淌，仿佛到了这一刻我才开始接受姐姐的不幸——一桩桩、一件件是真的，这一切都已经发生在了她的身上。

但他人，永远都无法知道自己心中的痛啊！

我有体会、有经历，我知道，我无论怎样的同情、心疼、宽慰、劝解，都隔靴搔痒，都苍白无力，都不能替代姐姐自己去忍受，去忍受不断失去亲人那刀劈斧砍般的裂痛！

丈夫做完手术，还没有出院呢，姐姐的婆婆又突然摔断了腿，90多岁了的老人了，紧急送医，也是接骨手术。姐姐不能告诉丈夫，她接到电话，匆匆回家，送婆婆去了最好的医院，找到了最好的大夫，婆婆的手术刚一做完，她又立刻回到了丈夫的身边，佯装无事，但内心——苦泪汹涌。

我拉着姐姐的手，想听又不忍听她的遭遇。

世上再刚强的女人，也经受不了这样的一而再、再而三的夺命之灾。

姐姐讲，生老病死是人的自然规律，但是，“你们不知，面对父母的离世，尽管做孩子的心里也难受，但是再难受，都不能与失去了孩子，尤其是独生子女的那种痛相比。那种痛，人们都说随着时间会慢慢淡化，但我觉得这跟时间无关，根本就不是时间可以疗伤的，都这么长的时间了，我总是走不出来。真的不是3年、5年、15年，有时貌似有一点点想通了，但一转身发现自己还在苦难里……”

然而，逝者已逝，活着的人毕竟还要活下去啊？

我和妹妹只有劝，还在劝。

姐姐说：“不瞒你们说，我真的想过一死了之，就算过去陪了女儿。但是，我走了，丈夫怎么办？一个人走了，另外的一个就会失去伴儿。他也走？可他还有父母，还都不知道，还整天一想起来就问孙女在哪儿？什么时候可以回国？所以我不能走，还走不成啊！”

坚强？

面对这样被命运摔打的姐姐，我第一次意识并确信：坚强不是不流泪。

坚强是在自己最难的时候，还会去想到他人，以他人做自己生活的新坐标。

这是不是一种自我保护？

一种潜意识里善良者被老天赋予了的自我保护？

为了能让自己走出来，坚强的姐姐做了很多努力。她去看国内最有名的心理医生，勇敢地说出了自己的苦，也说出自己并不愿意放弃这份苦的自我折磨；又比如她经常出国旅行，尽管有时触景生情，会忽然想起和女儿在一起的一些往事，忍不住就在异国他乡放任地让自己大哭一场。但不断地战胜自己，寻找任何可以改变自己状态的办法、途径，姐姐一直都在坚持。

有一次，她去听了一位油画老师的课，回来自己就试着临摹，一画几个小时，心中的悲苦似乎暂时被忘却了。她说：“有好久好久，我这个人钻进画里面去了，灵魂仿佛出窍，知道这是冥冥中有一种力量在让我解脱。”而且意想不到的，她才画了一年半，作品就让老师都感到惊讶——姐姐边说边给我打开手机，看她画下来的那些画的照片，我和Z妹妹都觉得好欣慰、好喜悦，不是只为转移她的伤痛，而是真心地评价：“哇，很专业啊！”——构图的能力、透视的关系、落笔的轻重、颜色的搭配——“我家里有一个哥哥不也是搞画的吗？所以我还大约懂一点、懂一点……”

我看中了一只猴子，那是姐姐在2019年画给丈夫生日的一份礼物。我说太好了，我也想要，“能不能也给我画一幅？”

20世纪80年代，我在中越边境采访战后的两国边贸，从广西凭祥带回来了两只懒猴，就是姐姐画中的那个样子：身体圆圆的，眼睛大大的。不过当时，我只是一味地爱着它们，却不知它们的生命，只适应在南方。北京的冬季，天冷啊，又那么干！猴子开始还不住嘴地吃香蕉，两只小手小孩子一样，先把香蕉皮一页一页地剥开，然后掰一小块放到嘴里、掰一小块又放到嘴里……噢，那憨态，太可爱，太让人心怜。

但是，后来猴子不吃了、不动了，有一天早上我发现它们……

这件事我心里一直过不去，所以见了姐姐的画，我就求姐姐，也不管这样的时候、这样的请求是不是有点过分。

姐姐听了我的请求、我的故事，脸色还渐渐地有了些许变化——仿佛又重新回到了过去我们仨关系中那个大姐姐的样子，眉眼稍许露出了一丝笑意，然后说“那好，好吧。我就给你画，可你别着急，我不知道什么时候才能够心静，心不静也画不了……”

分手的时候，我们相拥而泣，互道珍重。

我抱着她，不肯撒手，直到姐姐向我表示：“放心吧，我不会再去寻短见了，因为我没这个权力。”

坚强？我再一次感到人只有觉得为了别人我不能死，我还得好好地活着——他才能变得坚强，是使命使然，也有一层宿命的朦胧。

第二天，我把一段话发到了我们仨的微信群里，我说：

“姐姐和妹妹，咱十年未见，再面已如此深刻。人生真的不知何时会有苦难突如巨石砸到你的面前，更不知明天和意外究竟哪个会先来。不过无论遇到了怎么的艰难，我们都只有咬住牙，同时也别忘了擦干眼泪还要善待生活，那便是吾心还愿意寻求阳光来沐浴，在满目的杂色中找到那一抹温暖的红……”

姐姐一会儿回信：

“谢谢两位妹妹如亲人一样的爱和分担。长江的话真诚、温暖而有力量。人与人之间的相互鼓励与支撑，正是我们坚强地走下去的勇气来源。有你们真好！愿我们携手共进，苦乐共担，而且还要用善良作为我们人生永远的路标——永远地爱你们！”

我终于大哭出声，知道听到这话，姐姐是“活过来”了。

第十一章

除了自强，我们已无路可走

珍藏苦难，苦难才能被一点点抚平。

放下恩怨，有时就是放过了自己。

千百年来老年人都被看成是弱者。

但今天，时代要你自强不息。

怎样强大？怎样屹立？

“革命”的要求是否太难、太残酷了？

但，我们别无选择……

守好自己的几道“命门”！

从小孩到青年，从中年到老年，一张人形的变化图上，我们见惯了小孩儿从地上爬行到能够站立，青年、中年人从腰板挺直到后背慢慢地驼了下去。自古，老年人一向都是趋老的、趋弱的，从来都只有老有所养、老有所依、老有所乐，最多夕阳红、有条件的奉献奉献余热，脸上就已经很有光彩。

但是今天，我想试试——老有所强！

老年人一个个都要放下弱者心态，一个个地都要走向自强。

这要求是“革命”的，这是否有点艰难、残酷？

事实上我想说：老年人的强大，尤其内心续存的力量远远超过你自己的认识。

2020年新冠疫情抗疫期间，两位90多岁的老人被社区工作人员照顾着，送菜送到家门口，老人们频频表示感谢并一再点头要遵守宅家的约定不出门，但此时，他们的一儿一女已经都因为感染而离开了人世……

同样，也是90多岁，一位老母亲，儿媳和孙子还都在国外，嫁到外地的女儿回武汉过年，母亲怕她感染，不让她出门，自己一个人来到医院照顾起已经被确诊了的64岁的儿子。在医院的病房，老人饿了就吃一包方便面，困了就在病床前眯一会儿。她说她已经是一把年纪了，也不怕什么了，还亲手给儿子写信：“要挺住，要坚强……要配合医生治疗，呼吸器不舒服，要忍一忍，以便恢复……”尽管第二天，儿子最终还是没有看到母亲的这封信，不舍地走了，但这老太太的壮举却哭暖了全国人民的心。

如果不是遇到灾难或深陷困境，老人的强大也很难让自己吃惊。

这位英雄母亲自己深陷病魔的围困，在医院里整整待了4天4夜，但是她并没有被感染，因为她不能死、不能倒，她有着强大的信念。而病魔肆虐，中国有数万人感染，也有数万人被治愈——3月11日，湖北传来好消息，在出院的队伍里，又有一位老者恢复了、被治好了，这老者有多大的岁数？如果不是来自官方的报道，连我都会质疑：103岁！

因此，老有所强，老人可以自强，这样的口号不是不切实际的瞎忽悠，这是时代的召唤，走出弱者的心理樊篱，让自己的心里坚信可以强大，然后身体力行、科学地培养能力、拥有能力！

过去，学者们都曾论证：老年人内心的强大是学习使然、阅历使然、境界使然，我觉得都对，这些条件都不可或缺，但独立处世、勇于迎接挑战，并有智慧地克服各种各样的困难，更具体、更家常，因为生活是现实的，除了精神，我们每天得面对柴米油盐。

如果有一天，我的人生突然遭遇了困顿、拮据、灾难、意外，或失恋、孤独，家里只剩下我一个人了，我该怎么办？

这样的假设在和风细雨的美好晚年真是显得多余，但我奉劝所有的老年朋友都要如此地问一问自己，因为我们有一天，总要被生活说一句：“你得开始独立面对”。多少人突然遇到了丧偶、丧子，或离婚、与儿女不睦，都跌跌撞撞，死去活来，都因为没有提前考虑过孤立无援，没有为自己终老前很可能会孤单的那一段日子早做打算。

养老革命，我说养老前置，但前置并不等于“无病呻吟”，这一点就像我们筑坝，并不是盼着洪水一定要早早地到来，只是有了

“坝”，心里就不怕，就安生。

各种各样的灾情面前，老年人有准备的“自强”与完全没准备的“被动挨打”，晚境会大不相同。很多非常基础的问题，比如经济、身体、行动、归所……都是你必须考虑的硬核。驾驭得了才说明你“有能力”，才能提到“自我强大”；驾驭不了，或者说从来就没想过这些事，到最后不是你被社会看成“可怜虫”，就是你在家庭、儿女的眼里，也成了一个负担。

活生生的事实告诫我们：人到老了一定要守住自己的老伴、老本和老窝，这就是自我强大的具体行动。尤其老伴没有了，老本、老窝你怎么守？

先说老本。

这里的老本不光是指你的经济收入，还有合理地支出和科学地理财。

很多朋友，包括我自己也是这样，一辈子都不会弄钱，年轻时往往一看存折、银行卡、工资表、医疗报销单等我就头大，这种情况等到老了更甚。但是如此大小姐的懒散行不行？有一天我对自己说不行——你这可不能一味地只管做甩手掌柜的。

今天我们的生活跟过去不一样了，很多事情都是钱说了算。

老人每个月的进项是他生活里的一种支撑，无论如何、何时何地都要自己看好了这份保障。中国几千年那种养儿防老、多子多福的一根筋，不是说如今已成笑谈了吗？久病床前无孝子，就是有幸，你有孝顺的个把儿女，时代也不推崇老人拖累着孩子，也要提倡启动懂得护理学、心理学的社会专业人士来对我们进行照顾。

那老年人你要自强、要独立，踩不稳脚下的经济基础能行吗？

一条基本的原则：老年人必须把你的收入、支出，大到银行存款、移动支付，小到水、电、煤气的各种缴费，都不能假手他人。

此外，量入为出是理财的黄金守则。你一个月的退休金够不够花？日常生活开销的各种账目，各种金融产品的收益和亏损，还有万一你生了病，除了医保、新农合，哪些属于自费的药品、医疗的费用？保姆、护工、清洁工，以及过年时节的压岁红包、亲朋晚辈的婚礼随份子，等等，也都需要花钱……假使你不会算账、计划、规划，何谈经济上的独立？谈何自理、自强？

这是“老本”，再说“老窝”。

“老窝”就是你的家，你住的房，你每天吃饭睡觉、起居生存的一个屋檐。

不到合眼的那一天，你的房子永远都要在自己的名下。

有时，老人会想，“唉，我死了以后，反正这老屋、老楼房的单元房子，还不都要留给子女、孙辈？早一天过户给他们，我还早一天轻松呢。”

此言差矣。

无数的例子告诉我们，咽气前你交出了房产和咽气后由儿女来分割你的遗产，这是天地乾坤大有不同，这方面的例子委实太多。因为人性不可考验，你也不要去试图考验。

因此，当人无论身处何种情况，生活处于顺境抑或逆境，你都不要想卖掉自己的房子，或贴补给自己的子女，或提前分了然后搬去和哪个儿子、哪个女儿一起来居住。

人与人之间，在现代社会需要一定的距离。

哪怕和孝顺的子女也是一样。

太近了会影响彼此的生活，而且老人一旦失去了自己的房子，就等于失去了最后的一层保护——“独处”是独立的前提，你可以空着老屋、老宅，或把百年之后的房产如何处理写进《遗嘱》，但就是不要一时冲动，做出任何让自己会后悔的事情。

采访中我遇到过很多农村老人，他们把老房拆了，然后为自己的孩子盖起了新房，原打算自己老了，尤其是老伴儿一去世，自己总要靠着儿女，让哪位儿女拖着一大家子的人来跟自己住都不好，不如自己跟孩子们去过，因此计划着“这个月住老大，下个月住老二……”然而，现实是残酷的，“看脸子”还算是好境况；天长日久，哥哥推弟弟，弟弟推哥哥，很多人都会找出父母对待兄弟姐妹之间的这个不公、那个不是，然后把气儿都撒在年迈的老爹或孤独一人的老妈妈身上——你手上，再没有什么可以给大家分得了，待在谁家，对这家就成了没有交换价值的负担！

很多人这几年都看到网络上一直在流传的两位外国老奶奶的故事，丈夫死后她们在处理自己的房产和财产上的做法各不相同，结果命运也明显迥异：

A老太变卖了自己的房产，平均分配给了自己的三个儿女，然后开始上班打卡一样地轮流在自己的三个孩子家里面去住。结果先是保姆、厨子给她脸子，因为家里突然多了一个人，她们得多打扫一份卫生、多做一个人的饭菜，而且还要扶持老太太每天按时去吃药打针；跟着是孙子孙女，老奶奶经常唠叨，不懂也不接受时尚和孩子们崭新的生活和价值观念，于是与孙辈不和；然后儿子儿媳也觉得跟老母有诸多不便，想大声说话、做事，又不敢，想吵上几句嘴也必须忍着；还有大家生活上的各种习惯更完全不同，年轻人喝酒、狂欢、睡懒觉，老太太想请些朋友来家里欢聚等。这一切都想不到一块儿……终有一天，忍不住了，晚辈教训老人、甩气给老人——老太太受到了伤害，只有一个人委屈得躲进地下室默默地流泪……何必呢？

而B老太，她也是送走了自己的老伴儿，自己一身黑纱地从墓地回来，就很清醒。把儿女都叫齐了围在客厅的壁炉旁坐下。老太太问孩子："你们的父亲走了，我还打算继续住在这老屋，但是环境我要做些改变，让房子更加地适老化，费用当然也是由我自己来出，你们愿意帮我，我会支付装修费，你们忙，我就请外面的人来，不过我要跟你们先打一声招呼。"

儿女们都说："哦哦，我们不介意，不介意。那您就到外面去找一支装修的队伍吧。"接下来B老太的"寡居生活"从此开始，她一个人请了护工，只要有需要了就打电话，年轻人来了，带自己去超市买东西，去银行取钱、存钱；她自己也去小镇上的图书馆看书，到裁缝铺偶尔做做衣服，有时还请护工带自己去看医生，甚至出去吃个饭，跳场舞，看上一场歌剧……

"如果想孩子了怎么办？"前来调研的工作人员问。

不错，老年人是不应该跟自己的儿女和孙辈干脆脱离情感的维系。

但B老太一个人独居，并不意味着她对儿女和孙子、孙女们不思念。她爱他们，周末或节假日，也会叫孩子们回来。如果出去吃饭，更多的时候是B老太自己花钱。谁来看她，每个孙子和孙女，都会得到一些零花钱。后来B老太因为摔伤，生活不能自理，她觉得与其常年让一位保姆和自己在家里住着，还不如走进养老院，和更多的老年人聚在一起，享受更好的专业化社会服务，钱嘛，只要有老屋做抵押，自己到死都花不完。

于是儿女和孙子们就改去养老院看望妈妈和奶奶、外婆了。

B老太经过一番计算，发出了一条誓约：谁来养老院看我，每次都可以得到100美元的开心费，哪个孩子碰巧留在了B老太临终的那一刻，他（或）她还有权获得老奶奶、老外婆的老房子变卖之后50%的财产所得。

嘿，这样一来，B老太不仅没有像A老太那样寄人篱下，把老屋子卖了，把钱都等分给了三个儿子，然后自己却在不停地不悦中度日如年；相反，几家的孩子都非常乐意到养老院来经常看望——贪不贪钱的“我”不管，自己这样做很主动，有情的种子也可以在无情的土壤里生长——土壤并不重要，收获是现实的，可以期待的……

话说至此，其实对当下的世风有些人不是悲观的。

不过，亲哥俩明算账，文明社会之所以文明，不是靠普遍的觉悟和良知来维系人与人间的关系的，而是靠合同、机制和法律。

老年人不要让自己陷于被动，这也是能力，更是智慧。

当然，除了老本和老窝，与这两条同样重要的还有老伴儿。

你的那个伴儿如果还在，自然是你的福分，必须格外地加以珍惜，因为人步入老年，丈夫、妻子，不管是不是初恋，不管彼此是否还在相爱，那就只是一个伴儿了，如同手足，不得不唇齿相依——每个清晨、夜晚，每一天的一日三餐，只要这个人还活着，他（或）她就会在你的身侧。生病的时候，这个人至少会给你端来一杯水、煮上一碗面，最不济的，当你不慎在房间里摔倒，或者是突发了脑梗、心梗，身边还有个人会给你打电话、叫120……

老伴儿太重要了，如何更好地和你的伴儿相处，牵扯到用心、用情，甚至经营管理……我下面还要用专门的章节来加以解释，此处先暂且略过。

人生除了死，其他都是擦伤……

有的时候，面对那种彻底的悲观主义者，我真觉得既可怜又可恨，尤其当这种人是你自己的家人、亲人，你更有一种对牛弹琴、鸡对鸭说的无力感。

为什么有些人永远都不愿意放下痛苦？永远都不想办法去找一点快乐？而且从不掩饰自己的不悦，更把自己不好的坏情绪随意释放，像病菌、病毒一样污染着空气？

这样的老人就是没有处理自己情绪的能力，而且并没有清醒地认识到：我要管住自己的脾气。这是老年人应该也可以做到的。

2020年新冠病毒肆虐武汉，1月23日封城，全国各地的民众都被要求出门戴口罩，疑似病人或有疫源接触史的人们，还被要求实行隔离，不听劝阻的都有行政、公安人员用规定和法律来进行约束——可不是闹着玩的！有一天我想：人们不好的情绪算不算病毒？有些人整天骂骂咧咧、摔锅砸碗的，要不要负法律责任？

道理想想是一样的，应该是一样的。

快乐与不快乐，谁都不会否认有客观的因素，所谓幸运和不幸。但强者懂得驾驭命运，尽量地缩小痛苦；弱者便一味地放大痛苦，这无疑是把“健康的魔鬼”请到了自己的家中，永远免费地养着……

所以，自强需要人们放下恩怨、放下包袱，包袱不会越背越轻，而恩怨放下了，那才是真正的“放过了自己”。

贡献一剂良方吧，看到过有人这样做——或许是一个可以通过“自救”而达到“自强”的法子。

就是比一比比自己更惨的人，听听别人更苦涩的故事、看一看别人更艰难的处境——

我有一位战友，WY，我们年轻的时候，大家都在部队文工团做话剧演员，说不幸，凄凉的命运几度把他扔进绝望与痛不欲生。

WY长我两岁，我们不同年，却可巧同月、同日生，属于一个星座。

不知道为什么，一想到他，我脑海里就会冒出莎翁名著《哈姆雷特》里面的那句著名的台词“To be or not to be?（活着，还是死去？）因为他身上的伤，一鞭子一鞭子的，实在是太多了。

先说家庭，因为他出身于演员世家，父亲母亲都是话剧演员，父亲后来活跃于影坛，总是出演革命者的高大形象，如果我报上姓名，大家都会知道我说的是谁。就是在这样的一个好家庭里，作为长子，WY本来应该拥有很富有、很温暖的生长环境，但是厄运从那个时代开始。他的父母先是被勒令改造，后来母亲忍受不了屈辱，在一个清晨，找到了一条河边，拿起来一根绳子，拜托了一棵柳树……

WY长大后，多少年都想不明白“妈妈为什么会走？”究竟怎么了就能让她作为一个母亲狠心地扔下他和更幼小的妹妹。人到中年，WY一个人开着车，一次次地来到北京城东的顺义区，想寻找到母亲当年出事的地点，叩问苍天当时究竟发生了什么？

这是家庭，已经让WY伤痕累累。

事业，WY的事业。

母亲走后，他和妹妹一度被寄养妈妈在上海的亲戚家。

父亲的同事，看到这两个孩子实在是太可怜了。有一天一位大伯找到了WY，说：“如果你愿意，就跟着我学话剧吧，我们从朗诵开始，这样有了一技之长，将来你无论是考上了部队文工团还是地方的什么文艺团体，就能端上养活自己的饭碗。”

WY开始还不解，躲着，不想依从，但迫于生计，他不得不跟着大伯开始学起了表演。

苦难的少年时代使他多了同龄人少有的经历，也使他更需要理想、懂得艺术。

出息成了大小伙子之后，WY还真的考上了部队文工团，子承父业，搞起了话剧。

不过，好景不长，20世纪80年代，很多军区的部队文工团突然宣布解散，WY一身文艺细胞也无奈——第一个“饭碗”就这样给砸了。

回到地方，他知道自己不咬牙不行，做演员只是吃青春的饭。此时，单位刚好要派人去中央戏剧学院进修导演，他报了名，一边学习，一边实践，到21世纪初，WY已经是我们国家儿童戏剧表演舞台上名望很高的一位大咖，很多地方都争着请他去导戏，也有很知名的企业拉他去出任文宣广告的CEO，收入颇丰。

这样，命运如果从此就顺风顺水，WY也算是苦尽甘来了。

然而，企业复杂的人际关系，WY不愿被人玩弄于股掌之中，另一方面，有时舞台上龌龊的金钱关系也让他放不下艺术和良心。“你知道吗？我干得好好的，公司突然釜底抽薪，说要请一个‘很懂事’的新人来‘协助’我，唉，后来我干脆就不干了，回到我的儿童戏剧舞台，但有一次又被毫无艺术感觉的小导演所顶替，侧面一问才明白：人家是要在每一台演出的制作费中，抽出一部分钱来中饱私囊，这事我可干不了，本来演出的经费就不足，还私分？人家就不带我玩了……”

2019年建军92年大庆，我和WY及其他的北京战友一起回到军营，回到了我们40年前曾经工作和战斗的大西北，在火车上WY愤愤地跟我说。

“妈呀！忽然你就觉得自己老了，这个‘老’是你跟不上潮流了——‘潮流’，你懂吗？就是你不肯同流合污，就没了你的市场！满头白发对老年人来说不算什么可怕的，最可怕的，妈呀！是你老了、很多事理解不了了，那才真是——杀人都不见血！”

一堆的“妈呀！”我能理解一个想干事又不想堕落的人内心的绞痛。

家庭之痛、事业之痛，这对WY还不是唯二的，除了这两件事，还有婚姻、情感、爱情的屡屡失意。

作为20世纪七八十年代的传统青年，WY重情重义，又知道约束。

在文工团，他爱上了一位女演员，转业的时候也把女演员（家在外地的）带回了北京，二人结婚、生子，小夫妻的日子，就像千千万万个普通家庭，有一样的幸福，也有一样的平淡。但是，情感的世界，阴晴阳雨，变幻莫测，谁也难分对错，更拿捏不好什么时候就会出事。总之，初恋的情感分裂，让WY痛不欲生，他无论怎样让步，怎样周旋，最终都没能拽住两人共同的昨天——破镜难圆了。

那以后，WY把全部的精力都放在了奋斗上。

他赌气："男人不就是得有名、能挣钱吗？我还真不服！"

等到他功成名就、钱袋子也鼓了，女人也开始在他的身边不断地出现了，前前后后，WY一共有过5次婚姻。多次婚姻，让他品尝了什么叫有情有义、真情假意，什么是真中有假、假中含真——面对金钱的诱惑、地位的诱惑，爱情往往会败下阵来。

有一任妻子曾经这样地求他一封休书，说："咱们离吧，我做不到啊！真的是做不到！"

WY开始还不明白，妻子跟他说"做不到啊！我真的做不到"，这是啥意思？

后来懂了。老婆为一位高官之后所看中，许诺有国外的金卡，有国内、国外城市里的豪宅……

啊！

WY告诉我："有一阵子，我就想一个人躲到远远的地方，猫一样地去自己舔伤口。"

后来他真一个人去了云南、四川、新疆、西藏，坝上、草原，总之哪里人烟稀少、哪里相对的贫穷落后，他就翻山越岭地去那里。

"这苦行僧，对，你后来干脆把自己变成了一个背包客、行摄者，一路走、一路拍，还一路写着诗……为什么？"我问。

WY说："当你看到大自然、感觉到人的渺小；同时还有贫困者过着紧巴巴的日子，脸上却露着灿烂的笑，你才明白：出名、挣钱，平静、无欲，这些各自拥有自己的逻辑。”

价值观不同了，心里的追求就不同了，心态就不同了。

对。就这样，有一天我跟WY求证，说我自己琢磨过了很多次，“有一剂良方能快速治好不快乐、不开心，那就是去看看比自己更惨的人、过一过比自己目前还要苦的日子，你觉得呢？这是不是一个能够让痛苦者放下痛苦的有效的办法？”

WY说：“差不多吧。”

有一天，他再次来到西藏，来到珠穆朗玛峰1号大本营的营地，WY说他站在夜晚的天空下，看到满天的繁星，离自己竟然那么近，每一颗都在快乐地闪耀着，又显得那样的低调不语，忽然觉得“有什么啊？人活着，其实连一粒风中的沙子都不如。”

欲望
在珠峰的脚下消失殆尽
膨胀
被稀薄的空气瞬间吞噬
星空的广渺掩埋了嚣张和浅薄
人在宇宙的长河里简直——毫无痕迹……

“和生死比，其他的都是擦伤”——这是日本一家寺庙里写在公告上的一句话。

我想WY如果看到，一定会使劲地点头，说：“嗯，写得好，人生就是这样。”

在九曲黄河的上游，在西去列车的窗口，记得那个晚上，我还向他请教：“人在旅途，最大的收获，是不是有一天，就是在一个陌生的地方，忽然就发现了一种久违的感动，从而让自己觉得满足？”

WY说：“是。”

到80岁的时候，WY打算办一个个人影展，用他的照片、诗和散记，来感谢他在辽远的荒凉中曾经遇到的每一位主人公——“是他们，虽然身处平凡，却根本不理会外界的喧嚣。在他们的心里，装着我们尘世大多数人今天都已经匮乏到苍白了的信仰。那是一种力量，能给我疗伤，让我坚强，使我一次次地洗净眼睛，洗净心灵，我才能够活到今天……”

坚强？已经关系到一个老人的生死？

你说呢？

最后，WY获得了暮年的爱情，他说：这一次很真、很单纯，不知道是不是上帝的恩赐或自己的无欲换取了心静。

我合掌祝福。

能撑船的“肚子”有多大？

古希腊伟大的哲学家柏拉图有句名言：“把你的脸朝向阳光，那就不会有阴影。”

老年人心怀善念天地宽，要心大，正所谓宠辱不惊，去留无意，看庭前花开花落，望天空云卷云舒，这叫什么？气度。

气度是不是一种坚强？一种能力？对老人是否需要？

当然是，当然需要。

气度、胸怀、坚强、能力汇合在一起，熔炼了一生的沧桑和命运的荣辱与沉浮。年轻人是没有这些柴火的，只有老年人有——熔炼了不幸，你才能看破红尘；看破了红尘，你要依然对苦难报以微笑，只有走到这一步，你的人生才算既懂得欣赏天高云淡的雅，又能具蹲在地上和小孙子玩玩泥巴的地气。

心灵是一个世界，哪怕浑身伤痛、孤苦无依，强大的自我也能呵护着生命好好地来，再好好地去……

其实要说心大，不少心大的老人在网络、书本、杂志上经常被看到，我的做法是看见后，就马上把人家的故事复制粘贴到自己的文件夹，供自己学习，让自己宽心，有时遇到了什么难事便可以翻出来瞧瞧，帮自己疗伤。

有一年，江苏南通发生了一起车祸，妻子开的车，不小心撞上了路边的消防栓，造成车翻人伤，她和丈夫都是满脸是血，惨不忍睹。按理，发生了这样糟糕的事，老公一定会埋怨："看你，怎么就不知道好好地开？"，但丈夫没有，这两口子接下来的做法真是令人大跌眼镜：他们互相看了看彼此都没有什么大碍，跟着两口子竟然先拍起了照片，丈夫还说："跟妻子经历的每一件事，都值得纪念，其中也可以包括车祸……"

自然，胸怀不是凭空而来的。它要靠两片"药"来滋养：一片叫知足，一片叫感恩，这谁都知道。但我说还要一份执念，心怀一种能动，用每天积极的善行冲减自己的不如意，这样面对衰老，才不至于只是一片无奈，叹口气、耸耸肩——反正不是知足常乐吗？那就得过且过，混一天算一天吧。

"混"怎么能自强？

在中国上海，一位年近九旬的老人王坤森，每天上街拾荒，有时一晚上可以捡满两大车废品，可有时，一晚上捡到的东西连10块钱也卖不到。这老人干嘛要用捡破烂来度余生？是为生活所迫吗？不，他是国家退休人员，每个月拿着几千块的退休金，生活无忧，不为花钱而发愁。

但是他这样做，就是为了兑现自己要资助困难大学生的承诺，点点滴滴的积累，让每一分钱都沾着自己的汗水——如果只是捐出工资，那不够，不仅仅是数量，还要有能打动孩子们的心与行动……

2018年以来，中美贸易战打得人心头一张一紧，难以料想这场商战的最后结局。华为创始人任正非因为受到了美国的强力打压再度成为焦点人物，只不过任正非说出了一句掷地有声的话："除了胜利，我们已经无路可走。"在十年前就埋下了"备胎"战略，不怕美国人用芯片卡我们中国人的脖子，相反却以极其低调的姿态大力投资科研，使5G占领了世界绝对领先的高地，扬我国威，令全球瞩目。但是，就是这样一位惊天地、泣鬼神的中国最牛企业家，有一天我看到腾讯科技发出了一条消息说："继今年年初被网友曝光独自乘坐机场摆渡车之后，72岁的任正非昨日再被爆出独自在上海虹桥机场排队等出租车。"文中有任正非一只手拉着拉杆箱排队，另一只手正在打电话的照片。随后，这张照片迅速在微博和微信朋友圈中疯传，引得很多网友向这位古稀老人真诚地致敬。

也是2018年，芳龄已经90岁了的赵振华老奶奶，80岁时开始走上T台，成了一位老年模特。人们问她为什么能活得如此带劲、有主见？赵振华老人说她每一天都要做一些积极的事情，对国家、对社会，特别是对老年人有启发意义的事情——热爱今天、热爱当下嘛。因为她是1937年南京大屠杀的幸存者，曾经经历过战争，所以直到死亡的前一日，她都知道"自己应该怎样活"……

世界著名麻风病防治专家李桓英，98岁了还每天到她工作的北京热带医学研究所去上班。1921年，李桓英出生在北京，先后毕业于同济大学医学院和美国约翰霍普金斯大学，之后在世卫组织工作了7年，1958年瞒着已经移民到美国的父母和4个弟弟妹妹，回到祖国，自此一直从事着我们国家的传染病防治工作。

20年后她开始与麻风病结缘。麻风病是一种古老的传染病。不管是过去在欧洲还是在旧时的中国，患了这种病的人往往被视为“魔鬼”，很少能得到救治，最后还会被集中赶到一个封闭的地方去自生自灭，有些病人甚至被活活烧死或者直接活埋。

新中国成立之时，中国还有52万同胞遭受着麻风病的折磨。

由于担心病人中断治疗，李桓英曾多次往返甚至长期居住在云南勐腊县，深入人人避之唯恐不及的麻风寨，她为当地居民带来了药品，而且和病人握手、拥抱，和基层的卫生人员一道宣传坚持规则服药的重要性，劝说病人好好治疗并亲自给病人喂药。

麻风寨山高林密，道路艰难，李桓英光车祸就出了好几次，不是跟着汽车滚下了山道，就是人从汽车里被摔出去，有一次肋骨都裂了七根，但她从不张扬。经过不间断的治疗，勐腊县的麻风病患者全部由版纳卫生局颁发了治愈证，李桓英也用不争的事实证明了麻风病“短程联合化疗”的方案有百分之百的医学疗效。

1994年，在中国试验成功的这一疗法向全球开始推广。

2007年，中国向世界宣布：经过50多年的努力，中国终于告别了麻风病时代！

因为在防治领域贡献突出，李桓英曾获得过国家科技进步一等奖、全国五一劳动奖章、“全国医德楷模”等荣誉称号。2016年9月，第19届国际麻风病防治大会在北京召开，李桓英更是实至名归，荣获了首届中国麻风病防治终身成就奖。

然而，就是这样一位自强的老人，2019年98岁时心里还有一个最大的心愿，就是希望能再回到她曾经战斗过的云南。她心里还牵挂着那些治愈的人，更惦记着尚未破解的麻风病发病机制。中国的问题是基本解决了，但在全球如何实现一个没有麻风病的世界，这是李桓英的理想，为此，她给自己定下了目标，要努力工作到100岁……

自强让人更有魄力和底气，自强更让人的心怀宽广远大。

1949年新中国成立时，开国大典的名单中有一个人，她被国家邀请可以站到天安门观礼台上参加观礼，亲眼见证新中国第一面五星红旗如何从毛泽东手中冉冉升起，但是这个人因为“当天正好赶上我值班”，便婉言谢绝了。

婉言谢绝了？

多么至高无上的荣誉！光环！

但她就是没有去。

这个人是谁？林巧稚。

林巧稚作为中国妇产科医学的奠基人之一，曾亲手接生过的婴儿超过了5万，被尊为“万婴之母”。1906年，年仅5岁的林巧稚，眼看着母亲因患宫颈癌被病痛折磨得死去活来，从那时开始，她打定主意长大了以后一定要成为一名医生——一辈子就要治病救人！

高中毕业后，林巧稚得知北京有一所美国人办的医学院正在全国招生，便决定前往应试。英语科目考试，由于天气酷热，一位女同学突然中暑晕倒，林巧稚立即放下手中的试卷，赶忙去帮助这位同学。回到考场，考试的时间已过，她自知没有机会再把英语的试卷答完，对录取已不抱希望。

但是，当考试发榜时，林巧稚意外地发现自己竟然榜上有名。原来，正是她在考场上舍己为人的优秀品质打动了主考官，主考官将她救人的事迹写成了报告，附在试卷后面一并上交，加之林巧稚在其他科目上的成绩都是优异，她被院方破格录取了。

新中国成立之前，西医产科刚刚进入中国，分娩的观念和医疗条件还十分落后，女人生孩子就等于在鬼门关上走一回，婴儿的死亡率和产妇的死亡率都是当时英国、美国和法国的3 ~ 5倍。

林巧稚不忍眼见产妇们继续在接生婆不够科学的助产方式下苦苦

挣扎，为了向妇女不能持刀的陈腐观念挑战，林巧稚选择了当时尚在起步阶段，被认为没有什么前途的妇产科，希望用自己的双手去帮助那些在苦难中挣扎的中国妇女。

1929年7月1日，林巧稚正式成为协和医院妇产科的住院医生，之后仅用了半年就走完了常人需要5年的时间才能走完的路，后来经两度出国进修，再回到中国，很快被提升为妇产科主任，成为协和医院第一位中国籍的女主任，这在协和，据说当时就算是外国人想要获得这个职位，也绝非易事。

太平洋战争爆发后，协和医院被迫关闭。林巧稚没有离开沦陷的北平，而是在她自己居住的东堂子胡同租下了几间房，办起了私人诊所。战乱频仍，民生疾苦，当时来看病的大多是一些穷苦人家，林巧稚对他们不仅分文不收，而且还经常给这些人资助。“作为一个医生，既然病人把自己的生命和希望都交给了我，我就要尽心尽力，负责到底。”怀着这样信念，在那些动荡不安的日子里，林巧稚诊所整整坚持了6年，接诊了上万人，留下的档案有8887份之多……

一位单薄而又坚强的中国女性，就是她，一生未婚，心里却装着一个世界。

今天，我们普通老百姓能不能也让自己的内心更加宽广、平实！那是一个目标，一种鞭策，这或为成就自己晚年辉煌的一个平台！

林巧稚的名声大不大？

开国大典，万民瞩目，升旗、阅兵、礼炮震天，于她而言能够参加这样的唯此唯一的重大仪式，那是何等的崇高与难得，但就是因为要值班，那一天刚好要值班，林巧稚放弃了，婉言谢绝了……

林大夫谢绝的话，当年是怎么说的？

那声音拥有着怎样的穿透力？

几十年、半个世纪多了，但到今天言犹在耳。

余生，真能让自己“越变越好”？

有首歌叫“山在之歌”，社会上并没有广泛流行，我有幸常听到，是因为歌词的作者是我先生的老领导，国家商务部的一位前副部长刘山在。对，“留得青山在，不怕没柴烧”——就是这意思——时时顺应环境，内心充满能量。

我说刘部长是一位快乐的部长老头儿，说要把他的《山在之歌》写进我的书里，老人家听了很高兴。2020年春节，我跟我先生照例去给他和夫人拜年，问“部长老头儿您还在唱歌吗？”部长说：“唱啊！我今年都80岁了，还照例每年去参加‘健康快车’的公益活动，还能登台拉着孙女进行二重唱，而且是在国家大剧院的舞台上演出——哈哈！”

我和先生直竖大拇指。

然后，“那您那口号呢——健康快乐每一天？”

“还在到处宣传呢！逢人便讲！并且‘6乐’啦，比以前更丰富、更与时俱进了！”

“6乐”啦？

“6乐”是什么？便是《山在之歌》的主要内容。

知足常乐、助人为乐、苦中求乐，这我很早以前知道。

后来又加上了“可口可乐”“百事可乐”“非常可乐”，就变成了“6乐”。

部长声音洪亮，话语干练，根本不像80岁的老人。

可口可乐？

那可是甜水呦，我曾经提醒部长老头儿——那可不能多喝。

刘部长说："不不不，我这里的'可口可乐'，可不是人们常喝的那种高糖饮料，是说老年人饮食吃喝只要可口就好，不必餐餐山珍海味，过于讲究。"

哦，有道理。

那为什么有了"可口可乐"和"百事可乐"，后来您又加上一个"非常可乐"？

部长越说越兴奋，脖子一梗很认真："就是考虑'可口可乐''百事可乐'都是些外国的品牌呀，我就再加上一个'非常可乐'——这是国产的，意思就是：我们一方面要科学养老，研究世界上的好东西；一方面也要研究我们中华民族自己的很多好传统，洋为中用，古为今用嘛。哈哈哈……"

一位共和国的老部长，在职时为国家守着千百万亿的钱财一尘不染、两袖清风；卸任后乐呵呵地让自己成为了一个平民老头儿——上街吃饭去普通的饭馆，健身遛弯儿去身边的公园，打牌、打麻将在哪里都能和老同事、小伙伴们玩得热火朝天，每天在家还自编了"太空步"，还要对着两缸子红鲤鱼不断地走过去击掌、喊话，练嗓子、练眼神儿——对自己身份的变化，部长老头儿欣然面对，怡然自得，他的《山在之歌》从心底里唱出，感染了很多身边的同龄者，也为晚辈树立起了一个好榜样。

一篇网文——《余生，让自己越变越好……》，我读了不止一遍，感觉好诗意、好温婉，吴侬软语中竟有一种顽强的力量和发轫的高度。

这不就是老年朋友们自立自强所需要的目标吗?

只不过越变越好这个"好"，我们从来都没敢指望过，因为在我们的思想深处，还是普遍地认为老就是要走下坡路，是越来越"没戏”。尽管生命并不情愿，但还是得一天天地走近死亡，哪里还会有什么好和越变越好？

看来，人的陈观旧念真好比一块块巨石挡着老年的路。

因此，养老革命首要就是要讲转变观念。

我是觉得老年人自强……也是除了自强，已没有出路。这就要给自己装上一架信心的“发动机”，晚年生活得以科学指引、敢想敢干。生活里、思想里什么时候遇到了难题，我们就要赶快像搬石头一样把它移开，一个人搬不走，就跟大家商量着一块搬，共同“愚公移山”——

几十年采访，我积攒了很多老年人的故事：关于他们的经历、命运……

越变越好的内心呼唤并不是赶时髦的口号，很多人心里其实是有这样的念头，只是不敢相信自己能够实现——老了老了还能大鹏展翅，飞过水面，掀起涟漪？

2019年10月24日这一天，我这个很少看其他电视报道的央视新闻人，偶尔在一档科技节目中瞥见了两条消息，好家伙，世界变得太快了——人类要疯？！

一条消息是踏板飞行器；另一条是能飞行的汽车。

两项科技发明，乍听起来像童话，不，神话，但它们是真的，已然是人类发明创造的物质结晶，尽管我高度质疑：踏板怎么飞？汽车又怎么能飞上天空？

接下来我极认真地回放并下载了这两条报道，正儿八经地学习，仿佛能看见牛顿当年怎么被树上的苹果给砸到——

踏板飞行器准确地说就是飞行踏板。那是2019年10月14日，法国迎来了他们的国庆，一场盛大的阅兵式正在巴黎举行。忽然，电视画面上出现了令人惊悚的一幕，当人们抬头看清楚了以后，才知道，这是活动仪式的一部分——法国一位发明家弗兰基·萨帕塔（Franky Zapata，兼企业家），正在法国总统马克龙与其他欧洲领导人的见证下，驾驶着一辆由涡轮发动机驱动的飞行踏板（flyboard），在香榭丽舍大街的上空起舞翱翔。

人？

哪吒一样？

托举着自己在天空中乱飞？

然而我眼见为实！

无独有偶，在新加坡，2019年由德国人发明，一款也是能在天空里飞来飞去的东西——汽车（注意，这里是汽车哦，可不是飞机），也在旅游胜地滨海湾展开了试飞。

电视画面里，一位司机正开着自己通体白色的电动飞行汽车，从草坪的中央缓缓起飞，在人群的惊喜注视下驶向了空中。先飞过新加坡多座地标性建筑，之后在完成了长达2分钟的试飞盛举后，缓缓地悠然降落。

设计和生产了这款新型汽车的德国沃洛科普特公司首席执行官罗伊特表示："这次试飞，对人类城市空中交通的发展来说，简直具有里程碑式的意义。"他们计划最快于2021年可以在新加坡推出此项服务，2025年有望实现真正的商业化——到那时，人类可以打飞的的梦想将成为现实！

可不是嘛，如今世界变化的速度和广度，真够我们老年人"喝一壶"的。有学者认为，一个社会科技的含量越高，人们能够独善其身的机会也就越小，也就是依赖性智慧越高——你跟不上趟，不只是自愿放弃了一些高端的享受，而是没法生存！

一位聚会时偶遇的很健谈的大哥曾经跟满桌子的人说："我们老哥几个经常会小聚一下，目的就是互相学习、互相交流外面的新鲜事。不然不了解新世界、新语言，说老实话，自己都不自在。为什么？很多人一开口，都是外面时兴的网络语言，简洁、俏皮，咱都不懂。你比如说'淑芬'，我头一次听说，还寻思是哪个老人又搞上了一位什么新女人？哈哈，'淑芬'不是人，其实是书的'粉丝'，由'书粉'而来。那么知道'书粉'就得知道'粉丝'，可如果你连'粉丝'是什么也傻头傻脑，不知所云，还以为是饭桌上的蚂蚁上树、粉丝白菜汤呢？那就真的没救了——用句地球人都知道的话来形容：您老人家也out了！"

健谈的大哥已经很时髦了，但他还觉得自己脚步慢。

什么叫越变越好？像您这样不断地学习，不断地接受新事物、新时尚——那越变越好的空间可就大了！我恭维。

记得2013年，当时我还在香港驻站，马上要去韩国报道第二次世界核峰会了，出发之前，我的摄像——一位年轻的小伙子跟我说："诶，长江老师，你现在可有微信？"

"微信？"我问，"这是个什么东西？"

小伙子答："微信就是一种新的手机功能，可以发短信、发语音，还可以语音聊天、视频通话，只要买流量，打国际长途都不用再交一分钱——可带劲儿了！"

"啊，是吗？那我就装。"

我当时将信将疑，心想反正是玩，就装一个呗，心里还轻视这只不过是年轻人爱摆弄手机里的又一个小伎俩，哪承想，日后，只用了几年的时间，微信迅速影响着中国，也开始影响着世界。

人类的进步，如果不是越变越好，那速度和广度就是为自己开发着灾难！

中国人靠电子商务，为老百姓的生活打开了一道缺口，随之汹涌澎湃的大水扑面而来，即使在人们印象中最边缘、荒凉的地方，都势不可当。

截至2018年，为什么是这一年？因为这一年，我要去大凉山做农村儿童成长教育的一期节目了，摄制组出发的目的地是四川西昌川滇交界处的彝族聚集区。这里山高路远，屏障重重，是我们国家向国际社会承诺，要在2020年全面实现脱贫攻坚战中位于中国西南边陲最困难的一个地方——满山遍野的孩子们，不分男女，好多孩子还都光着小屁股，很多人家里的每顿饭，除了土豆还是土豆，煮了烤，烤了煮，生活尚不富裕。

但即便是这样的偏远大山，我们住在布托县，刚刚结束了采访我要买一些当地的农副产品，比如苦荞茶、苦荞炒面，自己喜欢，也算是支援支援当地的农户，找到了一家集市小店，买了货，要付款，竟然发现，这样的店里也有二维码，他们也在使用微信——哇？这才几年的时间啊？微信从发明到……当时把我惊得……你说世界变化快，这……难道竟有这样的普及速度和能力？还不是因为这“变”带来了更大的便利？！

微信改变着人们传统的生活方式，这还只是小试牛刀，说不定很快，飞行踏板、飞行汽车、载人登月、火星旅游甚至星际移民等梦想，都要来了，都会实现！

现代生活中各种各样的好事情、好玩的东西会越来越多。

如果老人总是拧着身子、背着手，抗拒学习，抗拒进步，那能力，别人可以不断地获得，而对你永远就是水中月、镜中花，不觉得亏吗？

整个世界都不再使用现金了，您老还拿着10块、50块、100块的大票子到处求找钱、找零钱？对不起：没钱啦！无纸币的时代，“老古董”寸步难行！

所以，越变越好从这个意义上说，已经不是老年人今天愿意不愿意赶的时髦，它必然慢慢地归入老年人的应知应会。

这一点，在今天已毋庸置疑。

第十二章

“老”与天地，与四方……

人老了，最好不要“闲云野鹤”“顾影自怜”！

生活本来就把你包在各种的关系中。

请和自己的心好好地谈一谈吧！

如何让柴米油盐与岁月和谐？

花若盛开，蝴蝶自来。

余生很贵，不要浪费……

这样的伴儿，老了只有一个

接着隆重一点，我要说说老伴儿了。

舞蹈家金星曾经总结：“婚姻最大的杀手就是——不肯改变。”

美满婚姻并非天赐，没有爱能永远停留在热恋，两个人要想携手走完一生，就必须共同努力，把信念和共同的价值不断融合，同时，还要有良好的机制来处理生活中不同的意见……

“良好的机制——来处理夫妻之间不同的意见？”这很新鲜，但一入心便仿佛可以被归纳进至理名言。

想想如今的时代，男人女人，一方面都要高度强调独立之精神；另一方面，生活所迫也要善待“合作的伙伴”。你生活中的伴侣，是老天爷给你的安排——搭帮结伙过日子嘛，既然是搭帮，就要讲究诚意、策略，甚至方式、方法，以求双方在合作愉快中取得幸福指数的最大化。

天下的夫妻，一个屋檐下生活了一辈子，哪有牙齿没咬过嘴唇的？特别是激情过后，年轻人也包括中年人，不到老你是不知道，无性的两性要生活在一起，那是和恋爱、交欢、难舍、一日不见如隔三秋等的完全风马牛不相及，忽然一夜之间，你对“那种事”完全没兴趣了，再看对方，再看世界，温度、味道……全变了。

“跟你过了一辈子，到现在才看清你身上原来还有这么多毛病！”

“早知如此，何必当初？”

“懒惰，邋遢！”“自私，小气！”“不近人情！”“不可理喻！”

“哼！”

“谁嫁你？”

“谁娶你？”

……

所以人，我的经验，别等你进入老年，其实从中年的时候我们就要有一个清醒的认识——爱情需要经营，家庭生活也需要经营。

尽管用“经营”这个词儿，不好听，不温情，甚至还带着交换、市场和些许的铜臭，但是它很机制，很科学，也很实用。

说到底，爱情是个什么东西？

就是年轻时突出的动物性，是冲动、疯狂、荷尔蒙。

天底下根本没有所谓十全十美的男人和女人。当初不管多么火热的爱情，到了老了都会变成左手握右手，你不会再对对方“为伊消得人憔悴”，人家也不会再对你“情人眼里出西施”。爱情能成功转换成一种亲情已经是一百分。那种稍不如意就离婚、再婚，再离婚、再结婚的做法都不是办法，都在追求不切实际的幻象。因此到了晚年，夫妻俩就成了伴儿，此时两个人在一起更重要的是健康、无隙、理解、宽容，甚至友好地学会退让。

中国著名语言学家、“汉语拼音之父”周有光先生到2015年已经长寿到110岁，他的妻子张允和也高寿到了93岁。有人问这老两口晚年的日子怎么过得那么好？周先生的答案谁都没想到，不是财富、地位，也不是儿女的孝顺、身体的健康，是两口子如何处理好夫妻的关系。

两口子的关系？

在周有光的养老观念里，“其他的都可以看淡，都是身外之物。老两口互相扶持，从早到晚、从天明到黑夜……想想可不是嘛，有什么能跟生命、生死相比？一比，不都是小事？夫妻俩非得整天吵得天崩地裂，怄气闹别扭？都不值。”——这些都是周老的肺腑之言。

年轻的时候我也想不到：人入老境，与他人、与世界、与家庭成员，同时也包括与我自己，这诸多关系中，夫妻竟然是最重要的、第一位的，因为人生走到末端——老两口天天在一起，不在一起都不行。

周有光老伴儿喜欢喝茶，先生本人则喜欢喝咖啡，二位老人每天都要举杯齐眉，很仪式化，也很固定。

“别小看了这样的小动作，你每天做，它就能增加家庭生活的趣味和稳定。”这一点周先生一直坚持，他说，“夫妻之间不仅要有爱，还要有敬。”

一句“有敬”，道出了老年夫妻关系的真谛。你要把他（或她）看成是自己人，同时还要看成是一个外人，对外人你哪能该不客气就不客气、想发火了就发火？不得温文尔雅、礼貌周全？

中国传统文化讲究举案齐眉，说的就是夫妻之间要心心相印、相敬如宾。

可如今，我们谁家也没有那种带着脚的托盘——案了，举杯齐眉也一样，就是要把爱嵌入老年生活的每一个细节，毕竟无性了，人心底的自私就会跑到阵前，你要约束很多会伤人的任性。

我曾经看到“内蒙古之家”的公众号通过网络发出来过很多少年夫妻老来伴的照片，其中有一张，记录的是一位年过八旬的老奶奶，在公安局补办二代身份证，要照相，得摘下耳环。年轻的女民警上前要去帮她，老奶奶却说“不，不”，她要打电话给她的老伴儿，还说：“几十年了，习惯了，都是老头子来给我弄——别人摘，我怕疼。”

哇！“别人摘，我怕疼”？

这两性之间，如何变得像母女、父女一样的感觉？真想给这老两口点一个感动的赞！真的可以做到吗？

真的，可以——我其实也见到不少这样的人。

我这辈子，有过两次的婚姻，因为跟现在的丈夫没有孩子，我经常地跟他调侃（实际上也是很认真地在说）：“咱可得小心啊——我们的婚姻非常脆弱。”尽管，我们彼此的孩子在他们很小的时候就被我们“有心地安排”，这让两个孩子20年相处得已经很像姐弟。我的丈夫与前夫也从一开始就以兄弟相称，20年也是两个家庭互相惦念、互相帮助，相处得甚好。但是关于婚姻的危机，我还是早有警惕，并预设着种种可行的免疫措施。

两个人感情再好，婚姻都要经营。

这是我和先生的共识——如果我们俩都决定还想一起共度晚年，那好，就让我们相互理解对方的心思、喜爱，也明确对方的底线、疆界，这是经营爱情的“市场调查”“可行性分析”。

有专家统计，全世界哪怕夫妻二人感情再好，心底都会冒出跟他（她）离婚的念头至少200次。那么，如何降住婚姻的这只猛兽？如何让它不彼此伤害而却能变成我们身边善解人意的“看家狗”？我们要启动良性机制，而不是恶性互斗。

亲哥俩明算账，夫妻俩不要怕把话说得那么不好听、“捅了天”，事实上先小人后君子，大家心怀坦荡，不要让猜忌的病灶在彼此的心里养大成灾，这才是明智之举。

我的“经营”就是这样的几条坚持：

第一，哪怕有时再生气，都要制度化地先叮咛自己：先压一分钟的怒火，然后，再看看，看看这件事自己有什么不对或我对他有什么伤害——沟通不要过夜。

第二，无论何时何地，也不管双方吵到了什么样的地步，过界的话、带侮辱性的话，永远都不要说，离婚更不要轻易说出口，当然抬手动武——那绝对要不得。

第三，心里还必须明白：人这一辈子，就算换上了一百个夫君，哪个没有缺点？要找气，要离婚、再婚，到头来还不都是没完没了地失望？所以只能：改变+改善。

第四，只要挖掘，你总会发现对方身上其实还有很多好，哪怕对方不会说话、不善表达，挖掘出这些好，智慧地将其放大，你的福报就会源源不断……

最后，我会认真地问自己：突然有一天，“我的家，要是……没有了他，那我的生活……”

不出差的日子，清早，每当我坐到电脑前开始写作，我先生的一杯咖啡，一准儿会冒着热气儿来到我眼前，然后才是我这本书开头的那副“雕像”，他也坐下来陪在一边看手机；下午5点，是该锻炼身体了，他会按时提醒我“嘿，该扭腚了”，然后又坐到一旁，开始去盘着我给他买来练手的海黄大珠子；晚上，天要黑了，他总会先我走进卧室，关上窗、打开加湿器（北方的冬天屋里很干）；夏天则是启动了空调、点好蚊香，先把房间弄凉，省得我洗完澡一进房间感觉又闷又潮又不舒服；此外还有地灯呢，厕所的、楼道的、家里角角落落的，365天，都是人家一早地给我打开，省得我腿不好，“万一哪一眼没看清，再摔着，又得受罪”……

够了！

美国第81届奥斯卡“最佳动画短片奖”颁给了一部叫《回忆积木小屋》的片子。这部片子讲的是一座城市被海水渐渐地淹没。有位耄耋老者，把他在年轻时跟妻子一层一层盖起来的小洋楼随着海水的不断升高而不断地加高，往上盖。此时，太太已经过世，女儿也有了自己的家庭。老爷子一个人，孤单寂寞，但又不得不打起精神独自生活。他十分想念他的太太，很后悔年轻时和太太经常因为一点点小事就发生口角，心说那时候真是身在福中不知福啊——人，只有失去了另一半才知道两个人的时光有多么踏实。

有一天，海水又涨高了，老者不得不用水泥和砖头把自己的房子再往上加高一层，一不小心，烟斗掉进了海里，他开始还去商店买了一个新的，但是不喜欢、不习惯，还不如买一身潜水服，到大海淹没的下一层房间去寻找他的老烟斗。

老人下到了水下的一层，看见了烟斗，刚要伸手去拿，恍惚，已经有人把烟斗给他捡了起来并递到了他的手中，啊？这个人是谁？哦，我的妻子，他又见到了自己的妻子，这一幕，妻子在“活着的时候”经常地为他这样做，已经习惯了，一百次、一千次……

老者又幸福又伤心，他感慨眼前的幻觉，但同时也觉得，内心涌起的记忆——是那样的甜美、珍贵……

“我可得对你好一点。”看完了片子，那天晚上我突然对我先生这样的说。

先生：“怎么了？”

我说：“一个人的日子……没法过！我决不能让你死在我的前面……”

他轻轻地抱住了我。

中国的很多老年夫妻，要么分手，要么隐忍，日子仿佛总不如外国夫妻过得那么浪漫、滋润，究其原因，其中有一条就是不愿意交流，或羞于表达，特别是男性，一个个都是闷葫芦。我一直认为这是中国人，甚至是东方人的性格使然，但是后来我觉得：“不，这也是比较自私的一种表现”，如果你心心念念地对对方好，为什么连爱、谢谢、不客气、对不起、有了你真好等话都不肯说出口？这是你应当的付出，夫妻关系中必需的一种付出——你以为老夫老妻了就不需要甜言蜜语、恩恩爱爱了吗？恰恰相反，老了，更需要。

这样，为了战胜自私，不做哑巴爱人，或者说干脆权当双方去履行一个共同签署的合同，我和先生来了一个新约定，每天晚上临睡前，大家都要彼此抱一抱，说一声“亲亲抱抱，关灯睡觉”；然后清早起来，如果可以同步，我们也还要重复头天晚上的语言和动作，又说一声“抱抱亲亲，一天开心”——像小孩子过家家。

开始，谁好意思这样做呀？尤其是我先生。

但我就坚持：不，我们一定要！一定要坚持这种形式主义！

慢慢地到后来，大家都习惯了，两个人都不再觉得这有什么难为情，而且白天万一又闹出了一些什么小口角、小不悦，这样晚上照例地“形式”一下，也就跟自己说：“嗨，算了吧，别生气。”不用谈，也不要再去费什么劲先哭后笑，然后再重新和好。

什么叫经营？

正确的经营是老年婚姻的润滑剂、保鲜膜。

夫妻之间处理问题的机制其实并没有什么太玄奥、太了不起，无非就是正确的交流，看开一点，包容一点——千山万水地都拉着手走过来了，何在乎眼前的小河沟子？

“老友”“小友”，永不分手！

女作家毕淑敏曾经讲过：“我们走过那么多旅途，不过是为了成为更好的一个自己。”“更好”和前面已经讲到的“越变越好”如出一辙，但是如何做得到呢？

我们需要镜子。

妻子或丈夫，两个人都在的时候，对方都是彼此的镜子，欣赏、鼓励、提醒、叫停。但是，任何一方先走了，我们靠谁？朋友。

子女当然是可以靠的，但他们有他们的生活，没有那么多的时间，也不可能那么细心，而我们也不应该理所当然地觉得可以靠。

这时，朋友就显得难得且珍贵。

一望不尽的海岸线——我亲爱的朋友，每次想到他们，我都觉得眼前出现了大海，看得见、听得到的白浪不断翻卷，海面辽阔而坦荡。

可不是嘛！老伴儿会走，老友会走，但朋友们不会一下子齐刷刷地都走光了吧？你总会不断地相识，不断地结交。因此朋友万岁——老人晚年要守住自己生活的几个“必需”，朋友甚为重要！这里的“朋友”不仅包括年长的、同龄的，我认为还应当包括年轻的，特别是晚辈，“小友”是必需的。

20年前我先生有一位朋友，异性，萍水相逢，但以后却可以彼此信任、交心。故事发生在云南。

这一天在昆明长水机场，先生出差办完事准备坐飞机回香港了，他正在排队办理登机手续，一位中年妇女手里面举着个大信封，挨个儿问过了一两个人，然后来到我先生的跟前：“同志，您能不能帮我一个忙？我家的孩子在香港，现在急需这份出生证明，我买不到飞机票了，就请您帮我把这个带过去可以吗？晚上我香港那边有亲戚会去取，谢谢您，谢谢您啦！”

20年前，那时候中国还没有快递，也没有微信可以传图像，谁家有急事，主要还是要靠打电话、拍电报、寄挂号信，但是电报肯定无法让对方看到孩子《出生证明》的原件，“挂号信”也已经来不及，所以……

算是善良人碰上善良人了，也是20年前，坑人、碰瓷等这些骗术还没有那么时兴。我先生没有犹豫，也没有怀疑，一口答应愿意帮她把文件带过香港，给她解决了这个难题。以后XY成了我先生的好友，随后也成了我的好朋友。

就是这位XY，我经常听她嘴里唠叨“这个朋友、那个朋友”，今天陪这朋友做这个，明天又陪那个朋友在做那个——仿佛在她的身边简直从无“没有朋友”的时候。

单身，屋里没有“镜子”。

然而，“朋友真的有这么重要吗？”有一次我问。

XY说：“对，没有朋友的日子，我简直没法过。”

儿子三岁的时候，XY就离了婚，孩子跟着外婆，经常打坐念经，这慢慢地影响了孩子的人生。孩子大了，读大学要读佛学院、考研究生要考佛学研究，而且由于学业突出，毕业后先是去台湾跟着星云大师修行，之后又云游四方，以慈悲为怀，也以四海为家——

孤独一人的XY就离不开朋友了。

开始，我还认为，XY的离不开朋友是因为像她这样的人，常年独身，生活枯燥、寂寞，但后来我发现，很多不独身的老人他们开心的时候，也更多的是和朋友们在一起，这一现象渐成规律——怎么回事呢？我开始探索。

谁天天面对自己的老伴儿会哈哈大笑？

谁屡屡傻呵呵地不会觉得在一个人面前老是那个样子，其实非常无趣？

可朋友们在一起就不同了，朋友们在一起就可以常常“放肆”“无拘无束”“放浪形骸”——遥远嘛，不存在谁给谁丢人，偶尔讲一讲自己犯下的傻事、遇到的奇葩，甚至八卦一下也无妨。

还有，你今天没有独身，怎么知道明天也会不独？

有了朋友，你首先是遇到了什么事，一如成功、失败、乐观、苦闷、生气了、高兴了等，都有倾诉的对象，当然朋友需要你的时候，你也要学会聆听；其次，有了朋友，你身边就有了榜样、有参照，可以学习、效仿；此外还有，人多知识多，手艺多，你生活里这也不会、那也不灵，他会，她会，你们彼此成了老师——大家互相搀扶，互相帮衬，生活才变得有意思，很丰满，不容易掉队和落单。

关于朋友的种种好处，我发现我们中央电视台2019年7月在我们的官方账号里汇总了网络上千百篇帖子，说得非常好，我总结了一下，觉得有6个“相+1”，很精准，很到位：

朋友是一种相遇。茫茫人海、芸芸众生，谁和谁相遇都是一种缘分；不同的人在不同的生命轨迹上蹉跎、跋涉，迷路时，只要有朋友，你总可以被带出困境……

朋友是一种相知。一个懂你泪水的人，胜过一群只懂你大笑的人，这才是朋友，关键的时候有理解、有安慰，哪怕你错了，也知道帮助你分析咱究竟错在了哪里……

朋友是一种相契。是朋友总会心意相通，心照不宣，那是一种畅快、美好的心灵感应，家人或配偶不一定很在意你每天的举手投足、一颦一笑，但朋友却会……

朋友是一种相伴。敢吵架的朋友，才是真。我们的生命中有时仿佛注定了会有这样的人，陪你哭、陪你笑，当你不够清醒的时候，会浇上一盆善意的凉水，使你不能忘记，为什么会走到了这一步……

朋友是一种相助。人生风雨路，做朋友就要为对方遮风挡雨，就要在你登高时成为一把扶梯，成功时递上一枝鲜花，口渴时捧上一碗清水，软弱时给出一点力量让你重新启程……

朋友是一种相辉。朋友始终应当像夜空里的星辰和月亮，大家彼此遥望、互相交辉。有时不需要多么甜腻，也不需要曲意逢迎，但在失联多年后，你一回头，他（她）的目光，却还在那里，彼此明白，永不走远……

在美国，马萨诸塞州，有这样一群老人，他们年纪最小的也在70岁以上，大家凑在一起朋友着——“年老做伴好还乡”，还有一件大家都喜欢的事——唱歌。老家伙们一致决定：就这样唱着歌、跳着舞、欢笑着，迎接死神的来临。因此，有人专门为他们拍摄了一部电影叫《我心不老》。

晚年的老人，一定要回归到孩童，习惯扎堆，喜欢共处。

很多人的经验：你干什么都行，但就是不要孤芳自赏、闲云野鹤、兀自绽放。

这支老人合唱团不仅人人西服套装，个个训练有素，他们经常凑在一起可不是简单地自娱自乐闹着玩，而是很正式，每周都要排练三次，几十年接受的都是专业音乐训练，即使满脸皱纹、步履蹒跚，也经常会到世界各地去演出，而且曲目都是很有难度的流行歌曲，甚至是R&B。

很多人难以置信：这些老人，除了唱歌，有时他们还会开心地把自己打扮成西部牛仔、摇滚歌手，甚至飞车党，坐旋转木马，乘热气球……在这支合唱团里，没有人会笑话谁，相反，哪位老人纹了身，还给自己画一个大花脸，或在玉米地里弹钢琴，只要是正能量的玩意儿，大家都彼此羡慕、叫好，还互相学习，攀比……

谁能想到，合唱团里年龄最大的一位老奶奶，她70岁时加入，到90岁了，已经表演了20多年。她说：“我很幸运，有这么多朋友、美好的人生，让我92岁了还能活得像29……”

谁又能想到，有位老大爷，年近80了，新交了一个昵称“小甜心”的女朋友，女友送了他一个裸体玩偶，上面写着：“你这个性感的野兽！”——老人为此高兴无比，说：“因为有友，活得越久，乐趣就越多！”……

有人得了癌症，6次化疗；

有人戴着氧气瓶，每天还有说有笑；

有人唱着唱着歌就死了，就在舞台上倒下，画上了人生最精彩的句号。

只不过一个人“走”了，大家会继续地往下唱。

没有人可以长生不死——我们老了还能在一起，视死如归——我们就是要这样幸运地——用歌声赶走“死亡的烦恼”……

在中国，按中国的传统文化，朋友关系历来是相当重要的人际关系。

如果细分，我们还可以把朋友分为好友、挚友、诤友、石友、文友、密友、素友、金兰交、刎颈交、朋侪和忘年……其中朋侪（“侪”读chái）就是指同辈，忘年则是指老者对年轻者或年轻者对老者可以建立起来的年龄悬殊的友谊……

在这里，朋侪因为是同辈，是容易获得的，谁这辈子没有三五好友？但是“忘年”可不一定能遇到，因为没有共同的经历、没有共同的生活背景，所以要做到忘年很难。

但是，老年朋友要交友，一定要放下身段，主动地走近年轻人，理解他们的喜爱、尊重他们的处世方式。我们拥有忘年，不仅仅是为了填补同龄的老朋友们一旦相继离去，剩下我们孤苦无交的空白，更因为年轻的朋友们带着新时代的气息、新时代的话语、新时代的科技，他们就像“早上八九点钟的太阳”，会给予老人渐渐枯竭了的学习生活、认知生活以活力。

我身边有很多熟悉的老年人，尤其是老男人，他们越是到了接近生命的终点，就越显得孤苦、可怜，相比老太太，很多的老头儿不爱与陌生人接触，更看不起年轻的后生，就是愿意把自己孤傲地缩进晚年的寂静；有的即便身边有老伴儿、有子女、有保姆，精神上也常常是孑然一身。这样不好啊……

怀着满腔的诚意与怜爱，建议这样的老人：去跟年轻人多聊聊天儿吧，跟年轻人学习学习，向年轻人讨教讨教，这不丢人，相反有很多实惠。比如，手机除了打电话、发微信之外，其实还有很多功能。你让年轻人告诉你如何不用去剧场，就可以在家里随时看京剧、听相声和有声读物；还有网购，我们人老了，不想去市场那些人多嘈杂的地方了，就可以在家里动动手，浏览浏览，然后把心仪的书啊、衣物啊、工具啊，甚至各式各样的好吃的、好喝的，通通用网上支付购买的办法买回家。这些，你同龄的朋侪是不会的，至少不可能都那么精通；但是忘年就不一样，对他们就是小菜一碟。

养老前置——交友也要在你未老之时。

那样，什么时候都不会缺少了朋友，晚年的生活才会不寂寞、不掉队，相反还会更灿烂、更精彩——何乐而不为？

跟着世界，“月亮走，我也走”……

如果死亡就是走出了永恒时间，世界对于每一个生命的个体，只是参照，没有善意、恶意，没有恩怨情仇。但是我们短暂的人生，哪一刻也离不开周遭或眼前身后——这就是包围着我们的四方，就有了很多制约的因素势必影响着我们的生活，晚年的境况尤其如此。因此，老与世界、老与存在，我们没法忽视。

2015年，我填了一张报题单，这就是本书一开头我已经提到过的流产了的《新闻调查》——《走进“悬空村”》。在中国北方矿业大省山西的最北端，新华社记者最先探实了这样的一个安静得近乎死寂的村子。白天，村里根本就看不到人，荒废的小院门窗紧闭，敲了好几家，才碰到一位叫魏××的老妇人把头伸了出来。魏老太告诉记者，由于采煤造成村子地下出现了采空区，现在他们的村庄早已变成了一处悬空村——年轻人都搬走了，只剩下一些老头儿和老太太……

本选题不是领导没批，是我没做。

为什么“胎死腹中”？

尽管依据山西省政府后来印发的文件，到2017年，全省要力争完成1352个村子采煤沉陷区的治理工作，其中也包括我要采访的秦家山村以及所有位于采空区、沉陷区的1000多个悬空村，都要实现整体搬迁，以彻底解决发展带来的环境代价的后遗症，但是老人们愿不愿意走呢？

并非所有的老人都愿意离开。

中国人安土重迁——崭新的生活在远方召唤，并不是每一个人都心怀雀跃。

四年以后的2019年11月底，我又来到了云南省楚雄州非常偏远的一座高山村落采访扶贫，看到这个村的家家户户在当地政府狠抓不懈的努力下，生活上都已经基本脱贫，完成脱贫攻坚任务不在话下。但是村口有一间木器店，店里放了两口棺材，油漆得黑亮黑亮，上面还有彩色的雕花，我心里一顿：“啊？这个村子到现在还在实行土葬？”尽管土葬PK火葬，前者必然消亡，因为它太占耕地，清明烧纸又经常会引发火灾，但土葬连同棺材这件老传统，被时代淘汰却并不容易。香港最大的一份免费报纸《头条日报》，曾经报道过内地安徽某市的殡葬改革，政府要求从×年×月×日开始，全市城乡居民都要在死后按规定统一进行火化，我瞠目结舌，看到了这样一条报道：“得知此消息后，6位老人竟然相继选择了上吊、投井、喝农药等不同的手段——自杀身亡。”

因为不想死后被烧，就提前自杀了？

这是英雄豪杰，还是惊天地、泣鬼神的讽刺？

存在决定意识——我没有生活在他们的天地和四方，或许还很难理解这些可怜老人的心意、行为。

但是我认为，如果因为没文化，挡住了老人对人生进步的视线，这情有可原；但是遗憾地讲，我也接触过一些有文化的老人，他们不管时代如何变化、进步，就是不与世界相交、不与世界和谐，抱残守缺、我行我素，较着劲儿，一路走向自己的消亡。

人生百态，我们是可以因人而异地进行自我选择，但你如何对待身边的世界，身边的世界就会如何对待你。谁都不是一生下来就会拒绝光明、拒绝欢乐，但有人说：“我们老了，如何与社会齐头并进？我们已经失去了像年轻人一样的融入世界的资本与机会。”那好吧，让我再来告诉你一个真实的故事，看看这个故事中的一对老人是如何“月亮走，我也走”，跟上时光、跟上世界，大胆地选择了自己幸福的晚年。

2018年中秋，我在川西南一个叫明月村的地方，采访和认识了一位来自我国台湾的S阿姨，这位阿姨和我母亲同姓，又都是天津的老乡，我就曾经猜测：“诶，会不会我们是一个家族的啊？”因此仔细打听。不想这一打听，故事来了，我意外地听到了一段不可思议的经历。正在寻找老年人如何勇敢地拥抱世界、拥抱改变，一个鲜活的榜样，就又送到了我的眼前——

长话短说：S阿姨祖籍江苏，父亲作为热血青年当年响应蒋介石

“十万青年十万兵”的抗日号召，参军、扛枪，成为一名国民党的军人。解放战争之前，他的部队来到了天津，自由恋爱认识了正在一家医院里做护士的S阿姨的母亲，于是二人成家。到1949年他们已经有了一个五岁的大女儿，还有一个小女儿，正怀在妈妈的肚子里，这就是S阿姨。

就在那个当口，历史的当口，S阿姨的爸爸已经有一段时间不在天津了，妻子也一直都没有收到丈夫的家书，便几次带着孩子去重庆等地千里寻夫。最后一次，S阿姨的妈妈偶然听说丈夫很可能此时已经随着南撤的大军到达了广州，就又决定出发。但是战火纷飞，自己身怀六甲，行动不便，这一次妈妈就没敢再带上大女儿，把五岁的姐姐先寄养在了天津的一户人家。广州——S阿姨的妈妈几经周折，终于在这里找到了自己的丈夫。阴历八月，S阿姨出生，一家三口因为形势所迫就没有机会回到天津带上姐姐，上了轮船，来到台湾，住进位于花莲的一个军人眷村，自此与大陆音讯中断。

S阿姨一家的经历，如果写下来，真是一部海峡两岸悲欢离合的非虚构作品，我有时间甚至可以去将它写成小说。但是现在，我只能说一个S阿姨和老伴儿晚年生活里非常精彩的壮举。

1987年，国家已经同意台湾同胞回大陆探亲了。S阿姨扶着年迈的爸妈终于回到了天津，找到了姐姐，一家人可算团聚了。S阿姨和丈夫曾经带着三个女儿在台湾，后来又在美国，先后打拼。他们开过加油站、小饭馆，办过中餐学校，然后又到了上海和其他地方做过各种的生意。至2005年，一家三口竟然分散在国内、国外好几个地方，老两口晚年的归宿竟然成了问题，该如何考虑呢？

2018年，我被邀请到S阿姨安居了的成都的家里去做客，她跟我说：“其实我们后来到了晚年，越来越没有归属感：在中国台湾地区，我们始终被当地人看作是‘外省人’；在美国，被美国人看作是外国人；后来到了上海，又被礼貌称为台湾同胞……我们始终没有一个很好的归宿，仿佛总是融不进身边的世界。”

融不进身边的世界？

老人与世界？老人与环境？那一刻我很清醒地意识到：哦，原来这也是个问题，真的是个问题！

“那后来呢？”我问，“你们后来又怎么把家安到了成都？”

S阿姨告诉我：12年前，她和丈夫本打算经过成都去云南旅游，但是到了成都，遇到了一些好心人。其中有一位出租汽车司机，他本来是只管拉着我们去春熙路找一个叫“韩包子”的当地风味小馆享受四川小吃的，大可以绕远路多赚些我们这两个外地人的钱，可这位司机没有欺生，相反更抄了近道把我们放到了步行街最方便下车的地方，而且后来知道了我们是台湾人，分手的时候还特意地说了一句：“欢迎你们，希望你们能够多来成都耍一下！”

“耍一下！”

就这么一个细节，像是一股春风，款款吹拂。S阿姨跟我说：“当时我跟丈夫眼神就对视了一下，然后我们老两口就心有灵犀，认为：对，这就是我们晚年要落叶归根的地方。”于是那一日的下午，他们什么都不做了，云南旅游的计划也暂时搁置了，就开始四处打听成都哪里有合适的楼盘，看房子、选房子，一口气买下了一个小区里带楼顶的单元，一直就好安逸地住下来，直到12年后我有幸和他们相识。

这对老人，太奇葩了吧？

他们是这样跟世界沟通、和谐的，但谁能说他们的思想、观念没有先锋的价值？

当时，我被S阿姨和她丈夫的举动深深触动了以后，心里其实立刻就涌来了很多的问题，比如一对台湾的老人，他们突然决定把家安在大陆，安在陌生的、吃辣的、语言不通的四川，他们怎么样面对这陌生的世界、陌生的环境？尤其没有子女和亲戚的照顾，甚至连一个朋友都没有，内心不忐忑吗？不害怕吗？

S阿姨笑了笑，说：“世界，其实你只要推开窗就能看到；环境，其实你只要走出去就会越来越熟悉；而朋友，谁天生坐在家里就会有朋友？哪个朋友不是靠找的、遇到的、开发出来的？”

噢，老太太真棒！

那么如何找、如何遇到，又如何开发呢？

S阿姨最开始交友的平台就是饭桌。在成都住下来以后，他们要置办家具、家什，买菜、做饭，这样一出去首先就陆陆续续认识了一些人，然后以饭会友，先是邀请大家来家里吃顿台湾饭，接着朋友又带上了朋友……S阿姨用她的热情、善良和好客，默许了朋友们都有一种特权，就是今后只要时间允许，谁都可以带着自己的好友来她家做客。除了台湾菜，S阿姨还会做西餐，还在学四川菜、北京菜、满汉全席、南北八大菜系等，这样，朋友的雪球就越滚越大。

以饭会友使S阿姨打开了与新世界、新环境相处的大门，这之后她还依靠社区，参加了很多很多的公益活动。比如中秋节她会做月饼，台湾风味儿的月饼，送到孤儿院、养老院，后来需要量大了，她干脆把自己的配方委托给食品工厂，一部分做出来向外分送，另外一部分也开始接受超市的订货。

2020年春节前后闹起了新冠肺炎疫情，S阿姨发来微信问候，说：“長江，你在北京還好嗎，成都每個社區都不讓外人進出了……”

我说：“挺好的，也是小区轻易不允许外人进入了。”

阿姨说她这一阵子，反正也出不了门，就“每日三餐拍攝廚藝，給在家自我隔離的朋友們做做示範”。

我说：“是吗？您都到这样的时候了，还能找到有意思的事来做？”

阿姨说：“食物是有療癒作用的。我认为*日子是自己送給自己的礼物* 但是要*敬天惜物* 相信*从廚房到歺桌的距离* 也是传递爱与欢乐最短的距离！”

S阿姨的微信，我故意保留了繁体，因为她老人家毕竟是台湾人，她发微信或短信还是用熟悉的繁体字。

我们走在路上，与世界相融的目的只要是指向善良与友好，那大方向就永远都不会错，就永远会反馈回来相同的温暖与感动。

在招待我的那次饭局上，S阿姨既做了台湾菜、四川菜，听说我是北京人，又尝试着给我做了老北京炸酱面。

酒过三巡，菜过五味，阿姨拿出一张A4大小的黄色宣纸，上面用大号字给我写了一封亲笔信，用带着台湾调儿的国语亲口给我大声地读，当时把我感动得不行。一个陌生人，在刚刚认识的陌生的阿姨、伯伯家，很快就感到自己不再是客、不用再客气，相反倒像遇到了久违了的老朋友一样的快意和轻松。

S阿姨和老伴定居到成都的时候已经70多岁，12年后，他们不仅适应了大陆，适应了四川、麻辣和方言，而且他们家的客厅，后来经常是高朋满座，谈笑有鸿儒，往来无白丁。哪里还会为陌生而发愁？

月亮走，我也走，世界变，我也变。你不断地观察、学习、思考，然后脚下就有了属于自己的路——这样的晚年充实而有价值，年迈的生命竟然还会长出很多的新枝，比一动不动地窝在传统的角落里要好玩得多，也要有意思得多。

阿姨写给我的那封信是这样说的：

“長江，今晚我只為你煮一碗老北京炸醬面，這是我能想到的一個母親撫慰在外工作、不能回家團圓的孩子、最深的掛念。桌上縱然還有其他的菜，卻都是圍繞著老北京炸醬面的星星，那月亮、那圓圆的月亮，既是你碗裏一根根雪白的面上澆著的肉丁，入了胃，就幻化成為了屬於你的明月……”

我的泪混进了明确的“来客”“好友”“晚辈”“女儿”。各种滋味在胸，慢慢地起身，我走过去，抱住了阿姨，也让自己的眼泪敞开地流了个够。

风动、幡动，还是心动?

是时候该和自己的心谈一谈了。

我们老年人身处世界，但更多的时候是要面对自己身边的静寂，尽管我因为工作忙、写作忙、家务忙，总是忙，还没有这样纯粹的感觉，但我相信很多老年朋友所说的：这“静”太静了，仿佛永远都打发不完一整天的时光。所以要说关系，在这本书里，我梳理了配偶、朋友、世界，此外还有一种关系不能不谈——那就是老人和我们自己。

新中国成立70年，我们的身边已经很少再见到文盲，但是仔细想一想，小时候我们有家长、有老师，长大了以后有师傅、有领导，到了年老，我们的身边还有谁？谁能耐心地指导我们每天该做什么？这件事老人该怎么处理？那件事老人又该如何去做？

没有。

我们没有意识应当向社会去哭，社会也还没有一种完善的机制来听每一位老人的心声，相反，老人一辈子不是吃的盐都比我们年轻人吃的饭要多嘛？现在好好地享受经验吧。

但是，时代在变，老年人在不断变化着的新世界其实有很多的困惑，我们也需要老师。因为没有，现在更多的时候，我们就要先靠我们自己。

因此，老人和自己的关系，也是一门学问，九头牛都拉不动的有钱难买爷Happy！或者老子不做就是心里不愿意！都属于过度放任。

什么是真正的Happy?

什么事您真的最好不做?

晚年我们如何与自己友好地相处，彼此关爱、劝导、支持，是关系学里特别的一章。

有一年的闺蜜聚会，我曾经跟几个最贴心的姐妹们倡议，说："让我们在心里都摆上一棵圣诞树吧！"大家都歪着头："什么意思？没听明白。"

我说：圣诞树大家当然都知道是怎么一回事，就是西方每年的圣诞节，外国人不都是家家户户要搬一棵小松枝在自家的客厅里吗？然后不断地往树上挂着各种心仪的小饰物、小摆件，跟着还要听圣歌、吃火鸡、收获大家互赠的礼物与彼此心灵的美好祝福。"

"对呀，但这和咱中国人有几毛钱的关系？"

我耐心地跟姐妹们解释："每个人都在自己的心里摆上一棵圣诞树，不为别的，就是要往树上挂满美好的东西：知足、快乐、智慧、坚强、幽默、助人……这些美好的饰物，都能滋养我们，让我们的心渐渐地变得强大，从而面对世界乃至人生的种种冷漠、孤苦有化解的能力，也有自我支撑的定力……"

"哦！"大家唏嘘。

走过了大半的人生，如果让我举出那些内心强大，懂得自己与世界关系的人，我可以举出太多，但是回忆我的青年时代，鼓励我学会感动、拿起笔来要成为一个伟大的作家的众多崇拜者中，有一位北京人，是我的老乡，著名的作家史铁生先生。

20世纪60年代，中国有一场无产阶级“文化大革命”，很多初中、高中的学生毕业了以后都只有一条路——上山下乡，接受贫下中农的再教育。史铁生也来到了陕北高原，在一处小小的山村里留下了一张手抱小牛犊，头扎羊肚巾、脚踩在大地上站立着的照片。此后一场重病，高烧、瘫痪，人们就再也难见他的站姿。38年被疾病肆虐，59岁就离开了人世。即使在他成名之时还经常这样地自我调侃：“我这个人，一生的职业是生病；业余，写点东西……”

要说命运的不公，史铁生的心该如何安静？他的“四方”没有一处不满目疮痍。

瘫痪之始，他狂躁、绝望、自暴自弃，甚至也曾想到过要自我了断；

母亲长期积劳，49岁就患上了肝硬化，不久也离世；

轮椅上的生涯到了1998年，他的肾病已经发展到不能自主排尿，整天身上都要带着一个尿壶，走到哪里身上都臊烘烘；

之后，严重的肾病又演变了尿毒症，必须一周三天地在医院里接受透析，不然就没有办法维持生命……

他的境况，如果换了任何一个不会与自己交流、疏导、打气的人，会怎样？

后来的史铁生，除了透析，把剩下来的所有时间，都用于了写作。

这个自打21岁就没有了行动自由的男人，用自己的眼睛看清了命运，也找到了不幸的命运里自己的价值，于是靠勤奋与执着，在与死亡赛跑的短暂生命里，让自己领悟了尘世的得失，勘破了生死之道，遂留下了千古文章和永远都不会瘫软的思想、精神……

中国传统文化博大精深，佛曾说：“物随心转，境由心造，烦恼皆由心生。”这是什么意思？就是我们自己的内心世界决定着我们的这张脸是微笑还是动怒。

微笑是一朵花，可以常开不败于我们的心里。

人，从来都不是非常明确地一转身就跟自己摆摆手告别了青壮年，都是日子过着过着才渐渐地发觉："哦，我已经老了？"唯一不变的是我们的心。心可以永远不老，心不受任何时段的生理年龄所胁迫，只要你想年轻就永远年轻，这方面的心灵鸡汤几近泛滥，但我主张有几点，试着自己去做了很多年，感觉得比鸡汤要具体一些：

第一，独处；

第二，感恩；

第三，储备；

第四，信仰。

老人要通过独处来学会智慧的人生，因为独处是独立的心理生存环境。

独处的好处就是你在不依赖任何外力的情况下，也能够把握好自己的心绪，没有人扶着你，你自己依然可以站立！

梭罗有句名言："我喜欢独处，从没遇到过比孤独更好的伴侣。"初看这句话，我眼前出现的简直不是一个人，而是一座山。

独处让我们有机会沉淀生活的遭遇，对世道人心进行观察，跟自己也会经常地展开对话，害怕两个字才渐渐地被勇气、坚强所替代，孤苦便投靠了学习与充实。因此，有人把独处比喻为"一个人的清欢"，而要我说："没有从独处的泥沼中蹉跎过来的人，自强便缺少了来路。"

接下来，懂得与天地、四方和自己互助地相处，老人最终会走进智慧的人生，不过要走进这样耀眼的辉煌，还有一些事情我们得做，首先，我们要栽培感恩。

感恩还用栽培？一定有人会问："它不是人一旦得到了好处，就会很自然地产生出来的一种情感？”

不，不是。

人之初性本善或性本恶，我从来都不站队、不投票。

但是现代人身处竞争的社会，物欲的时代，你让谁天生就愿意吃亏是福，更别说还要常怀感恩之心？因此感恩需要我们努力要求自己做到，它不是一种自我逃避、自我安慰，或阿Q的精神胜利法，它是一种智慧，一种优良的生存方式。

滴水之恩，涌泉相报，做到这一点，相对容易，是可以比较自然生发出来的感情；

但深陷困境呢？遇到了不公的情况了呢？人还会感恩吗？

这就是真正的达到了境界。

真正能够被苦难把自己搞懂，不受伤便不知道痛，不饿肚子哪里能体会得到丰衣足食的满足感、幸福感？

所以人需要栽培感恩，我这里更想突出的是要学会感谢苦难！

20年前我在宁夏采访回族老乡如何养羊致富，在一个新开辟的农贸市场，我本能地保护了录音师，自己却不小心跌下了一眼古井，摔断了肋骨，只差一厘米就会伤到脊椎，可能造成下半身从此瘫痪（医生语）。回到北京、出了医院，领导来家里看望，有位主任说了一句话让我一生难忘，茅塞顿开。他说：“还好就差一厘米！你想想，一个人如果被一根针扎到了屁股，他会喊疼，说自己怎么那么倒霉，可是，如果这根针扎的不是屁股，而是眼睛呢？”

哇，我看到了感恩的另一面，忽然才清醒地理解了萨克雷（英国作家）所说的：“生活是一面镜子，你笑，它也笑；你哭，它也哭。”

智慧的人生我们要做好储备。

这是人生的“蓄水池”“大米缸”“存钱罐”。

什么时候老人都不要在精神上寅吃卯粮，坐吃山空，即使再高龄、高寿，我们也都要让自己眼光不迟钝、知识不枯竭、智慧不见底。

做好储备，当然我们只批准积攒正能量，不要让自己收集悲观、失意、忌妒、仇恨，那是不幸落在你身上的灰尘、污物，只有赶快抖掉、洗净这些“坏东西”，人才能一身正气、百毒不侵。

长长的人生，哪里会总在脚下出现坦途？一定会有背运、难堪、艰苦的时刻。你内心储备着足够的温暖、善良、自信、坚强，生活便如同风雨，闹过了一阵子之后，一定会再现蓝天、白云。

最后智慧的人生我们还要申请被信仰护佑。

一个无神论者也不一定非说自己可以摆脱不可知论。

有人讲，信仰不关乎科学、自然、凡俗，是人类远古就开始了的。因为对天、地、始祖无从知晓的一种无条件的钦信。我内心的信仰不是这样的，它是一种力量：做好事、成好人，无论遇到什么样的坎坷都对自己的追求毫不动摇。从这个角度上讲，今天的中国老人，无论你是信上帝的、还是信老天爷的，信仰这种人内心的主观产物，就都可以成为价值观的指引、成为行为规范的准则，这时，信仰便构成了人生的底线、围栏与成就万物的大地。

公元638年，中国的六祖慧能在今天的河北涿州出生了。

他的师父——五代祖师（宏忍禅师）经过长期的培养、观察，始终难下决定究竟应该把衣钵传授给哪一位弟子。

大弟子神秀本来机会最大，但有一日，师父出了一道题，让众弟子写一首偈语来阐述自己对佛法的领悟。于是神秀挥毫在一条长廊的白墙上写下了这样的16个字：“身是菩提树，心如明镜台，时时勤拂拭，勿使惹尘埃。”众小僧都为大师兄拍手叫绝，认为这16个字已经是人生感悟的至高境界了。但有一天小师弟慧能在旁边又写下了16个字：“菩提本无树，明镜亦非台，本来无一物，何处惹尘埃。”师父最后看到了慧能内心世界的宽广、深邃、自觉与力量。于是六祖后面的名字便连缀上了慧能，使慧能成为了中国禅宗法脉传承的第六代掌门人。

六祖慧能本是个文盲，如果他走进寺庙，不是靠一方面顽强地学习，一方面独立地思考，他的心胸、眼界和对事物的认知，怎么会获得自信、淡定、与众不同？

这一日，众僧侣都坐在一个小广场上正在看旗子——看旗杆、旗幡和旗幡如何被风儿给缓缓吹动。

有人说：“旗幡因为风而被吹动。”

有人反驳：“没有幡动，如何能证明有风？”

慧能只问了众僧一句话：“风动、幡动，还是心动？”言外之意：“你的心如果不为所动，风动、幡动又能如何呢？”

父亲车祸去世之后，我知道母亲是很难过、很难过的，但是她从来都不会在儿女的面前轻易流泪，经常是把自己一个人关在卧室，默默地祷告（父母双亲都是信徒）。我几次见到，不忍打扰，就悄悄地带上了门，母亲有时也会感觉门在动，一侧脸，满脸泪水还未及拭去……可是等她祷告完毕（我想是跟我父亲也说了一会儿话了），人再出来，便一改前容，该干什么还会去自然地干起什么，让儿女不用常常揪心，我们的母亲好坚强，好有力量哦！

后　记

终于，在电脑上，我敲完了最后的一个字，把笔记本电脑往胸前一推，大出一口气，一下子感觉到了久违的轻松。

《养老革命》筹划三年，写作两年，2020年因为新冠疫情宅家还在不停地删删改改，没有哪本书在我的手里滞的时间这样长。

滞的过程，“老”的信息依然扑面，其中就看到民政部预测出“十四五”期间我们国家的全体老年人口或会突破3亿。截至2020年6月，全国的网民已达9.4亿人，可60岁及以上的网民却只占比到10.3%。为了不让数字化、新科技成为老年人面前的一道鸿沟，国家在出行、就医、消费、文娱、办事等7类高频服务的领域已经在不断地提出新举措和新要求，包括：

在新冠疫情低风险的地区，除机场、车站等特殊场所外，一般不要再查健康码；

保持巡游出租车的扬召服务；

保留并优化窗口售票；

医疗机构提供一定比例的现场号源、人工服务等窗口；

任何单位和个人都不得以任何条款、通知、声明、告示等方式拒收现金；

公园、图书馆等文化娱乐场所，也应保留人工窗口和电话专线，专为老年人保留一定数量的线下免预约进入或购票名额……

应该说中国社会今天已经在自我提醒并身体力行地不要让老人被时代丢下，新人新办法，老年人也应该保留一些老办法。

但是，时代的列车是谁也阻挡不住的。

反省这本书我提出的养老革命，一种时不我待的紧迫感到此刻更加强烈。

每一位老人，我们不能只躺在国家照顾的温床上不思进取、不做改变，我们也得跟上时代，努力培养自己的能力，以期适应数字化、新科技带来的通畅便捷、丰富多彩，这也是让自己活出金色百年的必由之路。

想想不真的是这样吗？

中国的孔老夫子曾经说："长寿多辱"，一个"辱"字究竟是什么意思？

是在告诫我们不必贪生，人一旦老了会有很多很多的难堪？

还是在提醒我们因为到老了必定有很多很多的难堪，所以人们在健康的时候就要为自己早做准备？

其实面对历史，今天我们还有很多的误读。

比如人不为己，天诛地灭，我一直都奇怪我们仁义礼智信的老祖宗怎么会如此公然地为唯利是图、自私透顶的人打气、撑腰？但其实，"人不为己"这里面的"为"不是"为了什么"的"为"，而是"修为"的"为"——人活一世，如果不好好地约束和完善自己的思想与行动，那就是连老天爷都不会答应的。

看！

我伸了个懒腰，起身离席，刚划开手机，一条好消息便奖励一样地传来——我的“生命系列”的第一本书《学会谢幕》，已由北京十月文艺出版社签约出版，编辑部主任把封面设计给我发了过来：哇，好大的一轮夕阳，衬着一棵挺直挺直的暮树，片片红叶落在树前已经空了的长椅上——让人浮想联翩，生发各种对人生、衰老、生死的解读……

老年和中年相比，我的“生命系列”更大比例地是要写给谁？（“前言”已经说到）对，中年人，这一点从一落笔，就非常非常明确。

养老前置是时代在提醒，是革命的前提！

“一个朝着自己的目标永远前进的人，整个世界都会给他让路。”

这话是美国思想家、文学家爱默生先生所说，我理解那“心中有目标，又永远不停下脚步”的概念，是要贯穿于人的一生，从青年到中年，再到老年。

不过还好，世卫组织已经把79岁这个岁数划分为了中、老年龄的新分界，79岁，你还踩着中年的尾巴，还都有时间为自己未雨绸缪。

美国、日本、瑞士等很多国家早些年就开始时兴时间银行了。

人们在年轻的时候，只要抽出时间来照顾老人，替老人做饭、洗衣、聊天、购物、整理房间、铲雪、倒垃圾、推老人出门去晒晒太阳，等等。看护的时间越长，存入“银行”的“积蓄”也就越多；等你老了，需要别人照顾了，就可以把自己曾经给别人提供的帮助“取”出来，享受同等时长的免费服务。这种既不依赖子女又减轻了国家负担的方式，已经很受世界欢迎，不少中国的地方也已经在开始效仿。

2019年5月，一位82岁了的女飞行员苗晓红，再次驾驶泰克南

P2010飞机飞上了蓝天，不仅震撼了十几亿国人，更引发了网络上的不断热议。这位新中国第二代的女飞行员何以能在八旬高龄创下中国最高年龄飞行的崭新纪录？有人说她肯定不是心血来潮，一定是在中年的时候就积极锻炼着身体。苗老人点点头，说："是，但又并非只有这一点。"她一直在观察，外国的飞行员，为什么很多人都到了八九十岁还能飞，而我们中国人就不能？所以苗晓红从来都没有放弃过积攒心气，拓宽认知，这才因为身、心的双重准备让她能在国庆70年大庆的特殊时刻为祖国献上了一份特殊的礼物。

2040年，也就是20年以后，中国的老龄化社会还要攀上一个更新的巅峰——老龄人口超过4个亿。老人到了那时比的是什么：生理年龄、血管年龄，还是精神的年龄？

直到55岁，我才弄懂什么是"荷花定律"。

"荷花定律"说的是一个荷花的池塘，荷花第一天开放的只有很少的几朵；第二天会以前一日两倍的速度继续开放；而到了第30天，荷花会开满整个池塘。

那么好了，问题来了：你知道什么时候——荷花会开到一半？

啊，一半？

对。

第15天呗！一般人都会这样想，我也是这个逻辑。

但是，错了。

事实上是第29天，荷花要到第29天才会开到池塘的一半。

这就是著名的"荷花定律"，也叫"30天定律"。

大多数中国人，一生都像这池塘里的荷花，年轻时拼命努力、拼命地开啊，一直以为该用的功、该结的果都只会在白发之前呈现完毕，但我们模糊了"彻底怒放"的意识——荷花在第29天之前，很多都还没有成熟，人们就已经"不做期待了"，不认为还有机会能继续再绽放、再伸展，殊不知此时，你离积累沉淀、厚积薄发，最终达到“满池粉嫩”只差一步，恰恰就只差了一步之遥！

所以，何必过早地放弃？不该过早地放弃，对吗？

因此一起来“革命”吧！

我忍不住又要喊了！